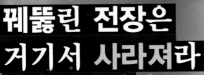

꿰뚫린 전장은 거기서 사라져라

-탄환 마법과 고스트 프로그램-

에어 알란드 노아
AIR AIRLAND NOAR

레인 란츠
RAIN LANTZ

운명의 톱니바퀴가 돌아가기 시작한다.

'악마의 탄환'을 손에 넣은 날부터

동방국 오르토메니아의 엘리트 사관후보생.

'악마의 탄환'을 만들어 낸 존재.

압도적인 전투 기술을 자랑하고

'악마족'의 망령이라 칭하는 소녀.

〈악마의 탄환〉
DAEMON'S BULLET

그 힘은 『소멸』.

피탄자의 존재도

공적마저도 말소하여

세계를 새로운 형태로

재편성한다―.

オルカ 댄도로스
ORCA DANDLOS

애슬리 매거멧
ASRRY MAGMET

레인과 소속된 학년에서 기수장을 맡고 있다.

아레스트라 교도원에서 높은 전투 능력과 대장 기질로

레인과의 태그는 일품. 뛰어난 엑세리아 조종수이며 센틀리 천진난만한 사관 학교의 여생도.

관계, 얘기라든가?"
"그러니까…… 미래의
"중요한 이야기…… 나랑, 레인이랑,

만들어 보니 문제없음!
"열 받은 자식은 반죽음을

—재미있네,
움직이는 거지?
끝내기 위해
"너는, 이 전쟁을

알렉 탄다
ALEC TAHNDA

아리송한 태도로 타인에게 진의를 노출시키지 않는다. '암흑족'의 망령이며 서방국 하버란트의 장교.

"몇 년이나 싸운 상대를 잊을 리 없잖나."

"같은 '망령' 사이가 아닌가."

킬리리스 램버트
KIRLILITH LAMBERT

쏜 대상에 '죽음'을 선사하는 탄환을 가지고 있다. '갑혁족'의 망령. 생물, 물질에 관계없이

"바꿔주겠다, 이곳부터, 모든 것을."

"주위에 있는 전부가 정녕 악이라면,"

"방책, 과정— 탄지 그뿐이니까, 자신이 살아가기 위한 수단, 난한데 전쟁은 국가 따위,"

"나는 망령 <ruby>에어<rt>고스트</rt></ruby>. 인간의 정의는 잘 모르겠는데
다리는 제대로 달려 있어."

"봐봐."

말하더니.
에어는 자기 치마를
걷어 올렸다.

……세계를, 바꾼다면서.

그럼 조준하고
어서 쏘란 말이야!

동방국 제정 오르토메니아식 엑세리아

EXERIA—M4

[M4]

조종수와 포수의 투 맨 셀식 소형 기갑차 〈엑세리아〉.
M4는 비교적 싼값에 생산 가능한 범용기로 개발되
었고, 현재 동방국의 스탠더드기로 자리를 잡은 기
체. 소형에 경량이나마 과혹한 환경에서도 결코 파손
되지 않는 장갑이 특징. 기본적으로 조종 난이도가
높은 엑세리아 가운데서도 다루기 수월한 특성 덕택
에 신병 수준이어도 단기간에 탑승할 수 있다. 반면
에 여러 해 동안 사용되어온 만큼 가능한 전술 대부
분은 연구가 전부 끝난지라 정보 부분의 취약함 때문
에 최근 몇 년의 전과는 나쁜 소식이 이어지고 있다.

SPECIFICATION	전고	**3.26m**
	전장	**2.85m**
	전폭	**2.71m** (대기 상태)
	건조 중량	**401kg**
	주동력	유냉 직렬 4기통 레시프로 엔진 190ps

서방국 왕정 하버란트식 엑세리아

EXERIA—AT3

SPECIFICATION	전고	**3.65m** [AT3]
	전장	**3.80m**
	전폭	**2.97m** (대기 상태)
	건조 중량	**498kg**
	주동력	수냉 V형 6기통 레시프로 엔진 250ps

서방국의 신형 엑세리아. 개발 구상은 『대엑세리아 전투에
특화된 기체』. 각식사륜(脚式四輪)이라는 구조상 측방을 향
한 이동에서 부족한 면이 있었지만, AT3은 엔진의 출력과
조종성에 주력한 결과, 저러한 난점을 극복했다. 실전 투입
후 불과 70일 만에 전장에서 우위성을 증명한 기체는 AT3
가 사상 최초. 현재 생산량은 적으나 동방국에서 그라이널
핵은(核銀)을 대량 약탈함에 따라서 양산 체제가 갖춰지고
있다.

꿰뚫린 전장은 거기서 사라져라

―탄환 마법과 고스트 프로그램―

우에카와 케이 지음
TEDDY 일러스트
김성래 옮김

진흙탕 속을 기어 다니는 것처럼 엑세리아가 주행한다.

한계 속도로 온도가 한껏 솟구친 엔진이 붉게 발열하고, 차올린 진흙이 닿을 때마다 증발하는 소리는 기체의 비명이다. 그러나 속도를 늦추는 행위는 결코 용납되지 않는다.

이유는 단순.

기체를 멈춘다면 사격에 맞아 죽어야 하기 때문이다.

고개 돌렸다.

후방에서 따라오는 것은 적국의 신형 엑세리아가 네 기.

게다가 모두 고출력 엔진을 탑재한 AT3이다.

엑세리아는 전장 3미터 전후 소형 기갑차의 총칭이며, 전쟁 수요에 의해 신형이 줄곧 개발되었고 이제는 어지간한 화기를 아득하게 뛰어넘는 병기로 승화했다.

자신의 구형 기체 M4는 최고 속도가 시속 50킬로미터.

그러나 신형 저기는 이보다 훨씬 빠르다.

따라서— 애당초 도주의 가망 자체가 없던 셈이다.

불과 10초 만에 거리가 좁혀졌다.

『탄환 마법』으로 생성된 작렬탄의 비가 덮쳐든다.

—제기랄.

어쩌다가 이렇게 됐나.

학생 부대는 공격을 받을 우려가 없다 말하지 않았던가.

학생은 본대의 뒤에 위치할 뿐.

그래야 했을 텐데.

그런데도—.

"큭!"

자신이 탑승해 있던 엑세리아가 폭격을 맞아 조각났다.

세차게 나가떨어지던 찰나, 학생병 『레인』은 기체의 조종수였던 애슬리의 육체가 찢어져서 날아가는 장면을 또렷하게 보고 인식했다. 소녀는 비명 한 번도 지르지 못했다.

일순간에 고기 부스러기가 되었기 때문이다.

동료의 시체를 뒤집어쓰고 벼랑 아래로 굴러떨어지며 온몸을 세게 부딪친다.

제기랄—.

어쩌다가, 이렇게 됐나.

시선을 내리니 왼쪽 다리는 완전히 부러져서 뼈가 튀어나왔고, 죽음을 직감하는 격통이 뇌를 관통했다.

그러나, 그런 와중에 레인은 문득 얼굴을 들어 올렸고,

'저, 저자는—.'

깨달았다.

저 멀리 수백 미터 너머의 산간부에서 흑색 엑세리아를 발견해냈다.

흑색.

……흑색?

'설마…….'

퍼뜩 놀라서 스코프를 들여다본다. 예감이 맞아떨어졌다. 저 칠흑의 기체에는 한 명의 적장이 탑승해 있었다. 베룩 소령이다. 틀림없다. 저 기름기 도는 얼굴은 한 번만 봐도 잊을 수 없다.

베룩은 학살자다. 비무장의 일반인이든 학생이든 아랑곳 않고 학살함으로써 이름을 떨친 서방국의 군인. 이번 습격은 저 작자가 주도했다—.

"큭—."

라이플을 잡는다.

그리고 가슴께를 뒤져서 『은색의 탄환』 한발을 꺼낸다.

통상의 탄환과는 다른 색조의 이 탄환은 얼마 전 주운 물건이다. 다섯 발 세트로 떨어져 있던 것을 발견해서 별생각 않고 챙겼지만, 다른 탄환은 없다. —사용할 수밖에 없었다.

—어림잡아 400미터.

탄환 마법의 보조를 받는다 해도 일격으로 쏘아 죽이기에는 너무나 어려운 거리다.

그럼에도— 죽여야 한다.

저 작자만큼은.

애슬리를 죽인— 저 작자만큼은.

저진 한복판, 다리가 부러진 자신은 이곳에서 죽을 것이다. 다만 결국에 죽더라도 저 학살자의 뇌수를 꿰뚫어준 다음에 죽겠다. 학생 부대의 소년 레인에게는 기원의 의식으로 정해 둔 행동이 있었다.

그것은 회중시계로 시간을 확인하는 것.

이제 곧 죽일 상대의 마지막 순간을 시계로 정확하게 알기 위한 기원의 행위—.

시각은 딱 오후 2시.

'—좋아.'

십수 초의 조정 이후에 방아쇠를 당겼다.

붉은 꽃이 피었다.

성공이다. 스코프 너머로 베룩의 머리가 깨져 나가는 광경을 확인했다.

죽였다. ─그 순간이었다.

"─윽."

세계가 개변되었다.

꿰뚫린 전장은

거기서 사라져라

—탄환 마법과 고스트 프로그램—

BULLET WITCHCRAFT
AND GHOST PROGRAM

THE PENETRATED BATTLEFIELD
SHOULD DISAPPEAR THERE

—재편성.
세계의 변환을,
그 소녀는 그렇게 불렀다

1. 세계를 바꾸는 탄환

정말 한순간뿐.

뭐라고 표현하면 되는 걸까.

그래, 그렇지.

영화 필름이 느닷없이 교체되는 것처럼—.

"—윽."

세계가 개변되었다.

그리고.

"……어?"

당혹스러울 수밖에 없었다.

눈앞에 펼쳐져 있는 광경은 더 이상 전장이 아니었기 때문이다.

"이봐, 레인. 다음은 네 차례잖냐."

"빨리 좀 해라."

레인은 손에 트럼프를 들고 느긋하게 앉아서.

'……어, 응?'

동료들과 놀고 있었다.

"이봐, 뭐하냐, 레인. 거참, 네 차례라니까."

"……차례……?"

재촉을 듣고 둘러본다.

그리고 어떻게 봐도 평화로운 광경이었기에 당황했다. 틀림없었다.

이곳은 후위 기지의 광장이다. 이 장소를 적장 베룩이 습격했고, 지옥이 벌어졌다.

그것이 30분 전의 사건이었다.

―분명 그랬을 텐데.

"아, 아앗, 으와아아앗!"

무심코 손에 들고 있었던 카드를 던져버렸다.

"으앗, 뭐하는 짓이냐, 레인!"

"질 것 같다고 헛짓하는 거냐!"

비난의 목소리가 쏟아진다. 동기들이 짜증을 마구 표시한다. 그러나 저런 언동 따위야 지금 레인에게는 사소한 일에 불과했다. 뭐냐, 도대체 뭐냐.

어째서 나는― 이런 곳에서.

"너, 너희들, 적, 적은 어쩌고!"

포커나 치면서 놀고 있는 거냐.

"적~?"

얼굴을 찡그리는 동기, 오르카.

거칠고 덩치가 큼직하지만, 거짓말만큼은 하지 않는 것이 이점인 소년은.

"그런 게 도대체 어디 있다는 거냐! 후위잖아! 굳이 따지자면 지금은 네가 적이다!"

"이게 좋았나, 꿈은 맘대로 꾸시고. 판돈은 전부 받아낼 거다!"

터져 나오는 비난의 아우성.

그러나 그런 와중에 레인은.

"……꿈? 웃기지 마라, 분명한 현실이었어!"

또렷하게 기억하고 있다.

습격을 받은 시각은 오후 1시 반. 곧 교대가 와서 휴식을 취하려던 때 적장 베룩이 기습을 감행했다. 아무도 적의 공격을 예상하지 못했다. 이곳은 후위에 위치하는 대기 기지였기 때문이다.

그러나 베룩은 학살을 실행했다.

그리고— 레인과 동기들은 도망 다녔다.

뿔뿔이 흩어져서 도망치던 중 학생들은 토끼처럼 죽어 나갔다.

레인도 토끼 중 한 사람이었다. 다만 행운이 따라준 덕에 도주의 방법을 잃은 상황에서 적장 베룩을 사정거리에 포착할 수 있었다. 쏟아지는 긴장 속에서도 사선은 빗나가지 않았다.

레인은 베룩 암살을 완수했다.

시간은 정확하게 오후 2시—.

……그렇다, 시간.

레인은 회중시계를 꺼내 들고는 시각을 확인했다.

그렇지만 시곗바늘은 당연하다는 듯이.

"어떻게 된 거야……."

딱 『2시』를 가리키고 있었다.

요컨대 베룩을 살해한 이후 1분도 지나지 않았다…….

"뭐야, 뭐야~. 왜들 티격태격할까? 무슨 일 있었나?"

혼란의 와중, 레인이 카드를 내던짐에 따라 승부가 파투나면서 벌어졌던 소란을 전해 듣고는 네 명의 여생도가 다가왔다. 소녀들도 레인과 마찬가지로 학생 예비병이다.

그리고 그 네 사람 가운데.

"애슬리……"

밤색 머리카락을 뒤쪽에 묶어 정리한 소녀.

전장에 어울리지 않는 호박색 눈동자— 그렇지만 소녀는 방금 막.

"응? 왜 그래? 레인."

"너, 팔다리가 전부 떨어져 나가서 죽었을 텐데……."

"갑자기 뭐래?!"

이미 죽었던 소녀, 애슬리가 있었다.

—애슬리.

애슬리 매거멧. 사관학교 소속, 레인의 동기.

그러나 레인은 자기 눈으로 소녀가 죽는 광경을 분명하게 목격했었다.

—그럼에도 불구하고.

"이상한데, 어째서, 안 죽은 거야……."

"네가 더 이상하다."

"에이, 됐어. 오르카. 음, 애초에 너희가 레인한테 돈을 등쳐

먹으니까 얘가 이상해진 거잖아! 나 말야, 갑자기 산산조각 시체 신세가 됐거든!"

무엇인가—.

무엇인가 없을까.

내가 경험했던 그 지옥—.

그것이 『현실이었다』고 확신할 수 있는 증거가—.

"맞아."

레인은 옆에 놓아뒀던 장총을 잡아들었다.

약실을 열어서 남아 있었던 탄피를 본다.

탄환 마법— 명칭대로 탄환에 갖가지 효과를 부여하는 마법이 현재 전쟁에서 주류를 이루고 있다. 그렇게 널리 사용되는 효과 중 하나에 『수인(受印)』이라는 마술이 있다.

그것은 쏘아 죽이는 상대의 이름이 탄피에 각인되도록 만든다.

누가 누구를 죽였는가.

그것을 증명하기 위한 마법이며 위장은 몹시 난해하다.

그리고 이름이 각인되는 탄피는 배출되지 않고 탄피집에 남기 때문에.

"있다……!"

증거를 발견했다. 탄피집 안쪽에 적장 베룩의 죽음을 나타내는 증거가 있었다. 레인이 사격했던 적장 베룩의 본명 『Beluk O Koihen』이 각인된 탄피가 정말 있었다.

'……틀림없어. 역시 분명한 현실이었다고!'

진품이다. 적장 베룩을 처단했다는 아주 확실한 증거가 남아 있었다.

"자, 봐라!"

"뭘 보라는 거야."

"레인은 뭔가 있잖아, 늘 조용하면서 가끔 느닷없이 버럭 소리를 지르더라."

내버려 둬라.

아니, 그게 아니라.

"이게 학살자 베룩을 처단했다는 증거란 말이다!"

레인은 주위의 전원에게 탄피를 보여줬다.

이제 납득시킬 수 있어야 했다.

왜냐하면 적장 베룩은 손꼽히는 전쟁광.

학생일지라도 예비병의 신분을 지닌 이상, 동기들이 그 이름을 모를 리 없었다.

그러나.

"……으음, 뭐, 『은색의 탄환』은 별로 못 봤지만 진품이군."

"맞아. 어쨌든 막 보여주지 않는 게 좋아, 레인. 이거, 사람이 죽었다는 증거인걸."

이것이 대답이었다.

"누군지는 모르겠지만 말이야, 베룩이란 사람."

결과적으로 그 말은 거짓이 아니었다.

"어……?"

"베룩이 누구야? 서쪽 사람?"

주위에 있는 모두가— 아니, 본국으로 돌아온 이후에도 레인은 죽기 살기로 온갖 별의별 정보를 다 뒤져 가면서 베룩에 대해 조사했고, 그자의 존재를 추적했다.

그렇지만 마지막까지 그자를 아는 사람은 물론이고 사소한 흔적마저 찾아낼 수가 없었다.

―사라졌다.

베룩의 모든 것이.

마치 아예 처음부터― 베룩이라는 존재가 없었던 것처럼.

동방국 오르토메니아.

서방국 하버란트.

두 나라의 알력은 100년 전 발발했던 제1차 공격전 이후부터 변함없이 지속되었다.

이번 제3차 공격전으로 이어지는 항쟁의 계보는 병기 개발의 역사이기도 했다.

네 개의 각부(脚部)와 차륜을 보유해서 뛰어난 운동성과 내구력을 자랑하는 소형 기갑차 『엑세리아』는 100년 전 등장 때부터 현재에 이르기까지 전장의 꽃으로서 진화를 이룩했다.

답파하고, 파괴하고, 쳐부순다.

기계 병기로서 극한까지 다다른 구조를 갖춘 전장의 상징, 엑세리아.

그러나 그 강인하고 경량인 엑세리아의 기체를 구성하는 그 라이멀 핵은(核銀)의 채굴 장소는 너무나도 한정적이었고, 분할이 극히 어려울 만큼 각지에 널리 분포되는 특징을 갖고 있었다.

4차 공격전의 이유가 저것이다.

자원 쟁탈전.

적을 죽이고 진지를 약탈한다.

작은 충돌 이후에 전쟁의 불꽃은 일순간에 퍼져 나갔다.

그렇게 4차 공격전이 개시된 지 4년—.

아직도 전장의 불길은 쇠하지 않고, 그 불꽃을 지펴 태우는 것은 인간의 목숨이었다.

"거 뭐냐, 목적과 수단이 뒤집어졌단 말이지."

같은 반 오르카의 말이다.

"핵은을 빼앗기 위해 싸우고, 다시 핵은으로 엑세리아를 만들어 싸우잖냐? 그런데 전쟁이 아니라면 애당초 핵은이 딱히 필요하지도 않은 데다가, 어라, 그러면 우린 뭣 때문에 싸우는 거야?"

"오르카."

"음?"

"너, 외모랑 달리 똑똑하구나."

"은근슬쩍 바보라고 놀리는 말이잖냐, 이 자식아!"

좁은 내부.

애슬리와 오르카가 꽥꽥 떠들어 댄다.

……시끄럽군.

이쪽은 이래저래 고민거리가 많단 말이다.

"……꿈은, 아닐 텐데."

손에 쥔 『은색』의 탄피를 빙글빙글 굴린다.

탄피에 있는 학살자 베룩의 이름만이— 레온의 꿈을 증명하는 유일한 물증이었다.

"휴우."

한숨.

이곳은 이동용 차량의 내부.

결국 그 이후 적군의 기습도 없었던 터라 평온무사하게 사흘 동안의 주둔 기간을 마친 아레스트라 교도원의 학생들은 전선을 떠나 도시로 돌아오는 과정에 있었다.

다만 차량이 좁아서 탑승한 곳은 짐칸.

완전히 화물 취급이다.

문득 옆쪽을 봤다.

입씨름을 벌이고 있는 애슬리와 오르카가 보인다.

그리고 더 안쪽에는 묵직한 장갑을 보유한 『엑세리아』가 있었다.

엑세리아— 소형 기갑차. 한 기로 집을 세 채는 짓는다는 말이 나오는 고급 육전 병기이자, 어떤 열악한 경로든 간에 주파할 수 있고, 무성하게 자라난 밀림도 터무니없는 출력으로 돌파해 낸다. 마도사가 구사하는 탄환 마법과 함께 편성하여 운용하는 데 특화된 주력 병기가 눈앞에 놓여 시선을 사로잡았다.

쳐다보던 중.

"레인? 뭔가 표정이 되게 복잡한데, 이제 좀 진정이 됐어?"

"처음부터 진정했는데."

"망상으로 나를 산산조각 낸 주제에 말은 잘하는구나."

애슬리는 몇 안 되는 여성 사관후보생이다.

승부욕 강한 성격과 어울리게, 집안사람들의 반대를 물리치고 사관으로 지원했다던가.

……유복한 집안인 듯한데 혹시 부모가 울지는 않았을까.

"뭐, 어쨌든 확실히 일리가 있기는 하네……."

"음? 무슨 말이야?"

"레인의 망상처럼 언제 진짜로 산산조각이 나도 이상할 게 없다는 말이야."

애슬리는 중얼거렸다.

"100년이나 이어지는 두 나라의 균형? 에이, 벌써 옛날에 무너졌잖아. 이대로 가면, 질 거야. 어디서 들은 말인데 너무 사람이 많이 죽어서 전선에 사람이 부족하니까 슬슬 학생 중 우수자를 차출해 전선에 보내겠다더라."

"……설마."

"진짜로 진짜. 레인도 오르카도 아마 뽑힐걸. 성적은 좋잖아."

가만가만 이야기하는 동안에 동방국 오르토메니아의 수도가 시야에 들어왔다.

저곳 수도에 레인과 동기들, 『사관후보생』이 다니는 아레스트라 교도원이 존재하고 있다.

탄환 마법.

실탄에 마력을 부여하여 다양한 효과를 발현시키는 마법 기술의 명칭.

마법이라는 기술은 예로부터 계승되었다.

이론으로 해명할 수 없는 모종의 섭리가 있었다.

그러나 이렇듯 전란이 지속됐던 100년 동안에 마법은 오로지 더욱 실용적인 용도를 추구해 발전했고, 효과를 탄환에 봉하는 기술이 개발된 이후 전쟁에 가장 유효한 기술로서 탄환 마법이 퍼져 나갔다.

고상하게 포장하는 겉발림 말 따위는 없다.

일말의 거짓도 없이, 오로지 사람을 죽이기 위한 기술.

순수한 군용 병기.

파괴야말로 존재 가치임을 주장하는 살육의 수단.

이런 정세에 처한 100년의 세월 속에서 가장 필요로 하는 기술이 되어 승화했다.

필연적으로 학습 장소를 국가 정책으로 늘렸다.

사관학교 아레스트라 교도원에서도 탄환 마법은 필수 항목으로 지정돼 있다.

사관 육성이라는 학교의 성질상 이론 강의가 기본으로 편성되지만, 기초 훈련으로 탄환 마법은 습득해야 한다. 그렇게

3학년으로 진급하면 『대총(帶銃)』— 총기 소지가 허락된다.

또한 3학년인 레인 란츠는.

'……도대체 뭐냐 말이다. 그건.'

교실에서 애총 BB77을 만지작거리며 해결되지 않는 고민에 번민하고 있었다.

—결국.

베룩이라는 인간이 존재했던 증거는 아무 데서도 찾을 수 없었기에.

'그날—'

무슨 일인가 일어났다.

괴기한 현상.

어째서— 베룩의 흔적을 찾을 수 없는가.

어째서— 아무도 베룩을 기억하고 있지 않는가.

이렇듯 학교라는 평화로운 장소에 돌아오고도 선명하고 강렬하게 남아 있는 광경은 더욱 깊어졌다. 떠올릴 때마다 베룩의 이름이 각인되어 있는 『은색의 탄피』에 시선을 빼앗긴다.

'유일하게 증명 가능한 물건은 이 탄환뿐……'

애당초 이것은 주운 탄환이었다. 학살자 베룩이 후위 기지를 습격했을 때 애슬리와 함께 숲속을 이리저리 도망 다니던 중, 몸을 숨겼던 곳에서 이 탄환을 다섯 발 세트로 발견했다.

그 후 탄알이 바닥나서 어쩔 수 없이 사용하게 됐지만, 특별한 점은 「은색」이라는 것뿐.

그런데도 어떻게 이리도 기묘한 현상이—

"음……?"

문득 손질을 위해 깔아 놓았던 신문에 눈길이 갔다.

『또다시 패전.』

『리브라 산간부, 탈환 실패.』

『혹독한 전황, 이번 분기의 피해액 추산, 78억 제르를 넘기는가.』

"……연전연패잖아."

평소와 같은 기사였다.

우리나라, 동방국 오르토메니아가 서방에 잡아먹히고 있다는— 평소와 같은 기사.

제4차 공격전 개시 이후로 이미 4년.

동방국은 서방과 맞서 싸우는 내내 쭉 혹독한 상황에 처해 왔다.

현대 전쟁에서 중요한 요소는 주로 둘.

하나는 화기로 사용되는 『탄환 마법』.

그리고 또 하나는 그라이멀 핵운을 써서 생산하는 기갑차 『엑세리아』다.

전쟁 개시 당초에는 비록 큰 차이가 나지 않았지만, 지난 몇 년간 엑세리아 개발에 국운을 걸고 거액의 개발비를 쏟아 부었던 서방국은 뛰어난 신형을 거듭 양산했다.

결과적으로 서방국의 기술은 동쪽보다 몇 년을 앞서 나아가게 됐다.

그리고 신형 육전 병기 엑세리아가 연신 맹위를 떨쳐 나가는 과정에서 모든 사람은 이해했다.

동방국은—.

"이봐, 총 오타쿠."

"총 오타쿠 아니다."

말을 붙이는 옆자리의 오르카.

심심했는지 분해해 놓은 총 부품을 쓱 손에 붙잡더니 빛발과 마주 대면서 들여다보는데, 레인은 그 행위에서 살짝 서늘함을 느꼈다.

분해한 총 부품 옆에는 『은색의 탄환』도 놓아두었기 때문이다.

"……손 기름이 묻으니까 맨손으로 만지지 마라."

"그래도 말야, 총 정비 따위야 필요 없잖아?"

은색 탄환을 안 보이도록 숨기는 레인.

그 동작을 알아차리지 못한 채 오르카는 총신 부분을 빙글빙글 돌리더니.

"전투 자체가 줄곧 안 일어나잖냐."

저렇게 말했다.

'……전투가 안 일어났다? 흠.'

역시 환상이었을까— 그날은.

그때 종이 울렸다.

"이런."

수업이 시작된다.

레인은 권총을 척척 조립하고 정리했다.

교원이 오는 시간이 조금 지체됐다.

"무슨 일이려나?"

"글쎄. 나도 잘 모르겠는데, 아까 재미있는 이야기를 들었지."

"재미있는 이야기?"

"오늘 전학생이 온다더라."

"뭐?"

—전학생?

"여기는 사관학교인데? 전학이란 제도가 애초에 없지 않았나?"

"아니, 왜 나한테 따지는 건데……. 모른다니까."

일단 매듭을 짓고, 오르카는.

"아무튼 뭐냐, 여자라더라."

"흠."

"뭐, 기대는 안 하는 게 무난할 테지. 어차피 사관학교에 올 만한 여자야 애슬리 같은 고집쟁이 녀석밖에 없을 테니까."

"다 들리거든!"

교실 앞쪽에 있던 애슬리가 고개 돌려서 고함지른다.

……귀가 밝구나.

다만 으르렁대던 두 사람은 곧이어 입씨름을 벌이지는 못했다.

교실 문이 열리며 두 명의 인물이 들어왔기 때문이다. 한 명은 물론 병참학을 담당하는 윌슨 중위다. 아레스트라 교도원의 교관은 현역 위관이 중심을 이루고 있다.

그러나 그쪽에 주의가 쏠리지는 않는다.

문제는 오히려 다른 한 명의 인물—.

"와아……."

오르카가 탄성을 질렀지만, 레인은 입을 떼지 않는다.

다만 비슷한 감정을 품고 있었다.

'……흐음.'

자신들과 같은 제복을 입은 저 생도는 아리땁고도— 괴이하다.

묶어서 올린 하얀색 머리카락.

부서질 것 같은 팔다리.

—조그마하다.

정말로 작다.

그렇지만 「뭐야, 어린애잖아」라고 웃어넘기지 못할 만큼 저소녀는 너무나도 괴이했다.

왜냐하면.

"……이봐, 『저거』 진품이냐?"

"설마."

소녀는 자기 등에 장총을 『둘』 짊어지고 있었기 때문이다.

—흑색과 백색.

저것이— 정녕 소녀의 총이란 말인가.

한쪽은 잘 연마된 칼날처럼 하얗고, 다른 한쪽은 중후함을 주장하는 것처럼 검다. 분명 일부의 탄환 마법 사용자는 우스갯소리 같은 대총포를 메고 다닌다고 들었다. 그러나, 그렇다 쳐도 저러한 총기는 몸집도 작은 소녀에 비해 너무나 큼직하면서 지나치게 투박하다는 것은 확실했다.

품에 들기만 해도 허리를 굽혀야 할 듯한 장총을 태연하게 두 정이나 소지하고 있다.

—뭐지, 저 아이는.

명백하게 예사롭지가 않다.

압박감— 기백에 더하여 짊어지고 있는 두 정의 장총.

저렇게 괴이하다고도 표현할 수 있을 소녀가 문득 교실을 죽 훑어봤다. 그리고 다시 얼굴을 들어 분명하게 보이게 된 소녀의 눈동자는 머리카락 색깔과 같이 하얗게 탈색된—『은색』이었다.

'은—?'

수상쩍은—『은빛 소녀』.

저 색깔은 불가사의한 현상을 일으켰던 은색 탄환과— 몹시 비슷한—.

'뭐지, 저 아이—.'

쳐다보던 와중에, 과연, 그 은색의 소녀는.

"패전국의 돼지우리네."

"……"

맑고 선명한 목소리였다.

살짝 당돌한 음색.

그리고 교실에 있던 모두가 「어?」라는 표정을 지었다.

소녀가 말한 『돼지우리』 발언에 교실 안쪽이 조용해진다. 그렇지만.

"한심스럽구나."

여전히 소녀는.

"이런 게 국내 최고라고 칭송받았던 아레스트라 교도원의 처참한 말로구나?"

어휴, 한숨.

"아무리 아가여도 몇 년 뒤 임관해서 조직을 견인해야 할 텐데 이렇게까지 넋 빠진 녀석들이라면 이 나라가 패전을 향해 맹진하는 이유가 족히 짐작이 되네."

'……아가?'

교실 안 모두가 의아해했을 것이다.

그야 소녀의 용모는 명백하게 자신들보다 한참은 어렸기에.

그런 소녀가 『아가』라고 말하면 위화감이 느껴진다.

그러나 은발 소녀는 재차 말한다.

"진짜 『옛날부터』— 달라진 게 없다니까."

그때였다.

―짝!

전학생을 데려왔던 윌슨 중위가 소녀의 뺨을 있는 힘껏 때렸다.

"아……."

생도 전원이 전개를 따라갈 수가 없었다.

당연하다.

갑자기 커다란 총을 짊어진 소녀가 왔다.

그런가 싶더니 돼지 소리가 시작돼서 교관 윌슨이 격분했으니까.

"아주 재미있는 자기소개였다, 전학생. 다만 지나치게 불쾌하군."

그것은.

"잘 들어라. 하필 내 앞에서, 조국을 폄하하는 발언은 일절 용납하지 않는다."

바닥을 울리는 듯한 저음.

그것은 교관 윌슨이 격노했을 때의 말투였고.

"충고하지. 이곳 교도원에 들여놓은 순간부터 어린아이에 불과한 너는 오로지 상관의 명령을 듣기만 하는 날벌레다. 또 건방진 짓을 저질러봐라. 다음에는 네 혓바닥을 잘라 불살라주마."

레인은 저절로 오싹 소름이 끼쳤다.

윌슨 중위는 언뜻 외모는 온화하게 보인다. 그러나 정작 내면은 가혹하다는 한 마디면 족한 인물이다. 생도를 후려갈기는 행동도 주저하지 않고, 의견도 받아주지 않는다. 사관학교 출신답지 않은 군인 기질을 갖추고 있다.

생도들 사이에서 평판이 좋을 리 없었지만, 군 내부에서는 고속 진급의 필두 격이었다.

그러나.

"흐음, 폄하 발언이라고?"

은색의 소녀는 멈추지 않는다.

얻어맞은 뺨을 한 차례 매만지지도 않고.

"그러면 내가 묻겠어."

"뭐라고?"

"뒤집어서, 여기에 있는 넋 빠진 꼬마들은 어쨌든 간에 위관인 네가 숭상할 것을 주장하는 이 나라의 어디에 비난을 받지 않아도 되는 부분이 있다는 거야?"

태연하게.

수십 명이나 앞에 두고.

교실에 들어온 이후 1분도 지나지 않았건만.

마치— 이곳에 오는 것만이 단 하나의 목적이었던 것처럼.

소녀는 물러나지 않고.

시선을 돌리지 않고.

"100년 전부터야."

날카롭게 쏘아붙였다.

"100년이나 전부터 이 나라는 마법 기술도 기갑 기술도 완전히 엉금엉금이야. 서방국이 10년 앞날을 내다보는 반면에 여기 동방국은 핵은 채굴의 이익 산출에 눈독이 들어서, 장기 투자가 아니면 결과가 나타나지 않는 개발이나 기술 계몽에 이렇다 할 노력을 기울이지 않았지."

"네년, 웬 망발이냐."

"사실을 말했을 뿐이잖아."

담담하게, 소녀는.

"아핫, 진짜 돼지라니까. 눈앞의 먹이를 먹는 것에밖에 머리가 안 돌아가는걸. 먹이를 숨길 줄 아는 개가 차라리 더 똑똑한 게 아닐까?"

"네년……."

"뭐야, 자신이 개라고 말하려는 거야? 그러면 어디 짖어봐, 멍, 멍멍."

윌슨이 허리께로 손을 가져갔다.

꺼내 든 것은 군용 권총 M7이다. 그리고 곧장 그립을 똑바로 고쳐 쥐고는 총신을 소녀의 머리에 내리찍었다. 쇳덩어리로 폭언을 뱉는 소녀를 후려갈기고자 한다.

그러나.

"……개만 못하구나."

과연 소녀는─ 피하지 않았다.

윌슨은 망설이지 않고 소녀를 구타했다.

그러나 소녀는─ 움직이지 않았다.

쿵, 둔탁한 소리와 함께 쇳덩어리가 소녀의 머리를 갈랐다.

명백하게 중상의 일격이다.

줄줄 피가 떨어진다.

머리뼈가 깨져서 피를 뚝뚝 흘리고, 그럼에도─ 소녀는 미동조차 않은 채.

"뭣."

소녀는 한 걸음도 움직이지 않았다.

그런 반응이 윌슨을 다소나마 동요케 했다.

그러나 그 한순간이라 말할 수 있을 빈틈을 찔러 소녀는 드디어 몸을 움직였다.

—아니, 정확하게는 반격이다.

소녀는 스르르 팔을 돌려서 자기 머리를 깬 총을.

"큭, 네년!"

"느려."

빼앗았다.

총은 가뿐히 소녀의 손에 안착했다.

윌슨은 뜻밖의 반격에 멍해졌고, 그러나 곧 정신을 차린 뒤 자기 총을 되찾고자 했다.

그렇지만.

"움직이지 마. 불쾌해. 먼지 날리잖아."

"으……."

소녀는 빼앗았던 권총을 윌슨의 미간에 갖다 댔다.

위협, 움직임을 멈췄다.

제압했다. —일순간에.

"육체보다 머리를 쓰란 말이야……. 아, 맞아. 알고 있거든? 윌슨 중위. 2개월 전, 후퇴전에서 소대를 지휘했던 너는 무모한 지시로 오십 명을 무의미하게 죽게 만들었지?"

"……그게, 어쨌다는 거냐."

물러나지 않고, 윌슨은.

"병사는 죽는 게 본분이잖나."

"그렇다 해도 멍청이 상관의 넋 빠진 지시를 받아서 죽고 싶은 녀석은 없지 않을까."

받아치면서.

소녀는— 방아쇠에 손을 얹었다.

"네년, 알고도 하는 짓인가. 이것은, 명백한, 군법 위반……. 중죄다……!"

그리고.

"죄는 무슨……."

그때였다.

"뭐, 됐어……. 전학생 놀이는 끝내야지."

레인은 우연히 알아차렸다.

'저것은……!'

은빛 소녀가 꺼내 든 저것은 한 발의 총탄—『은색의 탄환』.

소녀는 손안에 숨겨 놓았던 그 탄환을 바꿔치기하듯 재빨리 탄창에 밀어 넣었다.

그 동작을 주시하던 레인만이 포착할 수 있었다.

그야말로 일순간이었지만.

'저 탄환은—!'

저것은— 레인에게 일어났었던 불가사의를 증명하는 유일한.

수수께끼의 도구.

소녀가 바꿔 넣은 것은— 은색의 탄환.

그리고.

"죄는 어리석음. 단지, 그게 전부야."

"잠까—."

윌슨 중위의 말은 가로막혔다.

탕! 파열음이 울려 퍼졌다.

선혈이 사방에 튀어 올랐다.

소녀가 발사했던 총탄이 윌슨의 머리를 꿰뚫었기에.

그 순간—.

세계가 덜컥 변화했다.

2. 망령 『에어』

"헉—."

일순간의 암전.

암막을 뒤집어쓴 것처럼 장면이 개변되고.

"뭐야, 여기……."

레인은.

"어째서 전장으로 돌아온 거냐!"

기갑차— 엑세리아에 탑승한 채 나무들에 둘러싸인 전장으로 제 몸이 건너와 있다.

주위를 둘러본다.

이 풍경은 낯이 익었다.

이곳은 북동 방면에 위치하는 카르발 위성 기지다. 주둔 가능한 규모는 천 명 남짓. 예비병으로 파견된 전적이 있는 중규모 기지였다. 이제 세 번째로 오는 셈인가.

그렇지만 횟수 따위야 사소한 일이었다.

몇 초 전까지 교도원의 교실에 앉아 있었던 레인에게는 아무래도 좋았다.

—교실이 아니게 됐다.

아니, 전장이었던 광경이—『개변되었다』라고 표현하는 게 맞을까.

그래, 또.

또— 일어났다.

"잠깐, 레인, 괜찮아? 뭔가 갑자기 숨이 거칠어지지 않았어?"

들려오는 말소리.

그것은 엑세리아를 조종하는 애슬리의 말, 걱정하는 기색이 묻어났다.

당연할 테지.

갑자기 파트너가 핼쑥하게 질린 것처럼 보였을 테니까.

"……애슬리."

"응, 왜 불러? 역시 긴장돼?"

"아니—."

—틀림없다.

소녀의 태도에서 레인은 확신했다.

처음부터— 처음부터 자신은 이곳에 존재하는 것으로 되어 있었다.

적어도— 자신이 아닌 사람들이 봤을 때.

"아무튼, 뭔데? 되게 울렁거리는 얼굴이네."

"아니, 얼굴은 울렁거리지 않아!"

울렁거리는 것은 기분이다.

한 호흡.

"아닌데……. 음, 저기."

잠시 고민하다가.

"……이봐. 우리가 지난 며칠간 학교에 돌아간 적이 있었던가?"

"엥? 웬 뚱딴지같은 소리야."

—돌아간 적 없어.

—지난 2주간 줄곧.

'……나, 정말 머리가 이상해졌나?'

회중시계를 꺼내 든 레인은 날짜와 시각을 확인했다.

역시나. 날자는 9월 9일. 시각은 대략 오전 9시를 가리키고 있었다.

즉, 다시 말하면, 갑작스럽게 교실에 나타났던 소녀— 수수께끼의 「은빛 소녀」가 윌슨을 죽인 이후에 아직 몇 초도 지나지 않았다는 뜻.

또한 도저히 의문을 억제할 수가 없었다.

"이봐, 애슬리……."

"왜?"

"윌슨 중위라는 사람 알지? 그, 우리 병참학 수업을—"

—받아들이기 어려운.

현상을.

"응? 우리 병참학 선생님은 사리 소위잖아?"

"어휴, 진짜 정신 좀 차려!"

—확인을 마친 뒤.

애슬리에게서 상황을 들었다.

현재 이곳 카르발 기지는 임전 대기 중이었다. 이 지점은 완전하게 동방국의 영토이지만, 경계병이 서방국의 적기를 발견했다고 한다. 척후일 가능성은 부정할 수 없을지언정 다만 확증도 없는 터라 보조를 맡을 예비 전력으로 레인을 비롯한 학생들까지 소집되어 대기 중이다.

그러나— 몇 번 질문을 거듭해도.

확인해도.

레인과 동기들이 학교로 돌아갔었다는 사실은 남아 있지 않았다.

물론 『은색의 소녀』라는— 바보 같은 목격 증언도.

"이 기지에는 학생이 아닌 병력은 없는 건가?"

"있기야 있었다더라."

애슬리는 대답했다.

"이유는 잘 몰라도 이상하게 인원이 비어, 이 기지."

—어째서인가.

레인은 그 이유를 알고 있었다.

이 기지는 윌슨 중위가 자기 중대를 체류시켰던 장소였기에.

사라진 윌슨 중위가 전력을 두고 온 까닭이다.

'역시, 윌슨은……'

—사라졌다.

모든 공적도 전부.

'으으, 제기랄, 머리가 뒤죽박죽이야.'

두 번째 개변된 세계.

다시 전장에 복귀당한 레인은 상황을 어떻게든 파악하고자 사색을 거듭하고자 한다.

그러나— 세계는 정지하지 않는다.

"으—."

먼 곳에서 포성이 울려 퍼졌다.

탄환 마법에 의한 특징적인 작렬음.

분진과 화염이 거하게 피어오르자 먼 곳일지언정 곧장 주변에 긴장감이 가득 들어찼다. 고정된 것처럼 조용했던 기갑 부대가 구동을 시작하고 부릉 소리를 내며 기동한다.

『이제부터 학생병 전원에게 식별 번호를 할당한다!』

상급자의 명령이 무선으로 하달됐다.

『지시는 개별 인컴으로 받아라! 이것은 실전이다. 시험 운용도 트라이얼도 아닌 전력으로 취급할 것이다. 학생병, 최선을 다하도록!』

코드 44.

그것이 레인과 애슬리에게 하달된 식별 번호였다.

보병 연대가 아닌 엑세리아를 보유하고 있는 기갑 부대에서는 엑세리아 한 기마다 조종을 맡을 『조종수』하나와 탄환 마법을 사용할 『포수』하나— 도합 두 사람을 최소 전술 단위로 붙여 교육을 실시하고 있다. 즉 두 사람은 운명 공동체로 묶인 파트너이다.

그것이 조종수와 포수의 관계.

한쪽의 죽음은 다른 한 사람의 죽음도 의미한다.

『코드 7부터 24. 서쪽, A3으로 이동.』

『숲속이다. 사선을 넓게 잡아라!』

지시만 잇따라 흘러 다닌다.

그리고.

"—레인!"

애슬리의 목소리.

"적 접근, 10시 방향!"

말을 꺼내는 동시에 애슬리는 선회 기어를 잡아당겼다.

파헤치는 소리가 울려 퍼졌다. 엑세리아가 기동, 네 개의 다리가 지표를 미끄러지며 보행을 개시한다.

순간, 후방에 탄환 마법 『청백염(靑白焰)』이 작렬했다. 강대한 충격파를 만들어 내는 범용의 탄환 마법은 특징적인 창백한 폭염을 피워 올리면서 재로 뒤덮고 주위 일대를 날려버렸다.

그리고 그 불기둥을 밀어 헤치며.

"제길!"

적기 AT3가 출현한다.

"윽, 떨어지지 마!"

회피를 위해 애슬리는 후륜 페달을 세게 밟았다.

—제동.

적이 쏜 탄환을 종이 한 장의 차이로 회피한다. 또한.

"—쏴버려! 레인!"

"그래."

이 대결은 마도사에 의한 특수 전투─.

반격이다.

마도사에게 통상의 총기는 통용되지 않는다.

마도사를 죽일 수 있는 수단은─ 마도사뿐이다.

'따돌리기는 불가능하다, 이곳에서 해치울 수밖에 없어.'

피어오르는 화염에 숨어들면서 지체하지 않고 적기는 재빨리 후방으로 돌아 들어왔다.

─강하다, 저 움직임만 봐도 알겠다.

엑세리아 전투는 조종수 사이의 수읽기에 시작과 끝이 달려 있다.

마도에 입문한 인물은 많고 적음의 차이와 관계없이 『공각질(共覺質)』을 지니고 있다. 이는 뛰어난 감각에 불과한 것이 아닌지라, 공각질은 『미래를 관측하는』 능력이며 특히 위기 상황에서 강하게 발현된다.

그것이 마도사가 음속의 탄환을 회피할 수 있는 원리의 근본이다.

강력한 화기를 장비한 병사가 수십 명 모인다 한들 마도사의 앞에서 미끼 역할조차 못 하는 까닭은 뛰어난 미래시에 의해 기관총 사격마저 회피를 가능케 하기 때문이다.

서로의 미래를 예측하는 것.

저러한 수읽기에 더욱 뛰어난 마도사의 탄환이 적을 꿰뚫는다.

즉 마도사 간의 대결은─ 엑세리아 전투를 제압한 자가 살아남는다.

'그래, 알겠다.'

—다시, 2초.

적기는 피어오르는 불길이 멎는 위치를 차지하고자 했다. 이쪽이 재장전을 하는 시간에 냅다 불사를 작정이다. 신형 AT3가 구형을 상대하는 만큼 그쯤이야 손쉬울 테지.

눈 깜짝할 틈에 불리한 위치 구도를 강제당했다.

—3초.

아마도 적기의 포수는 승리의 확신에 잠겨 있을 것이다.

구형 따위야—.

다 이긴 싸움이라고.

그러나.

"미안한데."

다음 순간, 포격이 작렬한 곳은— 저들의 방향이었다.

"—뭣."

적병이 한 차례 소리를 지른 직후에 무시무시한 충격이 퍼져 나갔다.

적기는 무슨 영문인가 미처 이해를 하지 못한 채 제자리에서 우두커니 서 있었다.

어쨌든 저런 반응은 당연하다.

왜냐하면 탄환이 날아온 곳은 『후방』이었기 때문이다

"그럼 마지막으로."

레인은.

"잘 가라."

농담.

격철을 놓아주자 마도가 기동한다. 수수께끼의 충격에 어리둥절하고 있었던 적 두 사람의 심장을 관통 마법 『단공탄(斷空彈)』으로 연달아 쏘아 맞혔다. 강철판마저 꿰뚫는 그 공격은 조종석의 바람막이째 적들을 관통했다.

적기 AT3는 완전히 정지했다.

─짤그랑.

레인의 발밑으로 굴러떨어지는 탄피에는 저들 두 사람의 이름이 각인되어 있었다.

탄환 마법 『환경탄(幻硬彈)』─.

그것이 소년 레인 란츠가 사용한 마법이었다.

"상대도 영문을 알 수가 없었을 거야."

감탄.

"설마 탄환이 『튀어 다니는』 줄은."

레인의 마법은.

"『탄환이 튀어 다니는 마법』."

"……그 말만 들으면 바보 같은 마법이 되는구나."

"진짜 맞잖아?"

아무도 쓰지 않는걸, 애슬리는 말을 이었다.

"환경탄은 마도사라면 누구든 쓸 수 있는 마법이지만, 자폭할 위험이 너무 높아서 실전에서는 차마 써먹을 엄두를 못 내잖아. 대부분은 재미 삼아서 몇 번 쓰다가 마는 게 전부이고."

환경탄— 이 마법은 원리만 두고 말하자면 너무나 보잘것없다.

휙휙, 이리저리 튀어 다닐 뿐.

그러한 탄환 마법.

그런 단순함 때문에 습득은 대단히 수월하고 사관학교에서는 총기 손질과 동시에 배워 익히는 마법 중 하나이지만, 이리저리 튀어 다니는 음속의 탄환 따위야 지극히 위험하기만 한 폭탄에 불과하다. 탄환의 궤도 예측이 복잡한 터라 아무도 제대로 활용하려고 들지 않는다.

그러나— 활용이 어렵다는 것은.

"용케 써먹는구나. 난 절대 무리야."

제어만 가능하다면 마도사 간의 전투에서 특이점이 될 수 있다.

"뭔가 궤도를 읽는 요령 같은 게 있어? 레인은 빗맞히는 경우를 못 봤는데."

"있다면 있기는 한데, 말해서 알려줄 수 있다면 다들 써먹었겠지."

"……하긴."

엑세리아 전투는 공각질— 예지에 시작과 끝이 달려 있다.

적기의 정보, 주변 환경, 외부 전략 등 다양한 조건과 요소를 사고하여 개개의 『공각질』에 산입함으로써 마도사가 행동을 결정하고 전투를 실행하는 것이 대전제이다.

개중에서도 『탄환의 궤도』는 중요 요소의 필두였다.

그럼으로써 적의 공격을 예지하기 때문이다.

비결은 간단하다.

탄환이 튀어 오를 뿐.

그렇지만 그 복잡함 때문에 미래시마저 어림이 없는 궤도의 예측만 이루어진다면—.

그 마법은 필살 필중의 히든카드로 자리매김할 수 있다.

『코드 44에서 중앙부에. 적 엑세리아 한 기를 지점 B2에서 격파.』

애슬리가 보고한다.

답신은 곧장 돌아왔다.

『잘했다. 학생이 실전에서 성과를 거뒀구나. 다만 적기는 아직 다수가 존재한다. 명령을 갱신하지. 코드 44는 즉각 지점 C1로 이동하여 전선에 합류하라.』

통신이 끊어졌다.

"……조금 더 천천히 보고하는 게 좋았으려나?"

"동감."

어쨌든 이미 늦었다. 애슬리는 액셀을 꾹 밟아서 지정받은 장소로 이동했다.

우군의 조력을 위함이었다.

그러나.

"윽……."

지점 C1에 진입했을 때 여기저기 흩어져 있었던 것은— 시체였다.

"이게, 몇 명이야……."

"……세지 마라. 기체 상태만 확인하자."

이곳 C1 지점을 방위하고 있었던 아군 엑세리아 다섯 기.

그 전부가 불타오르고 있었다. 굳건한 장갑은 마구 휘어졌고 고속 기동을 가능케 하는 상징적인 네 개의 다리는 한껏 꺾여 원형을 잃어버린 채 잔해마저 눌어붙은 꼴이다. 방어를 위해 배치되었던 기관총도 다수가 파괴되었고 압도적인 파괴의 흔적만 남아 있었다.

"제기랄……."

적의 숫자는, 열 기……?

바보 같은.

말도 안 된다.

열의 세 배에 달하지 않는다면 현재 전황을 설명할 수 없다.

현 상황과 추이―.

"어?"

여러 생각을 하던 때였다.

"뭐야? 저 아이……."

애슬리의 곤혹감에 찬 목소리.

당연할 테지.

왜냐하면 시체와 잔해의 위를 이리저리 걸어 다니는 『소녀』는.

'저, 녀석은.'

―은색.

무엇보다도 저 소녀는— 장총을 『두 정』 짊어지고 있는.

'저 녀석이다—!'

『은빛 소녀』였다.

잊어버릴 리가 없다.

착각할 리가 없다.

저곳에 있는 인물은 교실에서 월슨 중위를 쏘아 죽였던—

'어째서 이곳에!'

—은색의 탄환.

수수께끼의 탄환을 보유하고 있었던, 모든 것이 불명이었던 『은빛 소녀』가 있었다.

"……애슬리, 여기에서 기다리고 있어. 적이 오면 곧바로 중단하고 돌아올 테니."

"어? 잠깐."

애슬리의 제지를 무시한 채 레인은 엑세리아에서 내렸다.

저 녀석도 이쪽의 접근을 알아차렸다.

가까이 다가가는 레인을 보고 소녀는 엑세리아의 잔해 위에서 사뿐 뛰어내렸다.

톡, 소리가 난다.

무척 가벼운 소리.

등에 멘 커다란 총의 무게는 아예 무시하는 듯한—

마치 내용물이 텅 비어 있는 것처럼.

인간 같지가 않은 가벼움을 느끼게 했다.

피아의 거리는 10미터 이내로 줄어들었다.

소녀는 장총과 함께 월야를 등지고 있다.

그러나 그때 레인은.

"꼼짝 마."

권총을 꺼내 들고는 소녀에게 총구를 조준했다.

"정체가 뭐냐, 너."

"……갑자기 뭐래?"

"대답해!"

"……시끄럽구나, 아가."

이쪽을 쳐다보지도 않고 소녀는.

"모처럼 바람도 없고 잔잔한 밤에 아까부터 여기저기에서 쿵쿵, 쾅쾅, 이보다 더 시끄러울 수가 없다니까……. 조금 더 차분하게 싸울 재주는 없는 걸까?"

"대답해라. 너는, 누구냐."

"너는 누군데? 무엇 때문에 이렇게 흥분하는 거야?"

제대로 말을 받아주지 않는다. ―어쩔 수 없나.

"……은색 탄환."

"―흐음."

은색―.

그 말을 꺼낸 순간이었다.

소녀의 표정이 바뀌었다.

"먼저 말해 두겠어. 나는 아레스트라 교도원의 학생이고 오늘 아침까지는 분명히 존재했던 윌슨을 기억하고 있다. 그리고 나 말고 기억이 보전된 녀석이 있나 찾아봤지만, 이곳에 있는 누구에게 물어봐도 기억나지 않는다, 알지 못한다는 말밖에 듣지 못했어."

그러나—.

"너만큼은, 모르겠다는 대답으로 넘어갈 수 없어."

—은빛의 소녀.

창백한 불꽃을 일렁거리면서 이 순간에 곧장 사라질 듯한—.

그럼에도— 다른 누구도 아니고.

이 소녀는 윌슨을 살해했던 장본인이다.

"그리고 나는 목격했어. 네가 그때 꺼내 들었던— 『은색의 탄환』을."

총을 내리지 않은 채 레인은 가슴께에 손을 넣었다.

소녀에게 내보인다. 그것은 최초에 학살자 『베룩』을 죽인 증거, 탄피였다. 엷은 먹색을 띠고 신비로운 광택기 깃들어 있는 초상의 물질이자 모든 불가사의의 발단.

사라졌던 베룩의 이름이 각인된 탄환.

그것을 손에 들고서.

"대답해라, 이 탄환은 뭐지?"

레인은 묻는다.

"이 탄환에 맞은 인간은— 어째서 사라지나?"

—그로부터 몇 초가 지났을까.

무엇인가를 생각하는 몸짓 이후에.

"뭐야, 『이 녀석』이야—?"

과연 소녀는.

"나를 주운 녀석이."

그렇게 말했다.

—나를, 주웠다?

'음……!'

그 말에 어째서인지 오싹 한기가 솟은 레인은.

"뭐, 조금 많이 허약해 보이기는 한데, 나쁘진 않아. 응, 너 말야, 이름은— 아앗!"

말이 끝나기 전에 레인은 사격했다.

소녀의 발치에 탄환을 한 발.

"무슨 짓이야."

"질문은 내가 한다. 대답해라, 너는 정체가 뭐지."

"……요즘 아가들은 성질이 급해."

—아니, 누구더러 아가라는 거야.

오히려 네가 나보다 훨씬 더 어리지 않나.

새삼 바라봐도 정말 자그마하다. 소녀 본인이 발하는 강렬한 위압감과 등에 맨 장총, 빨려 들어갈 것 같은 은색 눈동자에 덧칠되어 있을 뿐 역시나 앳된 외모는 숨길 수 없다.

"이봐. 아가 소리는 어쨌든 간에 이제는 슬슬 질문에—."

"—에어."

"뭐?"

소녀의 대답.

"나는 망령^(고스트) 에어."

"망령……?"

그게 뭔데.

"그리고 아마 네가 품었을 의문 전부에 대답할 수 있는 존재. 물론 네가 손에 넣었다는 탄환의 정체도— 그 밖의 현상도."

"그럼."

"있잖아."

가로막는다.

"내 이름을 듣고도 너는 가만있는다는 게 예의에 조금 어긋나지 않을까? 슬슬 이름 좀 가르쳐줄래? 호칭이 난처하잖아."

……이런 상황에서 예의가 이러쿵저러쿵 말을 듣고 싶지는 않지만.

"나는 레인. 레인 란츠다."

"소속은?"

"아레스트라 교도원 3학년. 지금은 학생 부대의 코드 44로 작전 중이지."

"그래. 44구나."

좋은 숫자네, 소녀— 에어가 말한 때였다.

"레인, 돌아와! 빨리."

애슬리의 목소리와 동시에 무시무시한 폭염이 후방에서 피어올랐다.

"뭐—."

붉은 시야—.

레인의 뺨을 달구는 것은 화염의 분류였다.

'큭, 뜨겁다……!'

적이 쏜 원거리 포격이었다.

"으……."

"애슬리!"

상기된 것은 지난날의 광경.

탄환 마법의 위력에 온몸이 찢겨 나갔던 애슬리의 모습이다.

그렇지만 이번에는 운이 좋았다. 원거리인 터라 조준이 빗나간 덕에 직격은 모면했다. 그러나 조종석에 있던 애슬리는 온몸을 세차게 부딪쳐서 제자리에 엎드린 채 행동 불능이 되고 말았다.

지금 공격으로 완전히 의식이 날아가서 혼절했다.

"……큭!"

대단한 위험한 상황에 몰렸다.

―어떻게 할까.

레인은 엑세리아를 다룰 수 없다.

저속 주행쯤이야 가능하다. 그러나 본래는 일부 정예밖에 탑승이 용납되지 않는 이 기갑차는 조종하는 데 철저한 훈련을 필요로 한다. 전투에 나서기는 불가능하다.

그러나 숙고할 시간은 없다.

월야의 어둠 너머로 내다보이는 저편에서 접근하는 적기 엑세리아의 형체를 포착했기 때문이었다.

'―제기랄.'

시간이 없다.

레인은 움직이지 않는 애슬리의 몸을 안아 들고는 뒤쪽 자리로 옮겨서 조종석을 비웠다.

자신이 조종하는 방법밖에 없다.

이대로 가만 살해당할 바에야 차라리—.

각오를 다진— 그때였다.

"이영차."

비운 자리에 끼어드는 인물.

"……어?"

"애고, 어쩔 수 없네."

은빛의 소녀— 에어였다.

소녀는 당연하다는 듯이 엑세리아의 조종석에 앉더니, 그러고는.

"발진."

말 건넬 틈도 없었다.

찰나, 강력한 관성이 레인의 몸을 휘둘렀다.

'뭐—.'

엑세리아가 파열될 것 같은 굉음을 울리면서 가속을 개시한다. 직후, 좌우의 인지를 잃을 만큼 급박한 제동을 구사하여 바퀴가 지표를 헤집더니 미끄러지듯이 이동을 시작했다.

"뭐, 뭐뭐뭐뭐!"

"혀, 깨물 테니까, 다물어."

말 직후, 소녀가 수목을 피하기 위해서 진행 방향을 바꾼다.

그때마다 철컥, 철컥 소리가 났다.

기어가 전환되면서 부딪히는 소리다.

엑세리아의 스티어링은 간이화된 핸들이고, 원리 자체는 자동차와 큰 차이가 없어서 단순 이동은 약간의 훈련만 받으면 충분하다. 그러나 엑세리아의 특성인 『각식사륜(脚式四輪)』을 활용하는 운동을 실행하자면 개별로 네 개의 차륜을— 독립적으로 조작해야 할 필요가 있다.

즉 네 개의 일륜차(一輪車)를 동시에 조종하는 격.

평범한 차량과 다른 점이 이것이다.

액셀, 브레이크, 클러치, 기어가 통틀어서 하나— 그렇지 않다.

네 개의 다리 전부가— 저것들을 하나하나 제어함으로써 비로소 가능케 되는 압도적인 운동성이야말로 소형 기갑차 엑세리아의 진가이다. 물론 타고난 감과 장기간의 훈련을 필요로 한다.

천재적인 애슬리마저도 반년은 제대로 운용하지 못했다.

—그런데도.

"윽, 너, 어떻게, 엑세리아를—."

은빛 소녀의 조작은— 완벽하다.

거의 최고속을 유지하면서 어두운 밤의 삼림을 주파한다. 기어를 능숙하게 바꿔 넣고, 차륜을 손발처럼 컨트롤하고, 바람처럼 나무들 틈을 빠져나간다.

—이 녀석은 뭐야…….

망령— 그렇게 자처했던 정체불명의 소녀.

이토록 뛰어난 조종, 육군을 다 뒤져도 따라 할 인물이 과연 있을까. 마치 수차례 전장을 헤치고 나온 군신(軍神)과 같다. 이 소녀는 저런 착각을 유발할 만큼 탁월한 조종 능력을 보유했다.

"도대체 넌……."

"뭐가, 난 망령이야."

"그러니까, 그게 아니라!"

"있지, 떠드는 건 괜찮은데 위협사격이라도 해주면 안 될까?"

핀잔의 말에 후방을 돌아보자 적기가 두 기 접근 중이었다.

분명 소녀의 조종은 완벽하다.

그러나 적기와 성능에서 너무나 차이가 난다. 어린아이들 달리기에 어른이 끼어든 듯한 부조리함으로 조종 기술의 격차를 기체 차이로 뒤집는다.

'위협…… 무리야. 기체의 차이가, 너무나 크다…….'

총을 쥔 손이 떨렸다. 들이치는 죽음에 의해 사고력이 명확하게 떨어졌다.

다만 이렇듯 레인이 홀로 혼란에 압도된 상황에서도—.

"……흠."

앞쪽에서.

흐트러짐 없는 목소리.

"아무래도 뿌리치기는 어려울 것 같네. 뭐, 고물 차니까 당연한가?"

태연자약한 소녀의 목소리.

그리고.

"아가야."

"아니, 아가는 좀."

"곧 선회할 거야. 다음 탄환 마법을 준비해."

"뭐?"

"도망을 못 친다면 싸울 수밖에 없잖아."

번쩍 엑세리아가 뛰어오른다. 조종은 물론 완벽하게 컨트롤되고 있다.

그럼에도, 적기와 거리는 확실하게 좁혀진다.

소녀— 에어가 지시했다.

"나는 잠시 후 기체를 반전시켜서 적기의 품에 파고들 거야. 정면으로 마주 보게 될 테니까 너는 엇갈릴 때 적의 머리를 쏴버려. 두 기니까 적은 네 명인데, 목표는 오른쪽 기체의 포수. 타이밍은 나한테 맞춰."

—「아, 맞아」라며 소녀가 덧붙였다.

"탄환은 『악마의 탄환』을 쓰고."

"악마……?"

악마의 탄환—?

"네가 가지고 있는, 그, 은색 탄환을 말하는 거야. 정확한 명칭은 이래."

에어는.

"원래 나밖에 못 쓰는 특별한 탄환인데, 불운하게도 네가 주워서 챙겼으니까 어쩔 수 없이 이렇게 된 거지. 아무튼 최선을 다해."

말을 마치자마자 선언했던 대로 에어는 엑세리아를 반전시켰다.

'큭, 이 자식―'

수목을 회전축 삼아 180도 방향을 바꾼 뒤 뒤따라오던 적기에게 돌진한다.

이미 물러나기도 다른 방법을 찾기도 불가능하다.

레인은 각오를 다졌다.

'대체, 뭐냐고―'

은색 탄환―『악마의 탄환』이라고 불리는 그것을 장전한다.

'―할 수밖에……!'

적기의 반응은 신속했다.

잇따라 탄환 마법을 날리며 다가든다. 한 발, 두 발, 필살의 탄환이 종잇장 하나 차이로 스쳐 가더니 후방에서 터져 나갔다. 회피 성공은 우연인지 아니면 에어의 조종 기술 덕분인지 알 수 없었다.

직후 일순간―

레인은 『공각질』을 수렴시켰다.

시간이 둔해지는 감각―

거리 45미터.

스코프 너머로 파악되는 적기의 전모.

―어두움.

달빛도 미량.

그러나 피어오르는 폭염이 주변을 비춘다.

─포착.

보였다.

바람막이에서 얼굴을 내민─ 포수의 얼굴이.

에어가 지시했던 대로 이루어졌다. 지금은, 저 남자를 노릴 수밖에 없다.

레인은 도무지 영문을 알 수가 없었으니까.

버릇대로 회중시계를 들여다봤다.

시각은 『오후 7시 15분』.

'큭─.'

격철이 떨어진다.

미약한 화약 냄새와 함께 집게손가락을 포함해서 온몸에 반동이 전해졌다.

발사된 탄환은 어긋남 없이 목표에 명중했다.

적측의 『공각질』을 뛰어넘은 탄환은 적 포수의 복부를 꿰뚫었다.

붉은 피는 어둠에 섞여 보이지 않았다.

그럼에도 알 수 있었다.

─즉사다.

에어가 완벽한 타이밍에 기체를 제동해서 레인의 사격을 보조했던 결과였다.

적은 실이 끊어진 것처럼 털썩 기체에서 굴러떨어졌다.

시체가 바닥에 떨어져서 피를 흩뿌린다.

그리고— 일어났다.

"좋아, 잘했어."

『은빛 소녀』의 목소리와 동시에.

"윽……."

기우뚱.

—세계의 개변이.

암전—.

"——."

이번 현상은 극적이지 않았다.

지난 경험처럼 큰 변화나 장소의 이동 등은 없었다.

—덜컥, 움직이는 감각만 느껴졌다.

"……윽."

"아, 깨어났어?"

"여, 여기는……."

"전투는, 일단 끝난 것 같아."

레인은 눈을 떴다. 그 장소는 숲속의 작은 그루터기 위였다. 앉은잠에 든 자세에서 레인은 의식을 되찾았다. 그리고 옆쪽에는.

"아, 애슬리……!"

"괜찮아, 잠들어 있을 뿐."

에어의 말대로 파트너 애슬리도 그루터기 위에 몸을 누이고 있었다.

특별히 상처는 없고, 정말로 단지 휴식을 위해 그루터기에서 잠들어 있을 뿐이다. 별 이상은 눈에 띄지 않는다.

……진정해라, 상황을 정리하자.

시간을 확인하니 『오후 7시 15분』.

두 기의 적기에 추격을 받아 운 좋게도 한 기를 격추한 순간에서 변함이 없다.

틀림없었다.

—예의 현상이었다.

'역시, 그것은—.'

자신의 기체 엑세리아는 바로 옆쪽에 놓여 있었다.

그리고 그 기체 위쪽에 앉아 있는 인물은.

"아마 이곳은 전선에서 조금 떨어진 곳 같아."

커다란 총을 다시 등에 멘— 은빛의 소녀.

"뭐, 예측대로?"

소녀의 얼굴이 주위로 휘휘 돌아간다.

흡족해하며.

"본래는 지금 당장에 동방국의 본부와 연락을 취해야 할 테지만……. 뭐, 쓸데없는 고생은 내 성격에 안 맞기도 하고, 지시가 올 때까지는……. 흠."

에어가 반응을 나타냈다.

『동방국의 부대 전체에 지시.』

저 말소리는 무전기로 전달되는 전체 명령이었다.

『적기의「철수」를 확인했다. 우리의 승리다. 다만 아직은 확정 정보가 아니다. 코드 3부터 코드 21까지는 전선을 유지. 아울러 학생 부대는 전투를 종료한다. 기지로 복귀하라.』

—적기의 철수.

—승리.

—학생에게는『전투 종료』를 선언.

즉 오늘의 어두운 밤에 벌어졌던 습격이 마무리됐음을— 강습이 끝났음을 의미하는 말이었다.

아니.

'끝냈다는— 말인가.'

세계를 바꿔 놓았다—.

이렇듯 황당하게도.

"뭐야, 재미없어라."

철수 지시가 떨어지자 소녀는 시시해했다.

"「삭제」할 상대를 나름 골라낸 것은 분명하지만, 이렇게 전부 예측한 대로 흘러간다는 것도 꽤 싱겁구나. 아니면 고작 한 기 때문에 전황이 근본부터 흔들릴 만큼 서방국이 겁쟁이라서? 아니면 신중해서? 애당초 이번 작전에는 가치가 없었다? ……으음, 감이 잘 안 오는데."

미묘하게 정돈되지 않은 말을 중얼거리며 생각을 계속하는 은빛의 소녀.

그러나 그 말의 단편에서, 레인은 소녀가 현 상황을 의도하여 만들었음을— 유도했음을 알 수 있었다. 돌이켜보면 레인에게 표적을 지시했던 사람도 바로 소녀였다.

"도대체 뭐냔 말이다……."

그리고.

"넌, 너는……."

"응?"

"뭐냐고, 넌, 정말……. 도대체 알 수가 없군."

"뭐냐니, 왜 자꾸 물어봐."

푸념하는 소녀.

"몇 번을 말하라는 거야."

아름다운 은발을 밤바람에 나부끼면서.

"나는 망령 에어."

—망령.

"그리고 네가 손에 넣었던 『악마의 탄환』의 본래 소유주."

악마의 탄환—.

"그래서 뭔데, 망령이란 게."

"죽은 인간을 말하는 거야."

말뜻을 묻는 게 아니잖아, 따지고 싶은 기분이었다. 딱히 망령이라는 단어의 의미를 이해할 수 없어서 물은 질문이 아니다. 이 소녀가 자기 자신을 저렇게 표현하는 이유를 알 수 없었기 때문이다.

망령.

다시 말하자면— 죽은 인간.

그렇지만 눈앞의 앳된 소녀에게는 분명한 실체가 있다.

소녀가 엑세리아의 위에 올라선 터라 레인의 위치에서 올려다보는 구도가 되어 있지만, 아무리 뚫어져라 바라봐도 죽은 사람 같지는 않다. 딱히 반투명하게 비쳐 보이는 것도 아니었다.

"너……. 인간이 아니라는 게, 무슨 뜻이지."

"글쎄. 뭐, 인간의 정의는 잘 모르겠는데 다리는 제대로 달려 있어."

"다리?"

"동방국의 설화에 있잖아. 죽은 사람은 다리가 없어진다는 이야기."

"뭐?"

"봐봐."

말하더니.

에어는 자기 치마를 걷어 올렸다.

"큭!"

"아하핫! 뭐야, 학생이어도 일단은 군인인데 이렇게 순진한 반응이라니!"

깔깔 웃는 소녀.

어떻게 봐도 장난치는 모습이었기에.

"……너, 장난치지 마라."

"새빨갛게 붉힌 얼굴로 겁주는 거야?"

큰 웃음에서 히죽히죽 약 올리는 웃음으로 바뀐 채 소녀가 내려다본다.

저런 호들갑스러운 태도는 분명 외모처럼 진짜로 어린 소녀라면 보일 수 없지 않을까— 잠깐 납득도 됐지만, 그저 단순하게 기질이 날 때부터 심술쟁이였기 때문일 수도 있겠다.

어쨌든 간에.

'이 녀석—.'

아리송아리송, 종잡을 수가 없는 분위기.

어쩐지 현실과 쓱 거리가 있는 언행.

어린아이 같은 천진난만함— 그게 아니라, 뭔가 경험을 쌓아 습득한 여유에서 차분함을 견지하는 듯한 인상마저 받았다. 천성이 아니다. 명백한 축적의 차이……. 음, 사실, 이런 게 아니라면 겨우 치마를 살짝 들췄다고 동요한 자기 자신이 너무 한심하기 짝이 없었다.

그러니까.

"제길, 깔보지 마라."

레인은 아래를 보고 피하던 시선을 소녀에게 확 되돌렸다.

"보게?"

두 번째로 당했다.

치마 뒤집기를.

"뜨앗!"

이번에는 속옷이 보였다.

고스란히.

"아하하하! 뭐야, 방금. 뜨앗! 되게 발음이 요상하구나, 풉, 아핫!"

"……장난치지 마라. 난 진지하게 묻는 거다."

"장난이 되는 이유는 네 순진함 때문이지. 나는 진지한걸."

그때 소녀는 경박한 태도가 확 바뀌더니 번뜩 노려봤다.

'─윽.'

오한이 든다. 레인은 으슬으슬 소름이 끼쳤고, 이 소녀가 예사로움과는 저 멀리 동떨어진 존재임을 새삼 직감할 수 있었다. 그리고 레인의 반응을 봤기 때문인지 휴우, 소녀는 숨을 내쉬었다.

"그럼 일단 묻겠는데, 너는 100년 전 동서의 전쟁을 알고 있어?"

"음?"

뭐냐, 갑자기.

"100년 전이라니……. 제1차 공격전을 말하는 건가?"

"맞아, 그거."

말을 듣고도 100년 전 일을 도대체 누가 알겠냐는 생각이 들었다.

일단 현재까지 이어지는 동서 전쟁의 발단이었던지라 역사학에서 배우기는 한다. 그러나 과거와 지금은 병기 및 정세가 너무나 많이 다르기에 학습 의미가 없는 시대이기도 하고 무엇보다 너무 옛날이었다.

─100년.

"알 리가 없잖아, 100년 전 일인데."

"으음……. 요즘 아가들은 배움이 짧아 못쓰겠구나."

"아니, 왜……."

아가라니.

끈질기군. 네가 나보다 더 어리지 않나.

거듭 반복되는—『아가』라는 발언.

"뭐, 됐어. 이 이야기는 일단 넘어가."

에어는 말을 잇는다.

"지금 중요한 건 내가 아니라 이쪽이니까."

가슴께에 손을 넣어서 꺼낸 물건은.

"악마의, 탄환……."

"맞아."

은색의 탄환.

"내 탄환 마법을 봉한 탄환— 이것의 이름은 『악마의 탄환』
이야."

은제 도구 같은 탄환이 기묘한 광택을 발한다.

"그리고 너는 이제껏 몇 차례 써봤으니까 여기에 어떤 마법
이 담겨 있는지 대충 눈치는 챘을 거야. 아무리 둔해도 설마
세 번이나 경험했는데 짐작해야지. 실망시키지 마, 이게 일단
은 너를 시험하는 질문이니까."

시험한다— 에어의 말.

그러나 레인은 그 말의 의미를 진실되게 이해하지는 못했
다. 따라서 아무것도 의식하지 않고 위축되지 않고 대답할 수
있었다. 결국 과거의 경험으로 판단할 수밖에 없는 셈이니까.

먼저 첫 번째.

학살자 베룩을 은색 탄환으로 저격했더니 세계가 뒤바뀌었다.

두 번째.

소녀 에어가 교실에서 윌슨을 쏘아 죽이자 레인은 전장으로 되돌아왔다.

그리고 세 번째.

지금 막 적기 엑세리아를 격추했고— 이곳에 있다.

전황이 변모하고 적의 기습이 종료됐다.

이제껏 경험한 사례에서 어렴풋이나마 생각은 했다. 그럼에도 말이 안 된다고 이성이 가능성을 배제했었다. 다만 이렇듯 현실에 직면한 이상 확신할 수 있다.

레인의 대답은—.

"이 탄환은—."

그 정체를 입에 담는다.

악마의 탄환.

세계를 뒤바꾸는— 탄환의 정체는.

"인간의 존재를 지우는 탄환이다."

—잠시 말이 없다가.

"정답."

에어는 대답했다.

"그래, 더 정확하게 말하면 『쏜 상대의 **전부**를 세계에서 지운다』— 그게 악마의 탄환에 담긴 능력이지."

소녀가 발언하는 황당한 이야기. 그러나 레인은 입을 열 수 없었다.

"오직 나만의 탄환 마법. 아무도 사용할 수 없어. 내부의
『규율식(規律式)』을 흉내 내 봤자 아무도 발동할 수 없어. 나
만의 오리지널―. 유일무이의 마법."

악마의 탄환― 피격당한 인간의 존재를 지워 없애는 마법
의 탄환.

"그럼, 그래서."

―기억에서도, 사라졌다.

"그래. 게다가 단지 사람들의 기억이나 기록에서 지워지는
게 아니야. 그동안 살아왔던 행적, 이루어 낸 업적까지 전부
가 소실되니까. 즉 차를 발명했던 인간을 이 탄환으로 죽이면
세계는 차 없는 세계로 다시 만들어지고, 만약 A라는 인간을
죽인 B를 이걸로 죽인다면⋯⋯. A가 생존하는 세계로 바뀌게
되지."

『악마의 탄환』― 그 탄환에 살해당한 인물은 세계에서 존재
가 소멸된다.

그리고 세계는 「그 인간이 아예 처음부터 없었던 세계」로
뒤바뀐다.

"그 녀석이 없었던 세계로 개변―『재편성』이 발생하는 거야."
                                    ^{리프로그램}

"『재편성』⋯⋯."

세계를 개변하는 현상, 『재편성』.

저런 발언을― 눈앞의 존재가 태연하게 꺼냈다.

"뭐, 오늘 밤은 이 정도로 넘어가겠어."

에어는 발길을 돌려 어두운 밤 너머로 움직인다.

"이봐, 어디 가."

"오늘은 이만 돌아갈 거야. 내 목적은 달성했으니까."

"목적?"

"너를 찾아내는 것."

또다시 영문을 모를 대답이 돌아왔다.

─찾아낸다, 나를?

"아레스트라 교도원에 전학생으로 들어간 것도 전부 너 때문이었어. 뭐, 무능한 장교를 내 손으로 죽이고 싶은 이유도 있긴 있었지만. 이 기지도 본래 세계에서는 윌슨이 쓸데없이 전투를 오래 지연시켜서 수백 명이 개죽음을 당했지만, 지금은 이렇게 쭉 평온하고."

참 좋은 일이야, 말한 뒤 소녀가 떠나간다.

그렇지만 레인은 그래, 알겠다고 가만히 놔줄 수 있는 심정이 아니었다. 당연하다. 이제껏 발생했던 불가사의를 단지 말로만 통보한들 절대 납득할 수가 없었다.

레인은 떠나가는 소녀를 쫓고자 달려 나갔다. 다행히도 소녀는 느긋하게 걷는 속도로 움직이고 있다. 서둘러 뛰어가면 10초도 안 걸리는 거리였다. 금세 따라잡아서 손이 닿는 거리가 됐다.

그러나 잡아 세우기 위해 소녀의 어깨에 손을 얹으려고 했던─ 그 순간이었다.

"—윽."

레인의 몸이 떠오른다.

그리고 달려드는 기세 그대로.

"꺼헉, 윽!"

내던져져서 등부터 땅바닥에 부딪치고 말았다. 또한.

"손대지 마."

온몸의 피가 얼어붙는다. —그렇게 착각이 들 만큼 싸늘한 목소리가 들렸다.

"내가 망령이지만 말이야. 너희와 똑같이 육체를 갖고 있는데다가 달리면 지치고 땀도 흘리고 먹지 않으면 굶어서 죽을 수도 있거든. 그런데 말야. 그렇다고 해서."

—손대지 마.

—나는 너 같은 인간하고는 전부가 달라.

단언하면서 분명하게 거절한다.

그런 에어의 말투는.

'뭐야—.'

레인에게 약간의 위화감을 불러일으켰다.

'갑자기 왜.'

지나친 반응이라고도 표현할 수 있지 않을까. 이제껏 태연자약하며 다른 사람을 약 올리고 웃는 태도밖에 보인 적 없었던 불가사의한 소녀가 보여주는— 모종의 인간다운 반응.

'뭔가—.'

뭔가 있는 것인가.

에어가 타인과 거리가 가까워지는 데 격렬한 거부 반응을 나타내는— 그런 이유가.

"뭐, 됐어."

그러나 깊이 생각할 틈도 없이 에어는 곧장 위화감을 지웠다.

"금방 또 만날 거야. 그때까지 마법을 수련하고 더 많이 전투에 익숙해져."

"잠깐, 대화를."

"그리고 여자한테도."

"……."

"다음에는 속옷만 보고 빨개지지 않으면 좋겠네? 레인 런치."

약 올리는 말을 남긴 뒤 소녀는 숲으로 사라졌다.

되돌아온 숲의 정적 속은 바람 소리마저 되울릴 만큼 잔잔했다.

"……누가 런치냐."

점심밥 같잖냐.

란츠다, 란츠.

"……아, 진짜."

홀로 남겨진 레인은 소녀가 한 말을 정리했다.

—망령.

—악마의 탄환.

—존재를 지워 세계를 뒤바꾸는 탄환 마법.

"도대체 뭔데."

애슬리가 깨어나서 기지로 복귀하게 된 것은 그로부터 5분

뒤의 일이었다.

3. 100년 전 사건

―내내 쏟아지는 비가 조금씩 멎는다.

얼마나 긴 시간을 줄곧 도망 다녔을까.

기력이 결국 바닥났을 때 『은빛의 소녀』는 붙잡혔다.

'―저주받아라.'

발악했다.

순간, 등을 차가운 총구가 콱 찌르는데도.

'저주받아라, 죄다, 썩어 나가라―.'

소녀의 마음을 좀먹는 것은 오로지 원한.

까맣게, 끔찍하게, 너무나 깊이 침체된 그 감정은.

"싫어, ―싫어, 이러지 마, 싫어어어어어어!"

―비명.

소녀의 절규가 울려 퍼지는 와중에 처형인은 방아쇠를 당겼다.

뚝, 뚜욱.

총탄에 관통된 심장이 고동치며 선혈을 쏟아 낸다.

하얀 눈이― 소녀의 피로 빨갛게 물들었다.

오후 2시 36분.

동방국 엔탈 산맥에서 벌어졌던 전투는 방어에 나선 동방국 측의 압승으로 종막을 맞이했다.

항복 권고가 이루어진 때는 같은 날 오후 2시.

서방국은 고심 끝에 결국은 전면 항복을 선택했다. 최종 피해는 동방국이 엑세리아 다섯 기였던 데 반해 서방국은 엑세리아 서른 기. 중대 하나가 괴멸당했던 만큼 당연한 결과였다.

포로로 서방의 대장이 나타났다.

—음, 저게 누구였더라.

아, 맞아, 워드 준장이다.

장성급이 전투 지역에 직접 나서는 경우는 드물지만, 워드 준장은 이렇듯 전투 지역에서도 몹시 열렬하고 우수한 지휘관이었기에 대패한 사례가 없는 역전의 군인이었다.

동방국은 몇 번이고 저 남자 앞에서 호된 실패를 겪어야 했다.

그러던 중 붙은 칭호가 『귀설(鬼洩)의 워드』.

그러나 지금 저런 남자의 두 손발이 쇠사슬에 묶여 있었다. 누군가에게 구타를 당했던 걸까. 뺨은 벌겋게 부어올랐고, 부상당한 한쪽 다리를 질질 끈다. 저 모습은 그림으로 그린 듯한 무력한 노인— 그렇게 밖에 생각되지 않았다. 역전의 맹자일지라도 쇠사슬에 묶인 상태면 받는 인상이 확 달라지는가.

"오, 오오, 귀신 워드도 저렇게 묶어 놓으면 흔한 늙은이구나."

"일단 경의를 표시해라, 오르카."

빤히 옆쪽이 오르카를 쳐다본다.

"저기, 흠, 워드 준장은 설령 적이어도 훌륭한 군인이야. 막 깔봐도 되는 존재가 아니라고."

"아니, 그게—"

동방국은 학생 부대도 피해 없이 기지로 복귀했다.

오르카도 멀쩡하게 가벼운 모습이었고.

"막말을 안 할 수가 없다니까. 오늘 전투는 사실상 저 자식의 판단 미스잖냐."

"미스……."

"그렇게밖에 평가할 수가 없는 병력 차이였지, 암."

"그래, 뭐……. 그런가."

"뭐, 덕분에 우린 피해가 거의 제로였지만 말이지. 아하핫!"

학생 부대는 이번에 출격은 다섯 기— 총원 열 명으로 구성됐다.

그렇지만 출진했던 열 명 가운데 지친 인원은 한 사람도 없다.

이번 전투에서 거둔 승리가 참으로 압도적인 결과였기에.

그렇다—.

그만큼 이번 전투는 동방국이 지나치게 우위를 점한 상황에서 전개되었다.

—만들어 놓은 것처럼.

"……오르카, 미안. 자리 좀 비울게."

"응? 뭐야. 이제는 지시 기다리면서 중간에 축하회잖냐?"

"연회는 별로 관심이 없어."

"그렇다 쳐도 정말로 괜찮은 거냐? 저번에도 몸이 안 좋다고 말한 적 있었잖아."

"……괜찮다니까, 잠깐만 쉬면 돼."

둘러댄 뒤 레인은 집단에서 떨어져 나와 혼자 후위의 천막

지대에 걸음을 들여놓았다.

이곳은 단순하게 숙박만 하는 장소다. 이 시간에는 아무도 없다.

'끝났다……. 이번에도, 무사히…….'

레인은 등에 메고 있었던 라이플을 내려놓았다.

애용하는 TK라이플이다. 군대에서 채용된 장비는 아니지만, 예로부터 명총으로 이름이 높다.

장전 손잡이를 당기자 철컥, 맞물려 있던 철이 해제된다. 탄피가 배출됨에 따라 화약 냄새가 퍼져 나왔다. 그리고 후득후득 탄피집에서 굴러떨어지는 열 개 의 탄피 전부에.

"……."

인간의 이름이 표시되어 있었다.

요컨대 열 명을 저격했다.

그리고 열 개 전부가—『은색 탄환』.

"편리하게 쓰고 있구나."

갑작스레 들린 목소리였다.

퍼뜩 놀라서 고개를 돌렸다.

기척 따위는 없었다.

분명 세심하게 주변을 경계했었다.

그렇지만— 소녀는.

"너……."

"오랜만이야."

홀연히 나타났다.

"신나게 써먹었나 봐?"

"……신나지 않았어."

"인사치레야."

아무튼, 혼잣말하고 소녀가 쓱 다가든다. 레인은 반응조차 할 수 없었다. 바짝 접근을 허용하는 동시에, 눈 깜짝할 사이에 허리에다가 매어 놓았던 『천 주머니』를 에어에게 빼앗겼다.

"아, 돌려줘!"

"싫은데."

천 주머니를 되찾고자 한다.

그렇지만 이미 늦어버렸다.

"시험 기간의 채점은 필요하잖아?"

에어가 주머니의 내용물을 쏟아 냈다.

무게로 치면 전부를 더한들 수백 그램에도 미치지 못하는 물체.

그러나 숫자로 환산했을 때 방대해지는 저 물체들은—

"하, 하하."

이백을 훌쩍 넘어섰다.

"아하하하하하하하하하하하하하하하!"

—은색 탄환.

이 세상에 단 한 종류만 존재하는 은색의 탄환— 악마의 탄환.

그 탄환이 남긴 다량의 잔해.

그것은 수백을 넘는 인간이 삭제되어 온— 유일한 물증이었고.

"와, 이렇게까지 아낌없이 써먹었을 줄이야! 아하하! 악마의 탄환을, 이 짧은 기간에 이렇게까지 신나게 쓴 바보는 처음이야!"

레인이 갖고 있었던 주머니의 내용물을 보고 에어는 폭소했다.

수백의 탄피가 이리저리 흩어져서 땅바닥을 가득 메우고 있다.

"숫자로 치면— 와, 이백네 개야. 진짜 좋았나 봐. 저번에 만난 이후로 기껏해야 열흘 좀 지났는데."

에어가 웃음을 터뜨린다. 또한 소녀의 말은 어투가 가볍다지만 전부 진실이다.

"이제는 슬슬 다 웃었나?"

"그래. 충분히. 죽은 동안에 웃을 몫까지 전부."

열흘. 이 탄환을 손에 넣은 이후에 불과 열흘이라는 시간이 경과했다. 처음에 확보했던 탄환은 다섯 발밖에 되지 않았었다. 재료로 쓸 탄피가 있다면 이 탄환은 얼마든지 숫자를 불릴 수 있었다.

그 이후부터— 죽였다.

죽이고 또 죽였다.

전장에서.

"어째서, 이제 와서 나타났지."

"아니, 뭘. 조금 더 이 세계의 정보를 모은 다음에 올 생각이었거든? 지난 며칠은 대도서관에 틀어박혀서 지냈는데, 오늘 아침에 막 신문을 읽던 중 이런 기사를 발견해서 말이야."

에어가 신문을 집어 던졌다.

그 지면에 대대적으로 선전하고 있는 기사가 보였다.

『동방국 오르토메니아, 열세였던 전황을 일거에 뒤집다.
공세로 전환하여 서방국 영토 네 곳을 탈환.』

"이렇게까지 나라를— 아니, 역사를 바꾸려고 나선 바보는
처음이야."

단둘이 있는 공간에서.

"바보는 말이 좀 심한데."

"틀림없이 바보야. 이렇게 단숨에 치고 나가는 녀석인데."

바뀌었다.

불과 지난 열흘 사이에.

동방과 서방을 둘러싸고 있던 환경은 송두리째— 그야말로
전부, 전부가 다 변화를 맞이했다.

4년 전 개전 이래로 동방국은 패전의 연속이었다. 그러나
열흘 전부터 이어졌던 불과 네 개의 전장에서 벌어졌던 공방
이후에 급속도로 역전의 발판을 마련할 수 있었다.

"이것저것 일을 벌인다는 건 알고 있었지만 말이야."

동방국의 호조는 계속됐다.

국지전에서 승리를 거듭했고 이제껏 빼앗겼던 영토 여섯 군
데를 이미 탈환했다. 철벽을 자랑했던 서방의 진형과 방어선
은 연거푸 파괴되었고 동방국은 지난 열세를 완전히 갈아 치

웠다.

어째서 갑자기 승리를 거둘 수 있었던가.

신기술 및 전술이 성과를 거둔 덕분은 아니다.

그것은 명백하다.

정체불명의 역전극이 비롯된 이유를 수많은 학자 및 장교가 찾아 나섰다.

수없이 그럴싸한 결론을 내놓은 적이 있는가 하면, 허풍스러운 이론에 의한 가설도 다수 제창됐다. 그렇지만 그들은 알지 못한다. 진정한 답은 결단코 알 수가 없다.

이런 상황을 만들어 냈던 정체는— 한 명의 소녀임을.

불가사의한 마법이 담긴— 하나의 탄환임을.

"지난 사흘 동안만 봐도 지워서 없앤 사람이 오십쯤 되네?"

은색 탄환— 악마의 탄환의 탄피를 정리한 뒤에.

"막 날뛰었잖아. 솔직히 말하면 예상 이상이야. 보통은 마음이 망가지거나 너무 강력한 능력에 취해 남용하다가 덜커덕 죽어 나갔을 텐데."

소녀는 힐끗 레인에게 시선을 줬다. 그 눈에 보이는 것은 틀림없이 얼마 전까지 평범한 학생병이었던 존재. 뛰어 다니는 탄환을 조금 능숙하게 사용할 줄 아는— 그게 전부였던 소녀.

그러나.

"……뭐야."

"아니, 눈빛이 꽤 재미있어졌어. 너."

소년, 레인 란츠는 시선이 사납게 변모했다. 아니, 본래부터

소질이 있었다는 생각이 든다. 힘에 취하는 것이 아니라 이성적으로 힘을 제어해왔던 인물이 지니는 안광이다.

그렇다— 이성적으로 죽이고 죽였다.

이백 명 이상의 장교를.

수백의 인간이 살아왔던 증거를 지워 없애며 방대한 전장을 쭉 통제했다.

끝내 완수함으로써 소년이 세계에 되풀이했던 간섭.

그리고 그 현상을 파악할 수 있는 존재는 이 세계에서 너무나 적고 한정적이다.

당연하다.

알아차릴 방법이 없다.

—『재편성』.

저격당하면 이제껏 살아왔던 흔적은 전부 소거된다.

살해당한 순간, 아예 처음부터 존재하지 않았던 세계로 바뀌어버린다.

아무도, 어느 누구도— 원망하거나 반대할 수 없다.

"그래서, 뭐지."

레인은 말한다.

"이제 와서 무슨 볼일이지, 망령."

"딱히?"

"……."

짜증이 나는 대답이었지만.

"……뭐, 됐다. 어차피 내 목숨이라도 거두러 왔단 말이겠지."

"응? 내가, 널? 어째서?"

"어째서냐니."

이상하다는 표정을 짓는 에어와 달리 레인은.

"이것은…… 악마의 탄환이잖아."

악마— 그래, 악마다. 또렷하게 기억하고 있다. 소녀는 분명이 탄환을 두고 『악마』를 입에 담았다. 그리고 말의 의미는— 뻔하지 않겠는가.

"에어, 네가 나한테 이 탄환을 넘긴 이유는, 그게, 악마의 계약이라든가, 그쪽 느낌이랄까, 힘을 주는 대신에, 뭐냐, 혼을 거두러 왔다든가, 그런 게 아닌가?"

"바보 아니야?"

"……."

—참아라.

때리면 이야기가 진행되지 않는다.

"나를 성서의 지면 속에서나 등장하는 악마로 취급하지 말아줄래. 나는 항상 최신형이야. 게다가 애당초 네가 말한 혼인지 뭔지 진짜로 있기는 해? 본 적이 없는데."

"……아니, 나도 못 봤다만."

"못 봤지?"

미간을 찌푸리는 에어.

"없는 걸 어떻게 가져가겠어."

"뭐, 맞는 말인데……."

"그런 거야."

……그렇다 쳐도 되나?

"그래도 분명히 네가 말했던 대로 무료 시험 기간은 오늘로 종료야. 앞으로도 계속 쓰고 싶다면 이제부터는 나와 『서약』을 맺어야 해."

"역시 있긴 있었군."

최신형은 무슨.

"그래, 서약이라?"

"서약— 내용은 탄환을 쓰는 대가로 너의 전부를 바칠 것."

게다가 터무니없었다.

탄환과 힘의 대가로 소녀가 요구한 것은— 전부를 바치라는 말.

그 말을 듣고 레인은.

"악마……."

"그러게. 악마잖아, 망령이고."

또 저 소리인가. 질린다. 분명 소녀 본인이 거듭 되풀이했던 말이었고 지난 열흘 동안에 아무리 조사해도 결국 알 수가 없었다.

—망령.

"아, 진짜, 이런 문답도 슬슬 지겹단 말이야. 이제 자세하게 얘기해줄게. 이토록 정식이 확 나간 총격수가 더 있을 것 같지도 않고."

말을 마치는 동시였다.

에어는 백색 총에 손을 가져가더니 휙 뽑아서 드는 동작을 취했다.

'—윽.'

레인도 즉각 반사적으로 자기 총을 손에 잡았다.

사고하기보다 빠르게 뽑아 소녀에게 총구를 겨누고자 한다.

그렇지만.

"느려."

에어는 압도적으로 빨랐다. 레인이 수평으로 총구를 기울이기보다 신속하게.

"뭐."

"보여줄게, 푸른 꿈."

읊조리며 소녀가 쏜 탄환은 레인을 명확하게 꿰뚫었다.

탄환을 머리에 맞아 다리부터 털썩 힘이 빠져나갔고, 레인은 제자리에 무릎 꿇는다—.

'으······.'

몽롱한 정경.

윤곽이 뚜렷하지 않고 흐릿한 시야.

그러나 수십 초 정도 지났을 때였다.

조금씩 탁한 세계가 맑아짐에 따라 시야가 차차 뚜렷해진다.

'으음, 이건—.'

기억— 이것은 『기억』이다.

기억을 타인에게 보여주는 탄환 마법 『사영 탄환(射影彈丸)』.

누군가의 기억을 탄환에 담아서 쏜 상대에게 이미지를 전송하는 아류의 탄환 마법이자 사용 가능한 인물은 몹시 드문 상급 마법이다.

레인은 흘러드는 기억 속에서―「전장」에 있었다.

'이게, 누구의 기억이지……?'

전쟁을 회고하는 것 같다.

화염이 피어오르고, 단말마가 하늘을 찢고, 주행하는 기갑차가 한가득 깔린 인간의 유해를 밟아 뭉갠다. 구형 엑세리아 수십 기가 적진을 돌파하며 맹렬히 나아가고 있었다.

그러나 불현듯 누군가가 나타났다.

적기를 파괴하면서 유쾌하게 웃는 『은빛의 소녀』가.

'저 녀석은…….'

아름다운 소녀.

영상에 비치는 소녀는 너무나 선명하과 강렬하다.

등에 멘 커다란 총을 휘둘러 탄환 마법을 발사하며 기갑차를 차례차례 파괴해 나간다.

죽음을 체현하는 전장의 여신이 현현한 것 같았다.

그 용맹한 활약이 안 그래도 아름다운 소녀의 용모를 더욱 빛내준다.

그리고 소녀가 적기를 괴멸시킴으로써 전쟁은 종결했다.

전투는― 끝났다.

그러나 다시 영상이 전환되었을 때.

'어…….'

레인은 말을 잃었다.

『어째서, 어째서죠……!』

전장에서 빛을 발했던 『은빛의 소녀』는 엄중히 쇠사슬에 묶인 상태였기 때문이었다. 그리고 중죄인처럼 법정으로 내몰린 소녀는.

『저는 싸웠어요, 전부를 걸고……! 그런데, 대체 왜……!』

군사 법정에서 의결이 이루어졌다.

판결의 결과 부과된 처벌 내용은— 극형이었다.

『싫어, —싫어, 이러지 마, 싫어어어어어어!』

판결의 순간, 소녀는 발악했다. 미친 듯이 발악하며 근처에 있던 헌병 남자의 권총을 순간 빼앗아 즉석의 탄환 마법으로 간신히 그곳에서 탈출했지만, 곧 추격자에게 붙들렸다.

하얀 눈 위에서 소녀는 울부짖었다.

그럼에도 심장을 꿰뚫렸다.

처형당했다.

영상의 마지막은 거기에서 두절됐다—.

"크, 학!"

퍼뜩 놀라며 레인은 영상에서 깨어났다.

심장이 경종을 치며 맥동하고 있었다. 불과 수십 초 정도의 단편적인 기억이었는데도 레인은 이마가 흠뻑 땀에 젖었고, 술에 취한 사람처럼 의식이 어지러웠기에.

"이게…… 설마."

"그래. 맞아."

영상을 다 봤던 레인에게.

"이게 내 기억이야."

에어는 선고한다.

"나는 과거에 동방국 오르토메니아 육군 소속이었던 제1대장 마도사. 지금으로부터 100년 전, 군부에 의해 처형당해서자기 존재를 탄환에 봉인당했던— 망령이야."

—망령. 요컨대.

"그러면 너는, 정말로……."

"죽은 사람이야. 아주 옛날에."

담담히 입을 움직인다. —죽은 사람이라고.

"방금 보여준 기억처럼. 나는 살해당했어. 심장에 총을 맞아서 말이지. 그리고 몇 번인가 너 같은 녀석의 손에 주워져서 이때까지 의식을 존속해왔던— 망령이야."

뭐, 이렇게 되살아나는 것은 20년 만이지만, 에어의 말.

거기에 울적한 음색은 전혀 없었다.

원망 및 원념조차 없기에 정말 처음에 봤을 때부터 변함이없을 만큼.

"조금 보충할게."

냉정했다.

"나의 본명은 에어 알란드 노아. 마도사로서 열네 살 학생부대 때부터 이례적인 승진을 인정받아서 1881년의 제1차 공격전의 결정전에 임했고, 닷새간 방어선을 지키며 승리로 이끈 지휘관이었어. 영웅이야. 과장하지 않고 나라를 구한— 진짜배기야."

농담이겠지, 차마 웃어넘길 수 없었다.

왜냐하면 레인은 지금 실제로 소녀의 기억을 목격했기에.

그 전장에서는 초기 세대의 엑세리아가 활보했다. 연대를 보아 짐작하면 틀림없이 1세기 전의 기술이었고, 그 전장에서 소녀는 정말이지 아름답게 빛을 발했다.

그렇지만 그 뒤에 이어졌던 광경은.

"극형……."

"맞아. 나는 살해당했어."

너무나 무참하고 잔혹한 결말—.

"자기 나라에서 정식 재판을 받아 사형대에 올라야 했지."

"어째서……."

"네가 본 전투는 지난 100년의 최초이자 최대의 최종 전투— 안바르 공방전. 그리고 그 전투를 승리로 이끌었던 나는 아무리 마도사였어도……. 본래는 『학생』 신분이었던 거야."

에어는 말을 잇는다.

"당시 요인들은 미증유의 전쟁이 결착을 맞이했던 상황에서 너무나 무지했어. 나이도 젊은— 오히려 어린 나이에 가까웠던 영웅 따위야 군부를 욕보이는 치부와 다를 게 없었어. 본래는 전력 동원의 대상도 아닌 학생을 전쟁터에 몰아세웠을 뿐 아니라, 어린애가 방어선을 지켜 승리로 이끌었다는 사실은, 오직 전후의 전쟁 책임을 번잡하게 만들 뿐— 단지, 그뿐이었어."

그래서— 살해당했다.

그래서 나는, 죽기 직전에.

"저주했지."

전부를.

—저주받아라, 죄다, 썩어 나가라.

그렇게 바랐다. 그리고 그 먹처럼 검게 비틀린 정념의 끝에.

"나라는 존재는 이 탄환에 봉인됐어."

에어는 가슴 안쪽으로 걸어 놓았던 액세서리를 꺼내 보였
다.

그것은 악마의 탄환처럼 은색이 아닌 어쩐지 섬뜩한 『흑색
의 탄환』이었다.

"이 검은 탄환에 나— 에어라는 인간이 봉인되어 있어. 누
가 이렇게 나를 되살렸는지, 내 시체를 어떻게 했는지도 전부
불명이야. ……글쎄, 아까 한 이야기와 연결하자면, 진짜 『혼』
이라 부를 존재가 이 안에 들어 있는 거야. 그리고 처형된 지
30년 후……. 제2차 공격전이 일어났을 때 나는 다시 깨어났
어."

"지금으로부터 70년 전……."

2차 공격전—.

"맞아. 그리고 나는 깨어났을 때 하나의 성질을 갖추고 있
다는 사실을 깨달았지."

"성질?"

맞아, 말을 멈췄다가 에어는.

"성서에 등장하는, 신을 섬기는 『열 명의 신군(神軍)』들의 이야기는 알고 있겠지?"

"그야, 뭐."

아이들 동화 내용밖에 모르지만 열 명의 신군들 이야기쯤이야 상식이다.

왜냐하면 몇몇 나라의 이름까지 유래가 된 대상이니까.

"그거잖아. 신이 자기 몸을 지키기 위해 전 세계의 종족에서 대표를 뽑아 열 개의 신성(神性)이 선발되었다는 이야기…… 아마 먼 동쪽에 있는 섬나라의 설화에도 비슷한 게 있댔는데."

"맞아. 그러면 그 열 명의 종족이란 게 있잖아?"

"분명히─."

신군 열 명의 신성─. 각국의 이름이 유래된 그것들은 『천인족(天人族)』, 『악마족(惡魔族)』, 『갑혁족(甲赫族)』, 『화진족(火眞族)』, 『수정족(水精族)』, 『암황족(巖皇族)』, 『비상족(飛翔族)』, 『성령족(聖靈族)』, 『준신족(準神族)』, 『진신족(眞神族)』─ 열 개.

레노소이드, 베리알, 트라키셀, 렌트그랄, 아키랄, 우드, 팔라르, 픽시 오, 데미퍼먼, 에마

"그래. 그리고 그중 『악마족』의 낙인이 있음을 나는 깨달았어."

팔에 이거, 소녀가 말한다.

소녀는 줄곧 노출하지 않았던 『왼팔』을 휙 걷어 올렸다.

"그건……."

각인되어 있는 문양이 보였다.

왼팔에, 까맣고 탁한, 각인과 같은 그것은.

"『악마족』의 상징…… 나는 마도사로서 인간의 지혜를 초월

하는 하나의 신성을 획득했던 거야."

신성— 인간의 지혜를 초월하는 마법을 가리키는 말이다.

그리고 『악마족』의 신성으로 만들어진 것이— 악마의 탄환.

"『악마족』의 신성인 『소멸』은 강력하다는 한 마디면 충분했어. 탄환 마법은 생전에도 많이 만들었지만, 악마의 탄환은 차원이 달랐지. 이것은 신화시대의 병기였어. 그리고 그 대가로."

말한 뒤 에어는 시선을 떨어뜨렸다.

그리고 다음에 얼굴을 들어 올렸을 때.

"나는 망령이 됐어."

눈동자가— 변모되었다.

"—큭."

레인은 오싹 소름이 끼쳤다.

왜냐하면 소녀의 맑고 투명한 은색 눈동자— 방금 전까지 아름답게 색채가 빠져 있었던 안구가 먹을 칠한 것처럼 흑색으로 물들었기 때문이다.

흑색— 무릇 인간에게는 있을 수 없는 색채.

그 중심부에는 홍옥처럼 붉은 홍채가 빛나고 있다. 그것은 전기 및 성서의 내용에나 등장할 법한 악마 및 흡혈귀— 인간이 아닌 존재가 지니고 있는 이형의 눈동자이자.

"눈동자 색도 하나의 저주야."

에어는.

"망령으로 능력을 쓸 때면 내 눈은 『봉축(蜂縮)』— 빨갛게, 까맣게 물들어. 제아무리 정체를 숨기려고 애써도 마법 하나만 쓰면 이렇게 바뀌니까 꽤 신경을 써야 하지."

말을 마친 뒤 아하하, 에어는 가볍게 웃었다. 그러나 레인은 가벼운 농담조의 말로 얼버무릴 수 없는 분명한 동요를 느껴야 했다. 그만큼 소녀의 『봉축』이라고 부른 눈동자는 너무나 괴이했다.

완전히 일탈하여— 인간 같지가 않은 두 눈동자와 마주 대하는 상황.

—믿을 수밖에 없었다.

이 소녀는— 인간이 아니다.

"아무튼."

적흑의 눈동자. 에어는 저런 인간이 아닌 이형의 눈동자를 노출한 채.

"나는 70년 전 가장 처음에 만난 남자에게 그 탄환을 넘겨줬어. 나는 천재였으니까 살아 있었던 시절의 경험으로 어떻게 사용되려나 뻔히 알면서도 말이야."

살아 있었던 시절. 즉 에어가 세계를 저주하기 이전을 말함이었지만.

"나는 이 탄환을 여러 녀석에게 맡기기로 했어."

에어는 악마의 탄환을 넘겨주는 것은 레인이 처음이 아니라고 말한다.

즉 이제까지도 많은 전례가 있었다는 뜻이다.

인간이 사라지고— 존재가 사라졌던 전례가.

"그런데 이놈이고 저놈이고 제대로 된 녀석이 없더라. 사람을 지워 없애는 데 겁부터 먹는 바보든가, 능력에 취해 자멸하든가 둘 중 하나. 너무 강력한 힘이라서 안 되는 거야. 머리를 쓰지 않으면 귀한 능력도 의미가 없다— 그렇게 생각하면서 100년을 맞이한 이때. 레인— 네가 나타났어."

거기에서 한 차례 말을 멈췄다가.

"너는, 이 전쟁을 끝내기 위해 움직이는 거지?"

에어는 말했다.

"게다가 원만하게, 혹은 우호적이 아니야. 압도적으로, 파괴적으로, 이 이후에 싸울 엄두조차 못 낼 만큼 서방국을 박살내서 승리한다. —그게 네 목적이지."

아하하, 에어는 다시 또 웃었다.

레인은 대답하지 않는다. 그렇지만 망령은 웃는다.

"괜찮아, 레인. 나는 알 수 있거든. 너는 단순한 학생병이 아니야—. 그 능청 부리는 얼굴의 안쪽에는 너무나 짙고 거뭇한, 아무리 적이라 해도 수많은 인간의 존재를 안색 한 차례 바꾸지 않고 지워버릴 만큼 잔학한 본성이 있어. 그리고 그 대부분은 아마도 **무엇인가**에 대한 격렬한 증오이려나?"

격렬한 증오.

연옥의 불꽃처럼 피어오르는— 어둠이 수렴되는 복수의 화염.

소년 레인 란츠가 속마음에 잠재워 놓은 것—.

"큭."

꾹, 레인은 견뎠다.

억눌러야 한다. ―흘러넘쳐버릴 것 같았다.

"뭐, 아무튼 간에."

에어는 권총을 회수했다.

"이제 필요한 것은 나하고 『서약』. 이대로 악마의 탄환을 쓰고 싶다면."

"……구체적인 내용은?"

"말했잖아. 나한테 전부를 바치라고."

에어는 총을 빙글빙글 돌렸다.

"즉 내가 너의 『전부를 결정하는 권한』을 갖는다는 뜻. 내가 가라고 말하면 그곳이 설령 지옥이더라도 가고, 쏘라고 말하면 친형제여도 쏘고, 울라고 말하면 그 자리에서 엉엉 울고. ―죽으라고 말하면 죽고. 그렇게 뭐든 다 시키는 대로 따를 것."

"그런 건……."

뭐가 악마가 아니란 말이냐. 충분히― 악마잖나.

"……아하하, 뭐, 됐어. 대가를 포함해서 고민할 시간을 줄게. 흠…… 그러면 먼저 한 가지 명령을 내리겠어. 만약 나와 계약을 맺겠다면 명령을 완수해줘."

악마와의 서약― 혼과 맞바꿔서 소원을 빌어라. 힘을 넘겨주마.

―옛날이야기에서나 봤던 장면들.

몽환 같은 이야기와 함께 에어는 주머니에 넣어 두었던 종이 다발을 꺼내 든다.

그것은 공공 신문이자 오늘 막 발행된 최신판이었다.

『화해 교섭, 실패』
『교섭은 완전히 결렬, 전쟁이 계속되나?』

화해 교섭이 결렬되었다는 기사다.

사진에는 동방국과 서방국의 요인이 찍혀 있었다.

그중 한 사람은 20대 중반의 젊은 사관―.

"가장 오른쪽에 찍힌 저 미남은 알렉이라는 서방의 군인이야."

알렉―.

"풀 네임은…… 알렉 탄다 대위. 얼굴 모양은 달달하지만, 이 녀석은 서방국에서 출세 가도의 선두에 있고, 비록 국지전이 중심이라지만 열세였던 지난 1년 동안 여덟 번이나 승리를 거둔 뼛속들이 무투파야. 그리고 오늘 교섭이 결렬됨으로써 이 녀석은 이번 중앙전에 참가하게 됐다고 이 기사에 쓰여 있었어."

서방의 군인 알렉. 동방국의 입장에서 보면 골칫덩어리 인재. 다시 말하자면.

"아직 잠정적 명령에 불과하다지만, 형식은 갖춰서 말해주도록 할까."

―표적이 결정됐다.

"명령이야. 알렉 대위를 지워버려."

4. 교도원 생활

은색의 탄환.

그 탄환에 피탄되어 죽은 인간은— 사라진다.

단순히 죽는 것이 아니다.

그 인간에 의해 산출된 공적, 성과, 결과도 전부 삭제되고, 이제껏 살아왔던 흔적과 세계에 간섭했던 행적이 전부 소거된다. 만약 영웅을 낳은 어머니를 쏘아 죽이면 그 영웅의 존재가 사라지고, 총기를 개발한 자를 쏘아 죽이면 그 총기가 존재하지 않았던 세계로 바뀐다.

—재편성.

세계의 개변을 은빛 소녀는 그렇게 불렀다.

그리고 그 탄환을 손에 넣은 이후에 레인은 이제껏 거듭거듭 사용했다.

온갖 죽음을 초래하는 장교.

심대하게 살육을 벌인 적장을 처단하여 세계를 거듭 바꿔왔다.

인간을 공적째 소거하는 탄환은 미력한 소년에게 있어 재액이며 동시에 복음이었다.

끝낼 수 있다. —그렇게 확신할 수 있는 힘을 손에 넣었다.

"……."

교도원의 안뜰.

휴식 시간의 산책 중, 손에 든 은색의 탄피에서 무거운 압박감이 느껴진다.

이 반짝이는 탄피의 표면에는 목숨을 빼앗은 인물의 이름이 각인되어 있다.

이 흔적은— 절대 발각되어서는 안 된다.

이 탄환의 정체만큼은.

전장에서 목숨을 맡길 파트너 애슬리에게도— 결코 들켜서는 안 된다.

'절대로……'

—애슬리.

기계 병기 엑세리아의 조종자이자 레인과 학교에서 훈련의 거의 언제나 함께하는 사관 후보 중 드문 여학생이다. 기본적으로 고집쟁이지만 전투가 벌어지면 탁월한 기술로 전장을 달려 다닌다.

그리고 전장에서의 관계를 배제해도— 입학 이후 쭉 둘도 없는 친우로 지내왔다.

그 때문에 더더욱 지금의 신뢰 관계를 유지한 채 악마의 탄환을 계속 사용해야 한다.

악마의 탄환을 손에 잡았다.

심장이 두근, 뛰어오른다.

만약 이 탄환의 존재가 누군가에게 알려졌을 때, 자신은 파멸로 치달을 것이다. 그런 중압은 분명 각오했다. 그러나 이렇듯 탄환을 손에 쥘 때마다 자신이 획득한 힘의 거대함에 손이 떨리고 몸이 으슬으슬 차가워진다. 그렇지만 이 힘은 결코 포기할 수가 없었다.

　—무엇을 희생하더라도.

　사색하던 중에.

　"아."

　탄환을 쥐고 상념에 빠져 복도를 서편으로 걸어간 곳에서.

　복도에 만들어진 사람의 울타리 가장자리에서 덜컥 애슬리를 발견했다.

　—다만.

　"애슬리."

　"아, 레인이구나."

　"뭐하는 거야, 여기는 3학년 교실이 아니잖아."

　3학년 학생은 동편의 교실을 쓴다. 서편인 이곳에 다닐 이유는 없다. 그러나 애슬리를 포함하여 복도를 가득 채워서 모여 있는 서른 명가량의 인파 대부분은 3학년 이상이었다.

　"아니, 나도 아까 궁금해서 쓱 와봤는데, 뭔가 교실 안쪽에 뭐가 있나 봐."

　"교실 안?"

　레인은 사람의 울타리를 넘어다보기 위해서 쭉 발돋움했다.

　운 좋게도 바로 교실을 들여다볼 수 있었다.

　교실 안쪽에서 생도들 틈에 둘러싸인 소녀를 발견했다.

에어였다.

"켁!"

"으앗, 무슨 일이야!"

숨이 턱 막혔다. 하지만 제발 잘못 봤기를 바라면서 몇 번을 다시 쳐다봐도 저 특징적인 옆얼굴과 머리카락 색깔은 틀림없이 망령 소녀— 에어였다.

"으, 으아아아아앗?!"

"얘! 뭔데! 무슨 일이야, 안에 왜?!"

비록 복장은 교도원의 규칙에 맞춰서 차려입었지만, 그럼에도 의미를 알 수가 없다.

교실 안에서 와자지껄 생도들에게 둘러싸여 있는 인물은 망령 소녀 에어가 맞았다.

그러나 당장 이곳에서 뭔가 행동을 취하고 싶은들 무정하게도 수업 시간이 다가왔기에 레인은 일단은 먼저 교실로 돌아갈 수밖에 없었다. 안절부절, 수업을 듣는 시늉만 하면서.

'뭐하는 짓이야, 저 녀석!'

아무리 궁리해도 합리적인 이유는 떠올릴 수 없었다.

어째서 망령 에어가— 느닷없이 나타났는가.

—그렇게.

정확하게 두 시간이 경과했을 무렵.

"다녀오겠습니다~!"

"기다려."

"아야!"

레인은 다리를 내밀어서 달음박질치는 애슬리를 넘어뜨렸다.

"씨, 무슨 짓이야! 바닥에 얼굴 콱 부딪쳤잖아!"

"어디 가려고."

"어디긴."

넘어뜨린 것은 특별히 화내지 않고 애슬리는 영차, 일어서더니.

"당연히 전학생 교실에 가는 거지."

"……말리길 잘했군."

"엥, 소문 자자한 전학생인데? 별로 상관없잖아?"

"안 돼. 적어도 지금 시간만큼은 얌전히 있어줘라."

"으응? 무슨 뜻이야?"

"무슨 뜻, 으음—."

다른 누구에게 알려지더라도— 애슬리만큼은.

파트너인 애슬리에게만큼은 에어의 존재가 절대로 불가침이어야 할 테니까.

'제길, 상상도 못 했다고. 대책은—.'

그나저나 어떻게 하면 되는가.

레인은 격한 혼란에 빠져들었다.

—점심때 휴식 시간.

오전에 에어가 2학년으로 전학을 온 이후 두 번의 휴식 시간이 있었다.

그리고 그때마다 레인은 에어의 교실로 찾아갔지만, 오전 시간과 마찬가지로 소녀를 수많은 생도들이 둘러싸고 있었다. 특히 아레스트라 교도원의 1할도 되지 않는 여생도들이 휴식 시간마다 학년도 개의치 않고 에어를 에워싸고는 했다.

시끌시끌 여자들이 떠들어 대는지라 분위기조차 살펴볼 수가 없었다.

전혀 접근할 수 없어서 대화도 나누지 못한다.

'무슨 생각이지, 저 녀석—.'

어쨌든 간에 에어가 이렇듯 학생 신분으로 찾아올 줄은 꿈에도 생각하지 못했다.

그러나 어떤 이유가 있을지라도 레인에게 지금 상황은 결코 달갑지 않다.

에어가 이미 온 학교의 유명인이 됐기 때문이다.

'어쩌자는 거야, 주목을 끌고—.'

레인이 있는 교실 안에서도 전원이 전학생 이야기를 하는 데다가 복도를 잠시만 걸어 다니면 소문 자자한 전학생의 이야기가 싫어도 귀에 들려온다. 오늘 오전 한가득, 아레스트라 교도원의 화제는 줄곧 독점되었다.

—그 소녀는, 대체 누구인가.

그 정보를 교도원의 모두가 찾아다니고 있다.

물론 대단히 안 좋은 사태였다.

소녀는 평범한 인간이 아니다.

마술의 작용으로 되살아나는 망령이자 전화(戰火) 속에서 살아가는 존재다.

그런 녀석이 이러한 형태로 주목을 끌어 이득이 되는 부분 따위는 아무리 궁리해봐도 있을 리 없었다.

게다가 소녀 에어는.

'변덕, 변덕인가……. 다만, 너무나 생각이 짧은 행동이다…….'

일단 눈에 띈다.

은색 머리카락에 몹시도 귀여운 얼굴 생김새.

그런 아이가 나타나서 강렬한 인상을 주면 흥미를 갖지 않을 사람은 아무도 없다.

눈 깜짝할 사이에 인기인이 된 듯싶다. 언제 봐도 기자에게 둘러싸여 있는 것 같았다.

다만.

"참 신기하지, 저 아이."

매시간 에어의 소문 이야기를 모아 오는 데 부지런히 힘쓰고 있던 애슬리는.

"신기하다?"

"응. 학교를 안내해준다고 말해도 말야, 교실에서 나가고 싶어 하지를 않는다나 봐. 점심이 돼도 쭉 교실 안에 있으니까 마치 누군가를 기다리는 것 같았대."

—기다린다.

느닷없이 출현한 망령이— 무엇인가를.

'……안 되겠어, 무슨 생각을 해도 억측조차 못 되잖아. 어떤 가능성도 합리성이 부족하다.'

숙고해봐도 도저히 신경 쓰여서.

"직접 갈 수밖에, 없나……."

레인은 투정 부리는 애슬리를 데리고 에어의 상황을 살펴보러 가기로 했다.

도착한 곳은 2학년 교실— 점심때라는 시간도 거들어서인지 에어의 자리 주위에는 얘기를 들었던 대로 아직껏 많은 사람이 있었다. 또한 그 데면데면한 소녀가 대체 생도들과 무슨 이야기를 나눌까 싶어서 귀를 기울였던 순간.

"와아~ 이게, 뭐야? 엄청 맛있어!"

"……."

—어?

"역시 맛있지? 에어. 우리 학교는 근처에 과일밭이 있어서 자주 신선한 열매를 받아다가 먹을 수 있어."

"와, 이렇게 맛있는 사과를 맨날 먹을 수 있어?!"

"자, 에어. 포도도 먹어볼까?"

"응! 먹을래!"

"단걸 좋아하는구나."

"에헤헤. 평소에는 자주 못 먹거든. 고마워!"

…….

………………………….

"……누구?"

"아니, 봐 놓고. 수수께끼의 전학생이잖아."

"그게 아니라……."

그러니까, 레인은 애슬리를 훈계하듯이.

"저기, 여학생들한테 사과며 포도를 넙죽 받아먹으면서 생글생글 즐겁게 웃고 있는 저 은발 소녀는 대체 누구고 정체가 뭐냔 말입니다."

"정체 말입니까? 나도 모르지."

갑자기 왜 이래? 의아해하는 애슬리.

"어떻게 된 거야, 저 녀석."

"저 녀석?"

"그게 아니라……."

레인은 기뻐하며 사과를 베어 먹는 소녀를 다시 확인했다.

그리고 아마 에어가 맞을 생글생글 웃는 얼굴의 생물을 손가락으로 가리키며.

"저— 은발 전학생, 쭉 저런 느낌이었나?"

확인할 수밖에 없었다.

저게 뭐냐.

"레인이 왜 불쑥 정신이 나갔는지 잘 모르겠는데, 내가 들었던 이야기론 엄청 붙임성 좋은 아이라더라. 질문하면 대답도 잘해주고 반응이 좋고, 그런 데다가 누가 말 걸어도 귀엽게 항상 생글생글 웃어주니까 다들 한 방에 홀려버렸대."

……진짜 영문을 모르겠다.

아침에 봤을 때는 눈치를 못 챘지만, 아무래도 에어는 어딘가에서 머리를 쩔었거나 온 힘으로 내숭 부리기를 작정했는지 전날 만났을 때와 정반대의 성격으로 집단에 잘 어울리고 있었다.

저번에 만났을 때는 한 번도 웃지 않았던 주제에 지금은 주변 사람들의 넋을 쏙 빼놓는다.

괜히 용모가 괜찮은 만큼 효과는 동성에게도 발군인 듯싶었다.

……아니, 진짜 누군데.

도대체가 내숭이 너무 지나치잖아.

—다만.

이미 표면상은 친해졌기 때문일 테지, 주위에 있던 여자 하나가.

"있잖아, 노아 씨. 우리 학교에는 두 곳의 연습장이—."

말을 건네며 문득 에어의 어깨에 손을 얹으려고 했다.

물론 악의 따위야 없는 행위다. 그러나 저 소녀에게 있어 『손대다』라는 행위는.

그 행동을 인식한 순간 레인의 『공각질』이 근미래를 관측했다.

그것은.

'큭—.'

에어가 허리께의 『총』에 손을 가져가는 광경이었다.

이전에 에어에게 손을 대려다가 바닥에 나동그라졌던 레인.

곧이어 떠오르는 생각은— 에어는 타인의 손에 닿는 것을 비정상적으로 싫어한다는 것.

'저 녀석, 설마 쏴버리지는—.'

위험하다. 어깨에 손을 대려는 행동만 갖고 여생도가 죽게 놓아둘 순 없다.

레인은 반사적으로 교실에 뛰어들었다.

그런 행동이 바보짓이었다.

"아."

눈이 딱 마주쳤다.

사람 울타리 빈틈으로, 에어와.

'아차. —아니, 괜찮나. 하지만……'

눈이 마주쳤다. 그럼으로써 에어는 권총에 손을 가져가려는 행동을 멈추기는 멈췄지만, 과연 이것이 좋은 결과인지 나쁜 결과인지 판단을 내리기에 앞서.

"늦었어."

탁, 타탁.

둘러싸고 있던 인파를 곡예사처럼 뛰어넘어 온 에어는.

"귀가 떨어져 나갈 뻔했어. 조금 더 빨리 왔어야지."

에어의 행동에 주변 분위기가 굳어진다. 또한 주위의 시선이 두 사람에게 집중된다. 한편 에어는 확 굳은 분위기 따위 티끌만큼도 개의치 않고.

"……응? 왜 그래?"

물어본다. 그러자 애슬리가.

"뭐야, 레인. 이 아이랑, 아는 사이였어?"

"알기는, 아니, ……조, 조금?"

"저기."

에어는 아랑곳하지 않고.

"아까부터 소곤소곤 무슨 얘기를 하는…… 어라, 음?"

그때 뒤늦게 에어는 자신을 둘러싸고 있는 환경을 알아차렸다.

빙글 고개를 돌리니.

─여러 사람들의 시선.

"아하."

깨달은 소녀.

내숭 부리면서 애교를 마구 떨었던 자신이 지금 얼마나 많은 주목을 끌어모았는지 드디어 이해했다.

"─흐음."

에어는 웃었다.

"에이."

소녀가 만들어 내는 미소는 장난꾸러기 아이 같았다.

"레인이랑 만나고 싶어서 내가 여기까지 따라왔잖아."

꺄아! 환성이 터져 나왔다.

여자들 목소리였다.

한편 레인은.

"흡."

오싹 한기가 솟는 기분이었다.

이유는 『살기』— 구경꾼 남자들이 자신에게 일제히 총구를 겨눴기 때문이다.

점심시간.

"뭘 하고 싶었던 거냐, 넌!"

"시끄러워라."

다 들린단 말야, 퉁명스러운 대답.

안뜰에 설치되어 있는 사서함의 뒤편으로 끌고 간 행동을 에어는 언짢아했지만, 정말 소리를 높이고 싶은 사람은 오히려 이쪽이었다.

"나는 꽤 재미있었어. 서른 명 가까운 사람한테 동시에 조준당한 채 끅끅 도망치던 네 울상을 지은 얼굴, 뭉개진 사과 같았거든."

"아직도 한창 쫓기고 있는 와중이다만!"

사관학교는 극단적으로 여자가 적은 까닭에 소수 개체인 여자와 사이가 좋아지면 질투 및 이상한 원한 때문에 공격을 받는 경우가 곧잘 있지만, 귀여운 전학생에게 애초부터 상대가 있었다는 사실이 에어에게 넋이 나갔던 남자들의 역린을 건드린 것 같다.

사실은 아무래도 좋다.

다만 미소녀가 전입했다는 이벤트.

조금 더 꿈을 꾸고 싶노라고.

레인은 분노에 몸을 물들인 남자 생도들 서른 명에게 이리 저리 쫓겨 다니는 와중에 깔깔 웃을 뿐 방관하던 에어를 간신 히 회수한 뒤, 이렇듯 몸을 숨기고 대화할 수 있는 상황을 만 들어 냈다.

학생일지라도 마도사 서른 명에게 쫓겨 다녔던 피로는 이만 저만이 아니었지만.

"아무튼."

숨을 헐떡거리면서.

"일단, 뭐야, 웬 내숭이야."

"애교로 관계 구축은 당연한 거 아냐?"

"……."

아니다.

한도가 있다는 말을 하려는 거다.

"……뭐, 됐어. 내가 보기에는 소름만 끼친다만, 해는 없으 니까 말이지. 다만 이 질문에는 진지하게 답해라. 어째서 여 기에 왔지. 합리적인 이유를 말해."

"맨 처음에 말했잖아. 너를 만나기 위해서라고."

"그냥 장난으로 한 말이었을 텐데."

"사실은 사실이야."

에어의 대답.

"확실히 아까 전 상황에서 너를 온 힘으로 골탕 먹이고 싶 어서 표현을 굳이 조정한 탓도 있지만, 어쨌든 이유의 근본부분은 아까 말했던 내용에서 거짓은 없어."

—『레인이랑 만나고 싶어서.』

—『내가 여기까지 따라왔잖아.』

"악마의 탄환을 쓰는 이상, 적어도 가만 놓아두면 내가 오히려 위험해져. 네가 나와 계약을 맺으려고 생각했을 때 근처에 있어야 더욱 편리할 테고."

"……어떻게 우리 학교로 수속이며 경력을 위조해서 들어온 거야."

아레스트라 교도원은 국립 사관학교다.

군부 소속으로 규율과 관련되는 이상, 사칭은 거의 불가능에 가까울 텐데.

"네가 생각하는 이상으로 세계는 철저하지가 않아."

"……."

"얼마든지 방법이 있어. 맨 처음에 너를 만나러 왔을 때도 다른 방법을 썼고."

가볍게 말을 마치더니 에어는 지루하다는 듯이 팔짱을 꼈다.

마치 자신이 꺼내야 할 말은 전부 다 끝냈다는 듯한 태도인지라 짜증이 솟았지만.

"와아, 쏙 데리고 왔네."

위쪽에서 들린 목소리.

고개를 들어 올리자 그곳에는.

"전학생 아이, 역시 레인이랑 아는 사이였구나."

사서함 위쪽에서 이쪽을 들여다보고 있던 애슬리가 훌쩍

내려서서 에어와 레인의 사이에 끼어들었다. 좁은 공간 안에서 레인에게 등을 댄 애슬리가 에어와 마주 보는 위치에 섰다. 그러고는 키가 작은 에어를 내려다보면서 말한다.

"그래서, 너는 누구야?"

"이봐, 애슬리. 지금은……."

"레인은 잠자코 있어."

애슬리는 손짓으로 제지한 뒤 에어와 한 명의 인간으로서 마주했다. 그리고 교실에서 쭉 내숭을 부리기를 고집했었던 에어는 물어뜯을 기세의 애슬리를 앞에 둔 지금.

"흠, 애슬리."

반응을 나타냈다.

"아하, 알겠네. 저번에 전장에서 봤을 때, 그 아가……. 그렇구나, 연결됐어. 아까 레인이 쫓겨 다니던 중에 『애슬리가 있는 주제에 웃기지 마라』라는 말을 들었던 것도 이래서였구나."

세계의 개변을 인식 가능한 에어는 기억하고 있지만, 인식이 불가능한 애슬리는 이 불가사의한 소녀와 만나는 것이 처음이다. 인식의 상이함이 발생한 상황이었다.

일방통행의 관계.

악마의 탄환이 만들어 내는 독특한 현상 중 하나.

당연히 애슬리는 에어에 대해 아무것도 하나 아는 게 없다. 그리고 에어의 본래 말투가 이상한 듯.

"응? 뭔가, 아까랑 느낌이 다르지 않아?"

"글쎄?"

"와아……. 연기였구나, 그게."

"속는 사람 잘못이야."

대꾸하더니 흥, 코웃음을 치는 에어.

"뭐, 괜찮아. 사관학교니까 만만치 않은 아이는 잔뜩 있거든. 그래서, 너는 누군데?"

"자기가 먼저 말하든가."

"나는 애슬리 매거멧. 3학년이고 레인의 파트너인데?"

"그러면 내가 너한테 이름을 알려줘야 할 이유는 뭐고?"

에어는 살짝 어조를 강하게 했다. 그러나.

"아니, 이렇게 쪼그만 애가 레인을 만나러 왔다니까 뭔가 싶어서."

"쪼그, 큭……!"

불현듯.

확 분위기가 달라졌다. 애슬리는 아직껏 어리둥절하면서.

"여동생은…… 음, 아니지? 그래도, 아무리 마도사래도 이렇게 초등학교에 다닐 꼬마아이가 느닷없이 사관학교에 오면 좀."

"꼬마……!"

"아, 학교 견학이구나!"

"……이, 이 자식!"

느긋하게 묻는 애슬리와 폭언에 가까운 말에 몸을 부들거리는 에어.

그때 레인은 뒤늦게 깨달았지만, 애슬리에게 악의 및 앙심과 같은 거뭇한 감정은 전혀 없었다. 단지 단순하게 에어라는 소녀의 존재가 신경 쓰였던 것이 전부인 듯싶다.

"……싸움 걸어도, 소용없어. 나는."

"싸움? 누가 누구랑?"

"나하고 너, 밖에, 없잖아!"

애슬리의 대꾸에 인내심이 바닥난 에어가 완전히 임전 태세에 들어갔다.

그때였다.

『모든 생도는 신속하게 무장을 해제하라.』

목소리.

『반복한다. 3학년 기수장으로서 오르카 댄도로스가 지시한다. 3학년 이하의 생도, 당장 무장을 해제하라.』

"이거……."

"오르카?"

기수장 오르카의 방송이었다. 내용은 현재 레인을 없애버리고자 혈안이 되어 교내를 뒤지면서 몰려다니고 있는 남학생들에 대한 통보였다.

『아아, 뭐, 지금 난동 부리는 녀석들의 마음은 이해한다. 다만 규율이 없는 힘은 사관생도로서 증오해야 할 폭력이지. 난봉꾼 레인에게 화가 치솟는 것은 당연하다만, 그럼에도 일방적으로 처리하는 행동은 좋지 않다.』

"오르카……."

뭔가 험담도 섞여 있는 것 같기는 한데, 그럼에도 고마운 지령이었다.

기수장이 공적 지시를 내린 이상은 이제 레인을 쫓아다니는 행위는 명확한 위반—.

『따라서 제대로 된 규칙과 장소를 마련해주마.』

"어……?"

『3학년 이하는, 오후는 2시까지 비어 있겠지. 참가에 일절 제한을 두지 않는다. 돈 벌고 싶은 녀석들, 짜증 나는 자식을 바닥에 눕혀주고 싶은 녀석들— 지금부터 3학년 교실로 집합해라.』

3학년 교실로 집합. 거기까지 말한 뒤 방송은 멎었—.

『아, 레인, 너만큼은 강제 참가다. 안 오면 죽는다.』

그 말을 진짜 마지막으로— 방송은 멎었다.

"으음, 갑작스럽겠지만."

10분 후.

지정된 교실에는 마흔 명 가까운 사관생도가 한자리에 모여 있었다.

"좋은 물건이 들어왔다. 내가 맡아 둔 물건은 명총 『센트라』다."

교실 안이 살짝 떠들썩해졌다.

명총 『센트라』—.

"말하지 않아도 다 아는 재래식 자동 권총이지. 게다가 실용적으로 사용 가능함은 물론 골동품의 가치로 봐도 이것은 제법 값지. 각인은 경력 1822년이고 초대판의 프리미엄 물품이다. 가치를 알아볼 수 있는 귀족이라면 80만은 선뜻 내놓을 거다."

교실 안이 더더욱 떠들썩해졌다.

80만.

학생이란 입장에서는 틀림없는 거금.

……교실 안에 꿀꺽 침 삼키는 소리가 났다.

오르카는 주목의 시선에 만족스레 고개를 끄덕였다.

그리고.

"이것은 얼마 전 돌아가신 리머스 소위님의 유품이다. 리머스 소위님은 훌륭한 분이셨지. 만약 자신이 죽는다면 이 총을 미래가 있는 젊은이에게 맡겨달란 말을 남기셨다는군. 그런 덕분에 후배인 우리의 손에 들어왔지만, 나누고 싶어도 안타깝게도 총은 한 자루뿐……. 그래, 따라서."

오르카는 말했다.

"보물 쟁탈전을 개시한다아아아아아아!"

"""우오오오오오오오오오오오오!"""

교실 안에서 함성이 터져 나왔다.

오르카의 서두가 시작된다.

"규칙은 단순하다! 이제부터 30분간 우리 교도원의 본관을 범위로 지정하여 참가자 전원이 집단 모의전을 실시한다! 사용하는 것은 물론 모의탄! 적중당한 사람은 피격 위치가 몸 어디든 간에 실격! 30분 후 격추 숫자가 많은 상위 네 명끼리 결승전이다!"

"평소와 같은 규칙이군!"

"그래!"

참가자들도 전원 의욕이 가득하다.

"그렇다면 기만 전법도!"

"가능!"

"팀 결성도!"

"가능!"

"배반 행위도!"

"전부 다 가능하다아아아아아!"

통칭, 탄환 데스 매치.

사관학교 대대로 이어지는 게임.

모의전을 위해 위력을 낮춰서 약한 탄환 마법으로 벌이는 데스 매치이다.

본래는 조금 더 중요한 사안을 결정하면서 의견이 갈라졌을 때 사용되는 최종 수단 격 게임이지만, 클래스 대표를 맡은 오르카가 혈기 왕성한 녀석이라 빈번히 개최되고는 했다.

"그리고 말할 필요도 없겠으나 이 데스 매치에서 육체의 부상 및 물품 파손은 피해 정도가 기준을 큰 폭으로 넘지 않는 한 전부 가해를 당한 본인에게 책임이 귀속된다."

"요컨대?"

오르카 왈.

"짜증 나는 녀석은 반죽음을 만들어 놔도 문제없음."

"""우오오오오오오오오!"""

"아니, 문제가 왜 없어!"

레인이 부르짖어도 목소리는 곧 지워져 사라졌다.

참가를 강제당한 터라 레인도 끼여야 했다.

의욕은 적었지만 참가자 중 대략 절반은 자신을 죽일 작정이다.

탄환 데스 매치는 비록 형식이야 모의전이라지만, 실태는 교칙에서도 금지하고 있는 사적 결투와 가까웠기에 이쪽이 긴장을 풀면 진짜로 팔다리가 분쇄당한다 한들 아무것도 놀랄 게 없었다.

상품보다도 제도를 방패 삼아서 원한을 풀어내고자 시스템을 이용하는 참가자도 많다. 에어에게 넋이 빠져 있었던 집단은 틀림없이 조직을 결성해서 덤빌 테니까 느긋하게 상대할 처지가 못 됐다.

게다가 주위를 둘러보면.

"80만, 80만……."

"갚는다, 갚을 수 있다. 이자가 붙어 불어난 20만을, 흐, 흐하……."

'……으음.'

팔아 치울 작정인 녀석밖에 없었다.

상관의 유품을.

쓰레기밖에 없군.

"아니, 너희들, 설명 들었잖아."

준비 시간.

데스 매치의 개시에 앞서 각자의 위치로 움직이는 동기들에게 말한다.

"저 총은 유품이라고, 팔아 치워서 어쩌자는 거야."

""닥쳐.""

엑세리아로 콤비를 짠 켄스와 워리아의 대답은.

"정이 지갑을 채워주겠냐."

"은혜로 뭘 살 수 있는데."

"올곧은 눈빛으로 무슨 소리를 늘어놓는 거야, 이 녀석들아."

수전노의 눈이었다.

"그리고 말해 두겠는데 빈틈 보이면 널 흠씬 두들겨 패줄 거다, 레인."

"애슬리야 솔직히 입학 때부터 쭉 붙어 다녔겠다, 뭐, 서로가 일편단심이라면 너그럽게 봐줄 수 있었지. 그런데 오늘, 느닷없이 미소녀가— 한 번은 죽어도 되지 않겠냐."

"두 번째가 있다면 말이지."

레인은 주위를 쭉 둘러봤다.

마흔 명 가운데 이미 열 명 정도는 목표를 완전히 자신에게 고정하는 위치를 잡고 움직이는 중이었다.

아, 젠장, 안 되겠다, 이거. 다른 녀석들도 포함해서 진짜 대책이 없는 녀석들이다.

"그러면 다들 1분 후 자동 신호탄에 맞춰서 시작한다."

오르카가 장치를 놓아두고 전원이 부지 곳곳에 흩어졌을 때 탕, 신호가 울려 퍼졌다.

유품과 사적 원한을 건 탄환 데스 매치—.

스타트였다.

"……음, 숨을 수밖에 없나."

스타트 직후 레인은 마도사의 체력을 전력으로 소비하여 도주에 모든 것을 쏟아부은 결과, 아무에게도 발각되지 않고 도서관으로 진입하는 데 성공했다.

이 시간이면 자료실과도 연계가 없는 도서관은 사람들 없이 지낼 수 있었다.

탄환 데스 매치는 참가자 자체가 칩 역할을 하고, 최종적으로는 토벌 숫자로 결승전에 진출할 네 명에 들어갈 수 있다. 그리고 그때 카운트되는 숫자는 자신이 쓰러뜨린 대상뿐이다.

즉 도주 및 은신으로 유리해지지 않는다.

숨어서 살아남은들 아무도 쓰러뜨리지 않으면 0점으로 패배한다.

따라서 상당수, 거의 전원이 적극적으로 공격에 나선다.

마지막까지 숨었을 때 유리해지는 통상의 데스 매치와 살짝 달랐다. 레인을 첫 번째 표적으로 삼았던 집단도 금방 못 찾아내면 태세를 바꿔서 통상 전투에 복귀할 테지.

그렇게 몸을 숨긴 채 10분이 경과하고, 신변의 안전을 확인한 다음.

"……시간은, 있나."

레인은 책을 찾고 있었다.

어제 겪었던 사건―.

『나는 처형당했어.』

소녀― 에어의 말.

진위 여부는 결코 알 수 없을뿐더러 이해해줄 의리도 없다.

그렇지만 그런 이야기까지 들은 데다가 오늘 갑자기 전학도 온 이상은 수수께끼 소녀의 신변을 더 이상 모르는 채로 방치할 순 없었다.

조사 대상은 전쟁 기록이었다. 대략적인 내용은 국립이라 자료가 풍부한 이곳 교도원의 도서관에서도 열람이 가능하다. 그렇게 100년 전 전쟁에 대해 조사했지만.

"……제길."

역시나 소녀 『에어』의 이름은 없었다.

판명된 사실은 100년 전 최종 전투는 동방국의 경이적인 역전으로 종전했다는 것.

이유는 쓰여 있지 않았다.

남아 있는 기술은 동방국이 패전을 모면했다는 문장뿐이었다.

'정보가 지워졌다……'

새삼 조바심이 솟아난다. 여하튼 레인은 그 소녀에게 하나의 결단을 재촉 받고 있는 처지다.

『명령이야. 알렉 대위를 지워버려.』

알렉— 그자는 서방의 젊은 군인들 중에서도 손꼽히는 실력자이다. 악마의 탄환의 힘을 동원하더라도 처단할 수 있다는 확증은 없다. 그자가 병력을 지휘하여 공세에 나설 시기는 명확하지는 않으나 아마도 1개월 이내—. 그동안 레인은 중대한 결단을 내려야만 한다.

악마의 탄환을 포기할 것인가.

혹은『서약』— 은빛의 소녀에게 모든 것을 바치고 탄환의 힘을 계속 보유할 것인가.

'—뭔가 계획을 세워야 할 텐데.'

고민하던 때였다.

"여기냐~!"

"윽."

쾅, 도서관 문이 열렸다.

애슬리였다.

손에는 라이플총이 쥐여져 있고, 아마도 평범하게 적을 찾기 위해서 온 듯싶지만.

'아, 어쨌든 마침 잘됐군.'

애슬리에게는 에어와 별개로 할 이야기가 있었으니까.

단둘이다. 이곳에서 말을 마치도록 하자.

"이봐, 애슬리. 잠깐 할 이야기가—."

탕!

"으와핫!"

탄환이 날아왔다.

—무서워!

얼굴도 돌리지 않고 총부터 냅다 쏘는구나!

"잠깐, 기다려, 나다! 레인이야!"

"……응? 레인?"

애슬리는 그때 뒤늦게 이쪽의 얼굴을 인식해준 듯싶었다.

그러나 총을 내리지 않는다.

격철을 당기는 애슬리.

"뭐야? 목숨 구걸이라면 저세상에서 들어줄게."

"역전의 용병이냐."

거 멋있는 대사로군.

"목숨을 구걸하려는 게 아니야. 예전부터 꼭 하고 싶었던 말이 있었어. 들어줘라."

"어휴, 뭔데?"

"진지하게 들어, 애슬리. 중요한 이야기니까."

"혹시 못 본 척 놓아달라는…… 어, 뭐라고?"

그때였다.

"중요한, 이야기……?"

멈칫하는 애슬리.

내려가는 라이플. ……기회인가?

"그래. 예전부터 별렀던 용건이다. 중요한 이야기야."

"주, 중요한……."

움찔, 애슬리의 반응이 달라졌다.

"……중요한, ……예전부터 ……레인이, 나한테……."

중얼거린 뒤.

"……있잖아."

"뭐지?"

"그 이야기, 나랑, 레인이랑, 저기……."

말을 멈추더니.

"훗날의 관계라든가, 혹시?"

"그래, 잘 알고 있구나."

감이 좋은데. 역시 애슬리다.

"응, 그쪽 이야기야."

"단둘이 아니면, 못 하는…… 이야기?"

"뭐, 단둘이어야…… 나는 어쨌든 간에 애슬리한테 괜찮지 않을까 싶기는 한데."

"……아!"

그때 애슬리는 총을 내리더니.

"자, 잠깐만, 시간 조금만 줄 수 있을까!"

제자리에 쪼그려 앉아 휴대용 콤팩트로 머리카락을 정돈하기 시작했다. 부지런하게 흐트러진 머리카락을 빗고, 살짝 흘렸던 땀을 손수건으로 닦고, 머리핀의 위치를 조정한다.

이런 행동을 보면 애슬리도 여자아이가 맞구나 싶다.

성격은 세지만, 총기 따위는 어울리지 않는 귀여운 소녀다. 다만.

'갑자기 무슨 짓이래……?'

갑자기 몸단장을 할 상황인가?

뭐, 상관없지만.

데스 매치 참가자 녀석들도 없으니까.

"미, 미안해. 오래 기다렸지!"

붉은색이 감도는 긴 머리카락을 깔끔하게 정리한 다음 애슬리가 쏙 돌아앉는다.

"응, 얘기, 들을게!"

"……왜 숨을 헐떡이냐?"

"상관없잖아! 아무튼, 뭐야? 차, 참고로 난 말야, 직설적인 말이 취향이야!"

"그래, 그렇다면야."

레인은 요망받은 대로 말했다.

"페어를 해제해줘라. 나, 애슬리 말고 다른 녀석과 팀을 짜기로 결정했으니까."

"……………………………."

"일단은 정식으로 말해주는 게 도리 같아서 말이야."

"……………………………………………."

페어라 함은 전장에 나설 때 포수와 조종수의 관계다.

입학 이후 3년, 이제껏 쭉 애슬리와 함께했지만 사정이 달라졌다.

망령 에어가 나타났다. 아직 결단은 내리지 못했다지만, 만약 에어와 손을 맞잡게 됐을 때는 애슬리까지 여파를 받을 수밖에 없다. 평범한 조종수라면 큰 문제가 없을 테지만, 애슬리는 군 내부에서도 정상급의 기술을 보유하고 있는 조종수였다. 병력을 놀게 놓아둘 순 없는 노릇이다.

일찌감치 새로운 파트너를 찾아 결정하는 것이 애슬리를 위한 선택이다.

그러나.

"……이, 있잖아……."

애슬리는 대답할 때까지 제법 긴 시간이 걸린 이후에.

"그, 그게, 무슨 이유로……. 왜?"

"아니, 이유는 딱히, 음."

어떻게 대답해야 할까.

일단 대전제로 누구에게도 에어의 이야기는 털어놓을 수 없다. 저번에 에어는 교실까지 와서 악마의 탄환을 사용했었지만, 세계가 개변되고 『재편성』됨으로써 이제 그 기억은 누구에게도 없다. 아직 에어와 손을 잡을 것인가 결정하지는 않았지만, 지금은 대답을 얼버무릴 수밖에 없겠다.

"애슬리 말고 팀을 짜고 싶은 다른 녀석이 있거든."

그때였다.

쿵!

"……엉?"

충격파가 귀 옆쪽을 스치고 갔다.

동시에 쨍그랑 깨져 나가는 소리가 난다.

발사된 탄환이.

"힉!"

후방의 유리를 파괴했기 때문이다.

레인은 저도 모르게 비명 질렀다.

애슬리가— 사격을 감행했다.

"깜짝 놀랐어."

짙은 연기에 감싸인 채 애슬리는.

"사귀기도 전부터 이별 이야기라니."

"깜짝 놀랄 사람은 바로 나잖아!"

어째서 냅다 쏴버리는 거냐!

진짜 바보냐!

훈련용의 약한 탄환이지만, 근거리에서 적중되면 뼈도 부서진다는 것을 잘 알면서!

"아, 괜찮아, 레인."

"뭐가 괜찮은데."

"이거 실탄이야."

—듣자 듣자 하니까.

애슬리는 이곳에 들어왔을 때와 반대쪽 손으로 라이플이 아닌 권총을 겨누고 있었다.

즉 자기 소유의 총.

호신이 목적이라 약화 처리를 거치지 않은 진품.

……뭐가 괜찮다는 거냐.

"저기, 레인. 이런 이야기 혹시 들어봤어?"

"뭐, 뭔데."

여전히 애슬리는 총을 바짝 들이민 채로.

"있잖아, 어떤 나라에서는 말이야. 바람둥이는 포개서 네 동강을 만들어도 괜찮잖아?"

"바람 소리는 어쨌든 간에……. 네 동강이라? 아, 바람피우는 자식은 바람 상대를 같이 포개서 두 동강으로 잘라버려도 된단 말인가. 흠, 일리가 있는 소리구나."

"응, 그러니까 말이야. 레인, 새로 페어를 짤 사람, 여기로 데리고 와줘."

"흠? 어째서?"

"어째서일까?"

한 호흡.

"포개서 구멍을 두 개 만들어줄게."

"무섭네!"

"뭔데, 레인, 대체 왜! 도대체 왜 불쑥 떨어지자는 건데!"

조금 제정신이 돌아온 애슬리.

"입학해서 지금껏 쭉 같이 잘해왔잖아! 열심히 노력했잖아! 근데 갑자기 다른 사람이 왜 튀어나오는데?! 무슨 말인지 못 알아듣겠어!"

"아니, 새삼스럽지만 그게 별로 좋은 건 아니잖냐……."

"으윽."

이제껏 말은 안 하고 넘겼지만.

본래 엑세리아에 탑승하는 정식 페어는 딱히 존재하지 않는다. 전쟁터에 나섰을 때 누구와도 일정 수준의 능력은 발휘해야 하는 성질상 페어를 고정하는 데 의미가 없기 때문이다.

다만 레인과 애슬리는 다소 특수한지라 학생 신분에도 충분히 전력이 될 수 있기에 인정받아왔던 환경에, 또한 본인들도 번거로워서 특별히 바꾸려고 들지 않았다.

따라서 독립하려면 마침 괜찮은 기회다 싶어 꺼내는 제안이었다.

"으윽, 도저히 꼭, 해제할 수밖에, 없는 거야……?"

"애슬리도 본격적으로 실력을 연마하자면 그러는 게 좋을 테니까."

"그거야, 뭐……. 응, 모르겠는데."

"모르는 거야."

"레인의 상대라는 게 누군데?"

"어……."

"그, 여자애?"

애슬리가 언급하는 대상은.

"맞구나, 그, 은발에— 예쁘장한, 아이."

틀림없이 에어를 가리키고 있었다. 전입 소동이 일어났던 당일에 페어 해제의 이야기를 듣게 됐다면 그곳을 찌르는 것은 당연하다. 하지만.

"—상관없어."

대답한다.

"이 이야기 자체는 예전부터 쭉 고민했던 거야."

"그럼 당분간은 누구든 다른 사람이랑 붙어 다녀야겠네?"

"그야."

—뭐, 확실히 맞는 말이다.

애슬리의 대역은 생각하지 않았다. 동기 중 누군가에게 부탁하더라도 본래 학생부대로 소집되는 것은 일단 상위의 학생으로 한정된다. 그중 손쉽게 부탁할 수 있는 상대라면.

"……오르카?"

"알았어."

"뭘."

"그 자식만 없애버리면 세계가 평화로워질 거야."

대답을 마치자마자 애슬리는 도서관에서 나갔다. 탄환 데스 매치의 도중인 만큼 어지간하면 오르카의 생사는 걱정할 필요가 없을 것이다. ……걱정 없겠지? 괜찮겠지?

그나저나.

『그 자식만 없애버리면 세계가 평화로워질 거야.』

애슬리가 남긴 말이 묘하게도 가슴에 박혀 들어왔다.

틀림없이 비유였다.

분명히 알고 있는데도 불구하고 여전히.

—인간을 없앤다.

그 말의 의미가— 아프도록.

종료 시간이 됐다.

"일단은 결승 통과자부터 발표하지."

집합 & 결과 발표 장소는 교도원의 중앙 광장.

"그래 봤자 생존자 자체가 네 명이니까 자동으로 결정됐지만 말이지. 1위는 나, 오르카 댄도로스. 격추 수 8의 단연 톱이다. 분하냐? 어리석은 것들."

"죽어!"

"근육 오뚝이!"

"대머리!"

"이봐들. 다른 건 넘어가도 마지막에 대머리 소린 누구냐. 죽는다."

악역이 잘 어울리는 남자였다. 탄환 데스 매치에서 다섯 번 중 한 번은 우승하는 오르카는 기수장일지라도 이런 때마다 빈축을 제법 산다. 결승에도 대부분 낙승으로 진출하는 녀석이지만, 그나저나 오늘은 조금 피로한 기색이었다. 왜냐하면.

"2위는 애슬리 매거멧. 격추 수 6이기는…… 한데."

"……흡~! ……흡~!"

"시간 종료 후에도 나를 공격하는 터라 여자들에게 제압을 부탁했다."

오르카는 엄지손가락으로 가리켰다. 그 방향에는 여자들에게 팔을 붙잡힌 채 버둥거리는 애슬리가 있었다. 눈에 핏발이 섰고, 입에 채운 재갈의 한쪽에서 신음 소리가 새어 나왔다.

"이봐, 레인."

"음?"

옆쪽에 있던 오르카가 작은 목소리로 질문한다.

"어째서 애슬리가 광인화된 거냐. 나 말이다, 데스 매치 진행 중 쭉 쫓겨 다녔다만."

"오늘은 날씨가 좋으니까."

시치미 떼고 레인은 대답했다.

"……뭐, 좋아. 3위는 레인 란츠. 격추 수 2로 약삭빠르게 진출."

"죽어!"

"죽어!"

"죽어!"

"다른 욕은 할 줄 모르냐!"

같은 욕이어도 오르카와 차이 때문에 침울해지지만, 동기들의 분노도 이해하지 못하는 것은 아니었다.

이번에는 애슬리가 마구 난동을 부린 덕분에 진출한 게 정말 행운이었던 데다가, 무엇보다 보복 공격을 한 번도 받지 않고 게임이 종료되면 반감은 더욱 커진다.

그러나 불끈 레인에게 쏟아지는 열량마저도—.

"그리고 동률의 3위— 2학년 에어."

오르카의 말에 이어서.

"와아앗!"

""우오오오오오오오오!""

막 전학한 미소녀의 웃는 얼굴과 남자 생도의 굵은 환성이 지워 없앴다.

사교 모드— 다시 활달한 미소녀로 돌아온 에어가 감사의 말과 함께 손을 흔들자 동기들에게서 뜨거운 환성과 박수가 난무했고, 와아아아 장내가 곧장 흥분에 휩싸였지만.

"……이봐."

옆쪽에 나란히 서 있던 레인은 작은 목소리로 귓속말했다.

"언제까지 연기를 계속할 작정이야."

"상관없잖아. 반응은 제법 좋은걸."

"그나저나, 애초에 왜 참가한 건데. 총 따위 관심도 없으면서."

"심심했거든."

기본적으로 참가는 자유인지라 누구든 참가할 수 있었지만, 막 전학을 왔던 에어가 참가의 뜻을 표명했을 때는 레인을 포함하여 모두가 놀라서 눈이 동그래졌다.

그러나 진정 놀라운 일은 그다음이었다.

에어는 데스 매치에 참가한 뒤 제한 시간의 마지막에 일부러 노린 것처럼 대충 두 명을 쏘아 맞혀서 결승전의 진출 자격을 획득했기 때문이다.

……정말로 뭘 하고 싶은 거지.

"이봐, 레인. 결국 저 아이는 참가하겠다는 건가?"

"그래, 의욕은 있나 봐."

"그나저나, 괜찮나? 결승에 올라왔어도 자칫하면 다칠 텐데?"

"괜찮을 거다. 저게 다 내숭이거든, 이 녀석은 아마 고릴라도 맨손으로 잡을 테니까."

쿵.

"아프다!"

"흥."

에어에게 무릎을 냅다 걷어차였다.

"무슨 짓이냐!"

"네 무릎이 와서 부딪치던데?"

에어가 코웃음을 친다.

"······뭐, 됐고. 그러면 나, 애슬리, 레인, 에어, 생존자끼리 결승을 하자."

내용은 탄환 데스 매치의 꽃이라고 일컫는 4위전인데, 평지에서 벌어지는 4인 대결이다.

즉 1대 1대 1대 1. 개별의 탄환 마법 사용도 인정되기에 1회전 때보다 상당히 위험도가 높아진다. 시간은 무제한이고, 공격이 유효하다고 판단되면 그때 결착이 난다.

"참고로 평지인 이유는 레인의 탄환 마법을 봉인하기 위해서다."

"치사한 녀석이군!"

대충 느낌은 받았지만!

레인이 도탄하는 탄환 『환경탄』을 즐겨 사용하는 것은 이미 동기들 전원이 알고 있었다.

그리고 튀어 다니는 탄환은 장해물이 어느 정도 놓여 있는 장소에서 비로소 진가를 발휘한다.

이렇듯 평지에서는 사용할 방법이 없다.

"큭, 대놓고 치사한 짓을······. 『환경탄』이라면 너도 쓸 수 있잖아."

"쓸 수야 있다지만 제어가 안 되잖냐, 그딴 위험한 탄환."

"……뭐, 알겠다. 평지에서 붙자."

"좋아. 그러면 슬슬 개시할까."

오르카의 신호와 함께 구속당했던 애슬리가 준비를 위해 풀려났다.

잠시 제압당한 동안에 비록 기세는 잠잠해졌지만.

"……"

말없이 벌떡 일어서는 모습이 오히려 무서웠다. 레인은 아무래도 뭔가 한 마디 건네볼까 싶었지만, 피어오르는 살기가 너무나 예리했던지라 괜히 말 붙였다가는 살해당할 것 같았다.

"자, 준비는 됐나."

준비의 확인.

애슬리는 편의성이 좋은 자동 권총 WR.

오르카는 이름 없는 산탄총.

레인은 평소처럼 리볼버 BB77.

에어는 등에 멘 두 정 가운데 형식도 불명확한 중형의 라이플을 손에 들었다.

─탄환 마법.

다종다양으로 분기되기에 특기로 하는 마법의 종류는 실로 제각각이다.

그리고 오르카가 하늘을 향해 신호용 탄환을 발사하려고 했을 때, 레인은.

"맞아, 오르카. 개시 피스톨은 내가 쏠게."

"음, 딱히 상관없다만. 무슨 이유냐?"

"나는 리볼버니까 곧바로 움직일 수 있지만, 오르카는 권총에서 무기를 바꿔 쥐어야 하잖냐."

"뭐, 확실히."

그럼 부탁하마, 오르카에게서 피스톨 쏘는 역할을 넘겨받았다.

그리고.

"그럼 시작한다."

레인은 탄환을 하늘로 발사했고— 탕, 울려 퍼졌다.

결승이 개시된다.

순간, 주변 전체를 뒤덮은 것은 코앞의 시야조차 차단하는 강렬한 빛—『백광(오제트)』이었다.

레인이 발동한 탄환 마법. 리로드가 누구보다도 빠를 뿐 아니라 연사에 견딜 수 있고 마력의 뒷받침을 받아 환경에 간섭하는 마술. 지속 시간은 3초도 안 되지만, 그럼에도—.

애슬리의 배후로 몸을 달려 나간다.

대개 총사(銃士)에게 총을 쥔 손의 후방은 완전한 사각이며, 그것은 마도사의 대결에서도 예외가 없는 법칙이다. 다만 기습의 두 번째 사격을 감행하려던 찰나, 레인의 『공각질』이.

"윽."

콱, 다리를 멈췄다. 그렇게 제동한 장소에 암반조차 갈라버리는 막대한 『전기』의 탁류가 내리쏟아졌다. 한 걸음만 더 나아갔다면 필시 직격했을 위치— 탄환 마법 『회고전(回高電)』.

"감이 꽤 좋구나."

애슬리가 특기로 쓰는 초급의 탄환 마법.

엑세리아가 전문이기 때문에 전부 기초적인 한편, 평범한 탄환 마법으로도 강력한 위력의 경지까지 승화시켰다. 그러나 애슬리가 발사한 자전(紫電)이 흩어지는 것보다 빠르게.

"앗, 빗나갔—."

"느려."

레인은 애슬리에게 바짝 접근했다.

마법은 쓰지 않는다. 순수한 격투술. 권총을 뒷손에 두고, 한 걸음 물러나는 애슬리의 몸체를.

"윽, 끄앗!"

레인은 단숨에 냅다 걷어찼다.

애슬리는 반사적으로 레인의 안면을 팔꿈치로 때렸지만, 그 일격은 눈꺼풀의 피부를 살짝 스쳤을 뿐 치명상에 이르지는 못했다. 피를 흘리면서, 그러나 아랑곳 않고 레인은 애슬리의 몸을 곧바로 추켜잡고는.

"끄, 흡!"

지면에 있는 힘껏 내던졌다.

가슴을 세게 부딪쳐서 애슬리는 더 이상 일어서지 못했다.

직후— 백광이 사라진 뒤 시야 저편에 산탄총을 겨누는— 오르카가 보였다.

교차하는 찰나.

음속의 탄환마저 예측하는 『공각질』로— 지각 가능한 미래.

'움직일까—.'

오르카는 총신에 규율식을 전개.

충전된 열량이 흩날린다.

—제압 마술.

상방을 향해 발사된 십수 발 탄환은 이윽고 팽창— 질량을 수만 배로 불렸고.

『가운석(架隕石)』."
_{오르고 바르터스}

오르카의 탄환 마법으로 변화했다. 레인의 머리 위쪽에 작열하는 초중량 암석—『가운석』의 압력이 내리쏟아진다. 거의 즉각 지면에 직격하는 동시, 일대에 재와 먼지가 피어올랐고 진동이 발생했다.

그것이 학내 제일이라 일컬어지는 오르카의 탄환 마법— 상급 마술의 위력.

그러나 그 강력함은 오르카에게 있어.

"—미안하다, 오르카."

"뭣."

약점이기도 했다.

"너무 탄환에만 눈길이 간단 말이지."

오르카의 후방을 레인이 차지하고 있었다.

"—말도, 안 돼!"

오르카는 두 번째를 장전해서, 레인이 발사하는 것보다 빠르게 반격 태세로 전환했다.

─오르카 A 댄도로스.

국내 제일의 아레스트라 교도원에서 기수장을 맡는 실력.

천성의 뒷받침을 받는 고도의 『공각질』.

마도사의 격을 좌우하는 강대한 마력.

그에 더하여─ 레인의 탄환 마법은 숙지하고 있다. 필살의 열량을 보유하는 탄환일지라도 대상에게 명중할 때까지 도탄하는 『환경탄』은 마도사가 대처하기에 곤란하지만, 빗나간 탄환이어도 줄곧 주의를 기울여야 한다는 것만 파악한다면 회피는 결코 불가능이 아니다.

예지로 쭉 관측하면 공각질로 대처 가능한 데다가 이곳은 평지─.

탄환이 튀어 돌아올 대상이 아예 없었다.

그렇게 생각했던─ 다음 순간이었다.

"꺽!"

오르카의 『후두부』에─ 탄환이 명중했다.

"어, 떻게……."

쓰러지는 와중에 오르카는 뒤쪽에서 온 탄환을 쳐다보면서.

"아, 저거 말이지."

레인을 올려다본다.

"시작할 때 쐈던 탄환이야."

확실히 시작할 때─ 레인은 신호 담당을 대신 맡겠다고 말했다.

그리고 그 탄환을 『옆』으로 쐈었다.

탄환은 저속으로 저편에 있는 교사에 부딪혔다가 날아왔고, 지금 오르카의 머리에 시간차로 적중해―

"……쓰레기 자식."

"시끄러워."

간단하게 친우를 속아 넘긴 레인은 복부에 마무리 일격의 탄환을 쏘아 박았다.

그리고 개시 이후에 10초가량의 교전으로 동기 두 사람을 때려눕힌 뒤 돌아본 곳은― 은빛.

"……흐암……."

느긋하게 하품.

"뭐……. 철칙은 잘 지키는구나."

"철칙?"

"약한 녀석부터 죽이는 것."

대꾸하면서 그제야 소녀는 방아쇠에 손가락을 가져갔다.

그리고 두 사람 사이에서만 간신히 들릴 음량으로 담담하게 에어는.

"그래도 유감이야. 저기 애슬리라는 애, 직접 두들겨 패주고 싶었는데."

"꼬맹이 취급을 받았기 때문인가?"

"……."

지루해하는 표정에서 단숨에 언짢은 기색으로 바뀐 채 에어는 입을 다물었다. 만난 이후에 이제껏 에어는 항상 초연했고 유유자적해서 종잡을 수가 없었지만, 신체의 특징을 놀림 당하니— 꼬맹이 취급을 받고 나니까 몹시 부아가 치밀어 오르는 듯 태도를 숨기지도 않는다.

"—누가."

그리고, 작은 목소리.

정면에서 마주 선 레인이 겨우 알아들을 수 있었다. 목소리.

"—누가, 이따위 몸을, 바라겠어."

떨리는 목소리로— 소녀는.

'어, 뭐야. —음?'

그림자가 진 표정.

약 올리려는 듯이 비웃은 표정도, 가면 비슷한 웃는 얼굴마 저도 싹 사라져서—

—서글픈 표정을 짓고 있었다.

그것은 자신이나 여타의 사람이 소녀에게 손을 대려고 했을 때의.

'저 얼굴은—.'

거절의 표정……?

……아니, 이렇게 지금 바라보자면, 틀림없이— 비탄의.

'아……?'

돌이켜보면—.

에어는 스스로를 100년 전의 존재라고 말했다. 하나의 작은 탄환에 자기 존재가 봉인당했고, 대전이 발발할 때마다 망령으로서 모습을 나타내는 현상을 줄곧 반복해왔다. 저런 과정을 재현 가능한 마술이 있는지는 알 수 없었다. 그러나 에어의 육체는 결코— 타고난 것이 아님은 확실하다.

그렇다면— 이 소녀의 몸은 누가 만들었나?

—만들어졌다?

사고할수록 표출되는 의문이— 레인에게 찰나의 빈틈을 유발했다.

"—윽."

마도사로서 레인은 항상 예지를 발휘할 수 있는 경지까지 수련이 되었기에 겨우 반응할 수 있었다.

—온다.

에어의 공격이.

"큭."

사방은 관전하는 동기들에게 둘러싸여서 어떤 의미로 행동을 제한받고 있는 와중에 일단 뛰어들려다가 곧장 대량의 총탄에 적중되는 앞날을 예지— 기세에 맡겨 몸만 비틀며 회피 행동을 취한다.

직후, 머리 위로 탄환이 스치고 갔다.

에어의 탄환 마법이다. 착탄한 지점에서 격한 화염이 피어오르지만, 레인은 충격을 최소한으로 억제하며, 멈춰 서지 않고 간격의 바깥으로— 다만 직후에 눈앞을 가로지르는 그림자가 레인을 목표로 돌진했다.

"윽."

재차 예지.

—위험.

즉각 복부를 방어했지만, 동시에 위쪽에서 때려 박는 충격이 레인의 몸을 관통했다.

"커, 흑!"

복부에 모의탄이 작렬하고, 충격의 기세에 휩쓸린 채 레인은 바닥을 데굴데굴 굴렀다. 숨이 막혀서 일어나려고 해도 강렬한 아픔 때문에 도저히 옴짝달싹할 수가 없었다.

그리고.

"제, 기랄······."

바닥에 엎드려 있던 때—.

철컥, 소리가 울린다.

눈앞에 총— 투박한 라이플이 겨누어졌다.

"4초."

목소리는 평소와 같다.

평탄할 뿐 감정이 결여되어 깔보는 듯한—.

그렇지만.

"너무 약하지 않아? 너."

비웃는 음색.

그러나 레인이 얼굴을 들어 문득 올려다봤던 소녀의 얼굴은.

'어째서— 저런······.'

—어둡게.

전혀 웃지 않았다. 꽉 입술을 다물었고, 감정을 붙박아 놨고— 무리하게 눌러 죽이려는 듯, 그럼에도 불구하고 단지 허세를 부리는 모습이라 여겨질 만큼 에어는 눈동자를 적시고 있었다.

마치— 울음을 터뜨릴 것처럼.

'대체 왜, 에어, 너는—.'

어째서— 저런 표정을 짓나.

내게 무엇을 숨기고 있지?

아무것도 이야기하지 않고, 그럼에도 불구하고 막상 손이 닿으면— 제멋대로.

상처받았다.

"잘 가."

가벼운 목소리와 함께 총성이 울려 퍼지면서 머리에 모의탄을 얻어맞고 레인은 정신을 잃어버렸다.

5. 서약
<small>콘트랙트</small>

아레스트라 교도원은 레미노스라는 성 주변 도시에 위치한다.

수도와 인접해 있는 지역이고, 수도는 땅이 부족하기 때문에 성 주변을 골라 설립했다. 인구는 수도의 대략 3분의 1정도지만, 활기가 가득하고 철강 및 상품을 출하하는 상업 도시로서 발전을 이루어 냈다.

통칭 『철의 도시』.

입지 조건상 교도원의 학생 다수가 이 도시에서 물품을 보충하며 생활한다.

그리고 레인을 포함하여 십수 명의 학생은 사복으로 갈아입고 철의 도시로 나왔다.

"그러면 정오 무렵에 다시 여기로 집합하는 거다."

오르카가 지시한 뒤 학생들은 제각각 거리로 사라져 갔다.

교도원에 소속된 학생은 군사 관련의 기밀을 습득하고 있다는 사유 때문에 외출 한 번 하는 것도 신청을 해서 나가야 한다. 그런 까닭에 가끔 생기는 외출 기회는 귀중한 기분 전환의 시간으로 기능하고 있다.

오르카를 비롯하여 일상의 오락이 적은 대다수 생도는 취미 목적 및 음식점으로 달려 나갔다.

그러나 그런 흐름에서 빠져나온 레인이 향한 곳은 「고서점」

이었고.

'……으음.'

고서점에는 난잡하게 놓아둔 책도 많았지만, 한쪽에 신문을 장서로 따로 모아 놓았다.

그리고 레인이 열람하는 것은 하나.

바로 100년 전의 신문이었다.

"별로 기대는 하지 않았지만—"

얇은 유리 재질로 가공되어 열화하지 않고 보존된 방대한 고신문 중 하나에 다다랐다.

"……당첨인가."

『학생 부대, 레녹스 전투에서 대공헌.』
『대약진, 군부도 증병을 검토하다.』

'거짓말이, 아니었다……'

분명히 망령 소녀가 말한 대로였다.

지면에는 100년 전 당시— 전쟁 말기에 나타났던 동방국을 구원한 학생 부대의 존재가 있었다. 게다가 어느 시기부터 정보가 두절되기에 군부의 은폐를 짐작할 수 있는 증거로는 충분한 자료였다.

이 학생 부대의 리더가 에어라는 보장은 없어도, 확정해도 괜찮을 테지.

망령을 자처했던 소녀는— 정말 100년 전의 존재이다.

레인은 일부 신문 기사의 복사를 의뢰한 뒤 거리로 나왔다.

"아, 레인이다."

과일 가게를 바깥에서 바라보던 때에 마침 지나가던 녀석은 애슬리였다.

레인의 파트너 병사.

그러나 진행 방향이 도시의 중앙으로 반대인지라 되돌아오는 것 같았지만.

"뭐야, 쇼핑은 벌써 끝난 거야?"

"응. 뭐, 사고 싶었던 게 잡지랑 습포제가 다였거든. 그나저나 레인."

"음?"

"저요, 오늘이 생일인데 말이죠."

말을 붙이면서 고개를 갸웃거린다.

"으."

"뭐야, 되게 귀찮아하는 반응이네!"

"아니, 그게 말이지."

지금은 에어— 그뿐 아니라 망령에 대해 조사할 수 있는 귀중한 기회였다. 교도원으로 복귀하면 한정된 자료만 의지해야 하는 처지인지라 신문 같은 정보를 확보할 수가 없다. 그러나.

'⋯⋯아직, 시간은.'

애슬리에게는 요즘 들어서 전장과 관련하여 심로를 끼치고 있단 사실도 마음에 가시를 박는 기분이라 딱 잘라 거절하기가 꺼려졌다. 악마의 탄환을 손에 넣었던 이후 전장에서 이동할 때면 시종일관 애슬리에게 부담을 강요해왔고, 모양만 보면 포수라는 입장에서 일방적으로 명령을 내리고 있는 것이 현 상황이다.

악마의 탄환.

인간의 존재를 지우는 탄환. 그 방식과 비밀은 절대로 새어나가서는 안 되기에 애슬리에게 가르쳐준 적도 없었다. 그렇기에 더더욱 죄책감이 솟는다.

"그래, 좋다고, 뭐."

레인은 애슬리를 마주 바라보면서.

"뭐 필요한 거 있어?"

"만세!"

"사실은 벌써 골라 놨거든? 여기!"

"……골라 놨구나."

애슬리에게 끌려간 곳은 귀금속 가게였다.

그리고 진열장에 놓여 있는 물품 중 하나로 제법 값이 나가는 머리 장식을 사줘야 했다.

"……끄응."

아니, 진짜로 비쌌다.

10만 제르에 달한 가격이었지만, 그것은 레인이 봐도 푸른색의 예쁘장한 물건이었던 데다가 애슬리가 진짜 기뻐하면서 고맙다는 말을 건네준 것은 좋았지만…….

"……그거, 그렇게 갖고 싶었어?"

값비싼 머리 장식.

귀금속 가게의 주인은 무척 성격이 좋은 장년의 남자로, 이쪽이 학생임을 알고 가게의 물품 중 비교적 값싼 부류를 권해줬지만, 그럼에도 굳이 값비싼 장식품을 골라서— 상당히 망설였지만, 결국은 애슬리가 갖고 싶어 한다는 이유 때문에 사주게 됐다.

그리고 막 구입한 머리 장식을.

"음? 여기에서 달려고?"

"고마운 선물인데 집에서 늦게 열어보면 섭섭하잖아."

애슬리는 가게에서 포장을 부탁하지는 않았다.

그 자리에서 머리를 모아 착용했다.

긴 머리카락을 묶어서 머리 모양을 바꾼다.

살짝 땋기도 했다. 손빗으로 모양을 잡아 깔끔하게 완만한 선을 다 만든 다음에.

"어때?"

"오……."

평범한 미인 아가씨가 됐다.

"애슬리는 평범하게 귀엽구나."

"평범하단 말을 붙이면 다른 데 문제가 있는 것 같잖아."

"없는 줄 알았어?"

"없거든? 그럼 이 차림으로 본가에 들러야겠네."

"본가……."

그러고 보니, 떠올렸다.

"레미노스는 애슬리의 본가가 있는 곳이었나?"

"그러게—."

본가. 그 말에 살짝이나마 표정에 그림자가 진 애슬리는—.

"나 말이야, 부모님의 반대를 뿌리치고 이 학교에 들어왔거 든……. 가끔은 여자아이다운 차림으로 얼굴을 비춰주지 않 으면 진짜로 다시 잡혀갈 거야."

"……너무 걱정을 끼치지 않는 게 좋지 않겠냐."

"응. 뭐, 어쨌든 난 무슨 일이 있더라도 돌아갈 생각은 없으 니까."

다짐하고는.

"우리 집 친척은 모두 서방국에 살해당했어. 남은 사람은 지켜줄 거야, 아빠와 엄마만큼은."

애슬리 매거멧— 군인으로 지원한 이유.

그것은 지극히 단순하다. 애슬리가 의지할 수 있었던 사람 대부분이 전쟁의 불길 속에서 불타버렸기 때문이다. 소녀에게 남은 것은 불속을 헤치고 빠져나왔던 부모님뿐—.

"그러면 레인. 이따가 봐."

몸단장을 마친 뒤 애슬리는 가게에서 나갔다.

그리고 그것을 확인했을 때.

"주인아저씨."

"음?"

레인은 귀금속 가게의 점장을 돌아봤다.

"머리 장식요. 조금만, 살짝 깎아주시면 안 될까요?"

"한심한 녀석이로고……."

에누리 교섭에 들어갔다.

응.

아무리 그래도 10만은 너무 비싸다.

"부탁드립니다. 여자애 앞이라서 멋 부리고 싶었어요!"

"솔직히 말해주는 건 좋은데 말이다……. 아이고, 그럼 1만은 빼주마."

"어, 정말요?"

말은 꺼내고 볼 일이다. 밑져야 본전으로 한 말인데.

"너 말이다, 아레스트라의 학생병이지? 젊은 나이에 목숨 걸고 싸워주는 답례다. 조금은 깎아줘야지. 소중한 연인이잖나?"

"……소중한 짝사랑입니다."

"으음, 그러면, 뭐, 다음에는 반지를 사줄 수 있도록 많이 분발해야겠구나."

그렇게 두서없는 이야기를 잠시 주고받았다. 귀금속 가게의 주인이 잡담을 꽤 좋아하는지라 제법 긴 시간을 말동무해줘야 했지만, 결국 1만 5천이나 값을 깎아줬기에 행운이었다.

그리고 애슬리가 나간 뒤 20분가량 지났을 때 귀금속 가게에서 발을 뺄 수 있었다.

그때였다.

"……어?"

눈을 의심했다.

그곳에 있는 것이 한 기의 엑세리아였기 때문이다.

합금제 육전 병기.

다른 목적이 없는 순전한 병기— 엑세리아.

파괴의 기갑 병기— 상업 도시의 도로에는 너무나 이질적인 물건.

기동하고 있었다.

게다가 저것은 이 나라가 아닌— 서방국에서 만들어진 신형 AT3.

"뭐……?"

—적기.

그렇게 인식했을 때 뒤늦게 도시의 이변을 깨달았다.

주위 사람들은 이미 우왕좌왕 도망 다니고 있었다.

소란이 비대화되는— 바로 그 순간, 가게에서 나왔음을 레인은 알았다.

눈앞의 엑세리아.

움직인다.

그 포수는 도망 다니는 인파의 중간, 나지막한 공중을 겨냥해서 《한 발의 탄환》을 발사했다.

'큭—'

그것은 흑색.

금속제의 가는 통.

탄환이라고 생각되지 않을 만큼 너무나 느릿하게 발사된 그것은 바라보는 자의 시간 감각에 착각을 불러일으켰고.

"―제기랄!"

흑색 통이 폭발했다.

내부에서 방출된 방대한 열선이 철의 도시 레미노스를― 작열로 감싸 안았다.

―뜨겁다.

몹시, 무거운 감각.

'크, 으……'

멍멍했던 의식이 서서히 명료해진다.

레인은 시각보다 먼저 후각을 회복했다.

"쿨럭, 콜록……"

콧속을 파고들어 오는 냄새는 독기― 아니, 탄내다.

부예졌던 사고로 몸을 움직이고자 한다.

그러나 아무리 일어서야 한다, 움직여라― 닦달해도 역시 일어날 수가 없었다. 또한 등을 젖혔을 때 자신의 위에 올라타 있던 것이 바로 불타서 문드러진 소사체였음을 알았다.

'크……'

키는 작아도 풍채가 좋은 시체는 귀금속점 주인의 비참한 말로였다.

불과 몇 초 전까지 대화 나눴던 상대.

마도사가 아니라 방어 마법을 보유하지 못한 주인장은 수천

도짜리 열선 때문에 원형을 보전하지도 못했다.

'으, 끅……'

열에 녹아든 처참한 시체 앞에서 구토를 꾹 참는다.

그러나 움직이지 않으면 자신 역시 불살라지리라. 찐득찐득 녹아든 시체 아래에 깔려서 욕지기가 치밀어도 레인은 힘겹게 기어 나온 뒤 간신히 주위의 상황을 인식했다.

꿈이라 생각하고 있었다.

잔해의 너머에 나동그라져 있는 것은.

'뭐냔 말이다, 이게—.'

엄청나게 많은 숫자의 시체였다.

수백, 수천의 불타서 죽은 대량의 소사체가 시야 한가득 뻗어 나가고 있었다.

이해력이 곧장 따라가지를 못한다. 주위에서는 끊임없이 불꽃이 솟아올랐고, 이때 연료가 되는 것은 헤아릴 수 없도록 많은 유해였으며 엉겨 붙는 인간의 지방이었다. 살점이 타는 냄새와 화약 냄새가 뒤섞여서 제대로 숨조차 쉴 수가 없는 판국이다.

너무나 독기가 많이 강했다.

다만 거기에 정신이 쏠리는 상황도 곧 끝났다.

쿵, 충격과 함께 엑세리아가 레인의 눈앞으로 착지했기 때문이다.

적기.

기체 전체에 검댕과 피를 묻혀 놓았기에 이곳까지 다다르는 동안 벌였던 살육을 쉽게 상상할 수 있었다.

—두근, 심장이 뛰어오른다.

도망쳐야 한다.

죽는다.

살해당한다.

판단은 된다.

그렇지만— 몸이 움직이지 않는다. 움직여주지 않는다.

언제부터였을까.

떨고 있었다.

레인의 자기 신체가 돌 같다고 생각했다.

공포에 젖어 있었다. —그러함을 깨달았다.

이제껏 수많은 전장에 몸을 던졌었다.

그럼에도 이제껏—「죽음」을 절감한 경험은 너무 적었다.

하지만 설령 움직인들 소용없다. 엑세리아는 압도적인 육전
병기이기에 제아무리 탄환 마법을 사용해 봤자 맨몸으로는 하
늘과 땅이 뒤집혀도 이기지 못하는 것이 절대적 법칙이다.

적기의 포수가 총구를 겨누었던— 그때였다.

"뭣……."

쾅, 충돌음을 울리면서 난입한 다른 기체가 눈앞의 AT3를
들이받았다. 측면에서 급가속을 더하는 돌진 공격에 적기는
날려 가버렸고.

『레인, 타!』

앰프 너머의 목소리가 레인을 재촉했다.

그 덕에 간신히 죽음의 주박을 뿌리치고 레인은 달려 나갔다.

구원을 온 엑세리아에 뛰어 올라탔다.

"당장 이탈할 거야!"

탑승자는 애슬리였다.

애슬리는 적기를 돌아보지도 않고 자기 기체를 반전시키고자 조작하면서,

"미안. 나 때문에 위험을 감수했구나."

"아니야. 지금은 학생병 확보가 우선이니까. 아무튼 꽉 잡아."

적기의 추적은 없었다.

애슬리의 조작은 그만큼 신속했기에 레인은 새삼 대단한 기술이라고 감탄하면서도,

"애슬리, 너희 부모님은……."

물었다. 얼마 전 애슬리는 부모님이 이 도시에 살고 있다고 말했었다. 이토록 큰 피해가 발생한 와중에 그들만 운 좋게 벗어났으리라는 낙관은 어려운지라 레인은 만에 하나를 생각했지만.

"괜찮아. 두 분 다 지하실에 대피시키고 나왔어. 아무튼 이동할게."

"이동한다고?"

"다들 모여 있어."

애슬리는 엑세리아를 주행시켰다.

도중에 서방국제로 짐작되는 엑세리아 AT3를 한 기 목격했다.

순회하는 듯 달려 다니면서 총기로 우왕좌왕 도망치는 민

간인을 무차별 사격하여 죽이고 있다.

그 광경을 보고 무의식중에 적 기계 병기를 저격하고자 총을 손에 잡았던 순간.

"레인."

들려오는 것은 냉정한 목소리.

그것은 조종에 집중한 채 돌아보지도 않는 애슬리의 제지였다.

"안 돼. 우리 존재를 가르쳐주는 셈이야."

지적을 듣고— 레인은 감정을 꾹 억눌렀다.

애슬리의 말이 옳았다. 지금 선불리 전투를 벌인다면 진정 전멸을 맞이하리라.

그 후 파괴의 흔적을 더듬어 가며 시내를 쭉 달려간 곳, 붕괴되어 일부가 잔해 더미로 화한 공영 차고에 애슬리는 기체째 돌진했다. 아니, 잔해는 위장 대책이었다.

얇은 잔해의 벽.

깨부수고 기체는 넓은 공간에 진입했다.

그곳에 있던 인물은 아레스트라의 학생— 동기들이었다.

인원수는 열여덟 명 정도이지만, 잔해 안쪽의 비밀 공간에서 몸을 숨기고 있었다.

"이런 곳에……."

"응. 언제 발각될지 모를 상황이지만 말이야."

—발각된다.

"그러면 역시 저것들은……."

"응. 도시를 습격한 건 서방의 부대야."

애슬리의 말에 뒤이어서.

"그래. 게다가 비전투 지역인 이곳에 엑세리아— 전장에서나 써야 할 육전 병기를 다수 투입했지. 무차별로 마구 시민을 죽이는 전대미문의 침략전이다."

오르카가 설명을 보충해줬다.

이 자리는 오르카가 지휘하고 있는 듯싶다. 소수 총화기도 저 녀석의 앞에 모아 놓았다. 적절하겠다. 기수장 오르카는 비상시에도 유용한 판단을 내릴 수 있는 사관 훈련을 전문으로 받았다.

"적의 목적은 이 도시의 제압. 아니, 제압이 아니라— 학살이다."

—학살.

서방국은 근래의 연패 때문에 결코 유리하지 못한 전황에 줄곧 놓여 있었다.

순조로웠던 전황을 되찾기 위해 서방국은 전략을 커다랗게 변경하여 전환을 의도했다.

레인과 동기들이 이런 참극의 상황에 휘말린 것은— 전혀 예기치 못한 불운이었다.

이곳은— 철의 도시 레미노스. 전선에서 떨어져 있는 무해한 상업 도시.

즉 이것은 전쟁이 아니다. —사냥꾼의 일방적인 전투.

학살.

모두가 현 상황을 인식했다.

"이제부터, 어떻게 하지?"

"어떻게 하긴, 방법이 없어."

"행동은 불가능에 가까워. 레미노스의 잘 정비된 땅은 엑세리아의 주전장이잖아."

동방군이 보유하고 있는 엑세리아는 불과 한 기. 그것도 애슬리가 탑승했던 덕택에 방금 전에는 간신히 대항할 수 있었지만, 본래는 이 도시의 호신 및 경비를 위해 학교에서 빌려 온 구형 엑세리아다. 기체 성능은 최신형보다 몇 단계 떨어진다.

"우리가 취할 수 있는 선택지는 둘이다."

오르카의 제안.

"하나는 몸을 숨긴 채 적의 철수나 밤이 되기를 기다리는 것. 다만 나라에서 보낼 원군이 제때 도착하지 못하는 이상, 적은 철수하지 않겠지. 어두워져도 도망칠 수 있다는 보장은 못 한다."

이어서 두 번째.

"당장 탈출한다. 위험도는 높지만 혼란을 틈타 도시 바깥으로 나가는 거지."

요컨대 『대기』할 것인가.

『도망』칠 것인가.

둘 중 하나가 지금 형국에서 선택할 수 있는 행동이었다.

엑세리아를 소유하지 못한 이상은 전투 자체를 회피하는

방법뿐이다.

적군에 이 은신처를 발각당하면 전원 속절없이 죽어 나간다.

—그러나, 어떤 대책을 선택하든 간에.

적의 상황을 알지 못하면 섣불리 움직일 수 없었다.

오르카의 지시를 따라 당분간은 잔해 틈으로 반 전원이 서방의 분위기를 주시하기로 했다. 그리고 반 전원이 단안경으로 감시를 실행하고 5분 뒤의 일이었다.

"저, 저거……."

북쪽을 보고 있었던 뱅거스가 보고했다.

"무슨 일이야?"

"그, 그게, 큰길 부근을 관찰하고 있었는데……."

소심하고 선이 가는 뱅거스 로바는.

"저쪽에 주둔하고 있는 거, 적의 기간 부대 아닌가?"

그 말에 모여든 전원과 함께 레인은 동기가 가리키는 방향을 봤다.

맞는 말이었다.

이곳에서 서쪽 200미터—

또한 상방의 30미터 지점 도로에 따로 주둔하고 있는 부대가 눈에 들어왔다.

가동하고 있는 엑세리아가 열 기에 격납고를 여섯 대나 견인하고 있다.

—틀림없다.

적의 기간 부대다.

그리고 그중 한 기의 바람막이가 열리고 낯익은 인물이 하나 나타났다.

그 인물은.

"저자는……."

"아는 인간인가? 레인."

"—그래."

사진으로 몇 차례 보았던 게 전부이나 확신할 수 있었다.

왜냐하면 저자는『명령』으로 제안받았던 인물—.

"알렉……."

알렉— 서방의 군인 알렉 탄다 대위.

동방국이 차차 우세를 점하고 있던 요 며칠 사이에도 저자만큼은 우수한 전과를 올렸고, 바로 전날에 전투 지속의 뜻이 표명되었을 때도 현장의 지휘관으로 출격을 감행했던 서방의 군인.

즉 이것은 저자가 계획한 전쟁.

이런 끔찍한 참극을 만들어 낸— 장본인.

아울러 적의 정체를 보고 확인했을 때 오르카를 비롯한 동기들의 반응은 매한가지였다.

"으, 저렇게 가까운 곳에……."

"죽는다……. 들이켠 타 죽을 거야."

"아니, 학생이니까, 포로 대우를……."

"이딴 전격전에서 포로를 잡아 두겠냐. 그 자리에서 전원 죽일 게 뻔하지."

전율의 대상. 적의 주력 부대를 발견하고 품는 감정은 공포와 경계뿐이었다.

—당연하다.

적기 신형이 한 기면 이곳에 있는 전원을 죽이는 것쯤 너무나도 손쉽다.

그러나, 그런 분위기 와중에.

'알렉 대위……'

오직 레인에게는.

'어떻게 하지—'

한 장의 카드가 있었다.

아무도 상상하지 못할 유일한 카드.

그 손에 쥐여져 있는 것은—『은색의 탄환』.

인간의 존재를 근본부터 지워 없앰으로써 세계를 재편성하는 능력을 지닌— 탄환.

'사용할까—'

오르카는 방금 전 두 가지 선택지를 열거했다.

하나는 『대기』하는 것. 다른 하나는 『도망』치는 것.

그러나 이런 상황에 한정하여 레인은 제3의—『전투』를 선택할 수도 있었다.

'이 탄환으로 알렉을 지운다면……'

이곳은 상업 도시 레미노스.

평온했던 도시에 서방의 군인 알렉은 전격전을 감행해서 수

천 명을 이미 학살했다.

작전 규모를 보아 환산하면 적기 엑세리아는 오십 기, 인원은 삼백 명을 넘을 것이다. 그런데 적과 견주었을 때 이쪽에 대항 가능한 무력은 없다.

있는 것은 탄환 마법을 사용 가능한 학생 열여덟 명과 구형 엑세리아 한 기뿐―.

―당황하지 마라.

생각해라.

이때 상기해야 할 것은 이제껏 쌓아 올려왔던 전장의 경험이다.

'사용할 순 있나……?'

이제껏 수백 번을 사용했다.

인간을 지우는 것― 전장을 통제하는 행위. 이 악마의 탄환으로 실행하는 암살은 통상의 작전보다 훨씬 더 수월하다. 장해를 배제하는 데도 사용하면 그만이니까.

이 탄환에는 몇 가지 법칙이 있다.

재편성―.

그것은 단지 무차별적으로 인간이 사라지는 것이 아니다.

기본적인 구조로 이 탄환은 인간의 존재를 근본부터 소거할 수 있다. 그리고 삭제된 인간이 쌓은 행동과 결과까지 동시에 말소된다. 그런 법칙을 따랐을 때 지금이야말로 최적의 사용 시기다.

알렉을 지우면 이 도시에서 벌어졌던 섬멸전은 확실하게 회피할 수 있다.

수천 명이 살아난다.

따라서 만약 이것을 사용하겠다면―.

문제는 이 탄환을 알렉에게 『어떤 방법으로 적중시키는가』 하나에 달려 있었다.

'여기에서 쏜다……?'

―무리다. 알렉은 잠깐 얼굴을 내밀었을 뿐 곧장 기체 안쪽으로 몸을 돌려놓았다. 이제 또다시 부주의하게 바깥에 나올 상황도 기대하기 어렵다. 무엇보다 확실하게 처단할 수 있는 거리가 아니었다.

게다가 이 탄환에는 현재 제한이 걸려 있다.

『이제 필요한 것은 「서약」. 이대로 악마의 탄환을 쓰고 싶다면.』

은빛 소녀와의― 거래.

『내가 쏘라고 말하면 친형제여도 쏘고, 울라고 말하면 그 자리에서 엉엉 울고. ―죽으라고 말하면 죽고. 그렇게 뭐든 다 시키는 대로 따를 것.』

이 탄환을 다시 사용했을 때 레인은― 자신의 모든 것을 잃는다.

그것이 악마와의 서약.

'어떻게 하지―.'

사고한다.

그러나 에어의 존재를 가미할지라도― 역시 싸우기는 무리다.

악마의 탄환을 쓰기에는 너무나 많은 조건이 열악하다.

"이봐, 오르카. 만약 도망치겠다면 무기는, 우리 총밖에 없는 건가?"

레인은 타개책을 찾아 오르카에게 물었다.

"그래. 이 장소에 재미있는 물건이 있긴 있는데 그건 못 쓰는 형편이라⋯⋯."

"재미있는 물건?"

"그래. 엑세리아의 옆쪽에 가루 부대가 몇 개 있더라고."

"그게 도대체 뭔데?"

"고형 화약이었어. 게다가 폭약으로 가공해야 비로소 사용 가능한 제품이지."

잔해에 파묻힌 이 공간은 본래 군부가 소유하고 있는 공영 차고였다. 다소의 화약쯤이야 보관 중이었다고 한들 놀랍진 않다. 들은 말대로 화약 가루 부대가 네 개쯤 있었다.

화약은 폭약으로 바꿔 사용할 수 있기에 무기가 되지 않을까 기대했지만, 그러나.

"무리야."

오르카는 이미 검증을 마쳤다.

"저거, 양은 제법인데 유감스럽게도 탄피에 눌러 담아도 될 만큼 상태가 좋지는 않은 폐기품이더라⋯⋯. 게다가 애당초 화약만 확보해 봤자 무기가 마땅치 않아서 어떻게든 써먹을 방법이 없단 말이지."

화약은 가공하여 적절한 압력으로 밀폐를 하지 않는 한 무기로 사용할 수 없다. 무엇보다 저렇게 방치되어 있던 화약에 의지할 바에 차라리 탄환 마법을 쓰는 게 훨씬 낫겠다.

구형 엑세리아와 대량의 가루 화약 가지고는 어떤 전투든 압살당하고 끝장이다.

—그렇게 생각할 수 있었다.

다음 순간이었다.

"음, 이봐, 잔해에서 떨어져!"

사태는 급속도로 변화했다.

이제껏 높이 떠올라 있던 태양이 움직여서 햇빛의 위치가 기울어졌을 때.

"빛이 반사되잖아!"

오르카가 소리 질렀다.

햇빛이 잔해에 비쳐 들면서 정찰에 쓰고 있었던 스코프에 빛이 반사되었기 때문이다. 태양을 등지는 것이 저격의 기본으로 정착된 까닭은 반사광을 적이 깨닫지 못하도록 하기 위함이지만—.

반사되어 뻗어 나가는 빛.

그것이 적에게 나아갔다.

그 직후였다.

"엎드려!"

다음 순간, 잔해의 벽이 산산이 폭발했다. 적 포수가 이쪽 위치를 깨닫고 즉각 탄환 마법을 날린 탓이다. 단 일격으로 미처 엎드리지 못했던 세 사람이 희생됐다.

싹 날아갔다.

동기 세 명의 안면이 싹 날아갔고, 상반신이 갈가리 찢겨 나갔고, 시체가 조각조각 나동그라졌다.

그리고 분진 속— 적기 엑세리아가 이곳으로 접근하는 것을 목격했다. 이곳에 인원이 있다고 확신하지는 않는 움직임이다. 그러나 이 연기가 가라앉았을 때— 모습이 보이게 된다.

살해당하리라.

"어, 어떻게 하지!"

"도, 도망치자고!"

"어디로, 엑세리아를 어떻게 따돌릴 건데."

"그럼 가만히 앉아 있다가 죽을 거냐!"

긴장은 이미 풀어졌다. 장내를 지배하는 것은 혼란. 사관후보생이라도 어린 학생이 죽음과 직면했을 뿐 아니라 방금 전까지 대화 나누던 동기가 조각나는 광경을 지켜보고도 냉정하게 버틸 순 없었다.

도망치지 않는다면— 죽는다—.

싸운다—?

무리다.

—죽는다.

그것만큼은—.

욱신, 레인은 숫제 파열할 듯이 쑤시는 『눈』을 꽉 누르고—.

'—큭.'

레인은.

"—에어!"

부르짖었다.

망령의 이름을.

갑작스레.

그 부르짖음이 장내의 혼란을 잠잠하게 가라앉히는 와중에.

"여기 있겠지! 어딘가 가까운 곳에!"

다시금 울려 퍼지는 것은 소년의 부르짖음.

"어이없다는 얼굴로 나를 지켜보면서 마음껏 웃고 있겠지!
뻔하지 않나! 네 머릿속 생각 따위야— 악마의 생각 따위야!"

찢어질 것 같은 목을 붙들고.

"분하지만 지금 내게는 이 상황을 어떻게 감당할 수단이 없다!
—서약한다! 내어 주마! 나의 전부를! 그러니까— 힘을 다오!"

한 호흡으로 소리 질러서.

"나를 구해라, 에어!"

"그렇게 떠들어 대지 않아도—."

목소리는, 후방—.

"다 들리는 데다, 나와주는걸."

싸늘한 분위기 속, 안개처럼.

"그래, 뭐라고?"

은빛 소녀가— 나타났다.

"……진짜 있었구나."

"맞아. 그런 점에서 운이 좋았어, 너는."

말하고는.

"아무튼."

레인 이외의 학생에게서 시선이 모여드는 와중에도 아랑곳 않고 소녀는.

"서약을 맺는다는 거, 맞지?"

"그래. 겸사겸사 힘을 빌려줘라. 내 모든 것을 가져가는 대신에 이 상황을 해결해줘라."

"은근슬쩍 부탁을 늘리는 것은 예상 밖이네……."

어이없어하면서.

"뭐, 상관없지만."

탄식.

"주인답게 믿음직한 모습을 보여줘야겠지. 나를, 네가 섬기는 대상으로 어울리는 상대라고 확신을 갖게 해줄게. 자, 이제부터 넌 모조리 나의 소유야, 레인 란츠."

말하고는.

"기념으로 한 번 더 보여줄까?"

팔랑팔랑 치마를 휘날린다.

"필요 없어."

"아핫. 그쪽은 아직도 많이 멀었구나."

사지에 있는 것 같지가 않은 경박한 태도는 변함없다.

망령─. 수수께끼의 소녀 에어.

여봐란듯이 들춰 올렸던 치마를 정돈한 다음 물 흐르는 듯한 동작으로 권총을 손에 잡아서 곧장 레인에게 『한 발의 탄환』을 가슴에 쏘아 박았다.

"뭐, 서약이래도 하는 건 이게 다지만."

적중된 것이 탄환이었는지도 알지 못했다. 아픔조차 없었기 때문이다. 다만 미세하게 욱신 쑤셨던 왼팔에는 적색의 기묘한 문양— 서약의 증거가 각인되어 있었다.

에어가 가지고 있는 『악마족』과 같은 종류의—.

"그 문양, 『지스노트』가 나와 너의 끈이야."

레인은 소녀와 명확한 끈을 얻었다.

"내 목숨이 다하지 않는 한 너는 내가 강제하는 명령을 결코 거역할 수 없어. 조금 불완전한 주종 관계이기는 해도 말이야."

"……불완전?"

죽으란 말을 들으면 죽을 수밖에 없는 관계인데— 불완전하다?

"……악마의 거래하고는, 다른 건가?"

"맞아. 내가 죽으면 『망령 에어의 마술은 전부 레인에게 넘어갈 거야』. 그러니까 허를 찔러서 암살해도 된단 뜻이지. 저항할 방법이 존재하는 만큼 일방적인 거래는 아냐."

"—그 말은……."

—레인의 손에 들어온 유일한 카드.

소녀 에어가 죽는다면— 소녀의 마술은 전부 자신의 소유가 된다.

물론 세계를 뒤바꾸는 탄환의 힘도—.

"어떻게 할래, 지금 도전하겠어?"

"……아니."

레인은 대답했다.

"지금은 노예여도 괜찮아. 그러니까 이 상황을 어떻게든 해결해줘라, 에어."

"―자, 슬슬 움직여야겠네."

레인과 서약을 마친 뒤, 드디어 에어는 움직였다.

에어가 걸어 나아간다.

그 목표는 학생들에게 있는 유일한 병기― 구형의 엑세리아였다.

"비켜. 내가 타겠어."

"어? 아."

당황하는 애슬리. 에어의 정체를 알지 못하기에 당연한 반응이었지만.

"……애슬리, 자리를 비워줘라."

레인이 말하자 애슬리는 좌석에서 내려섰다.

애슬리를 쫓아내고 에어는 엑세리아에 탑승한다. 그러나 단하나 의지할 수단인 육전 병기를 점거당했는데 주위 학생들 사이에서 비난이 나오지 않을 리 없었다.

불가사의하고 이색적인 분위기도 목숨이 천칭에 올라가 있는 상황에서는 누구든 경계하게 된다.

그러나 누군가가 소리를 높이려고 했을 때.

"들어라, 아레스트라의 학생."

"읍."

철 같은 목소리가 불만을 먼저 제압한다.

그것은 학원에서 애교를 마구 부렸던 때와 근본부터 달랐다. 듣는 사람에게 압도적인 힘을 과시하기 위한 전사로서 내뱉는 음색. 망령으로서 정체를 드러내고 또한 인도한다.

"나는 에어 알란드 노아. 이 전투를 승리로 인도하는 자. 느긋하게 설명해줄 틈이 없으니까 목적만 이야기해줄게. 저 자식들을— 서방국을 이제부터 처단하겠어."

—처단하겠다.

그 말의 반응은.

"—가, 가능할 리가 없잖아!"

"무리야, 얼마나 많이 병력에 차이가 있는 줄 아나!"

경직이 풀린 학생들은 일제히 떠들어 대며 반론을 차례차례 입에 담았다.

—무리.

—무모.

현재 상황을 정확하게 이해하고 있는 만큼 당연한 반응이었다.

그러나 그런 말들을 듣지 않고 에어는 엑세리아의 보조 팔로 근처에 놓아둔 화약 자루를 붙들었다. 좌석에 싣고 곧이어 레인에게 올라타라고 말했다. 레인은 지시받은 대로 뛰어서 올라탔지만.

'이 녀석, 무엇을 할 작정이지—.'

에어의 의도는 이해할 수 없었다.

그럼에도 믿을 수밖에.

'다른 방법이 없어—.'

에어는 이렇듯 절망적인 상황을 타개하겠다고 단언했다.

모두가 무리라고 아연실색하는 와중에 너무나도 선뜻.

그렇다면 가능한 것은 완전히 에어를 믿는 것뿐이다.

잠자코 버텨 봤자— 어차피 죽을 테니까.

엑세리아가 기동한다. 그리고 사륜이 구동하는 반동을 기다리지 않고.

"잔해를 깨부수고 곧장 뛰어나갈 거야."

충격.

에어가 조종하는 엑세리아는 잔해의 벽에 돌진하여 단박에 돌파했다. 무작정 무슨 짓이냐고도 말할 수 있겠지만, 방금 전 행동은 적의 경계를 억제하는 데 최적의 방법이었다.

뛰쳐나가서 고립무원의 상황에 놓인 엑세리아. 일절 정지를 않고, 자욱하게 끼어 있었던 분진에서 단박에 빠져나갔다. 에어는 적기와 마주한다. 다만 적병도 즉각 직감했다.

미래를 예지하는 『공각질』이 에어의 기체를 파악해서 최선의 대처법을 산출했을 것이다.

마주한다.

마도사가 사역하는 탄환 마법.

일격 필살의 육전 병기에 의한 공방.

에어는 기세를 몰아 서로의 사정권까지 쭉 엑세리아를 전진시켰다.

직후, 한순간의 교착— 그러나 에어는.

"느려."

진로를 막으려고 드는 적기의 앞쪽에서 엑세리아를 제동하고.

"무슨, 앗."

충격으로 레인이 억, 소리를 내는 직후에— 기체가 날았다.

뛰어서 날아올랐다.

금속 덩어리가 하늘 높이 뛰어서 날아올라 적기의 머리 위를— 뛰어넘어버렸다.

적기도 아연실색하는 모습이다. 당연하다. 엑세리아는 합금 차량이기에 뛰어오르는 기구가 아예 장비되지 않았다. 수 미터 단위를 상방으로 도약할 수 있는 구조를 무엇 하나도 탑재하지 못했다.

그러나.

'그런가, 이 기체는…….'

이것은 구형 기체—.

또한 구형은 가볍다. —몹시 가볍다.

동력이 빈약하고 장갑이 얄팍하기에 비로소 이런 곡예와 같은 기동이 완성됐다. 발판으로 삼을 잔해가 있다면 채여서 튕기다시피 기체를 차올리는 동작이 비교적 수월해진다.

이 망령은 저런 과정을 의도적으로 실행해 냈다.

그렇지만 그때 레인의 공각질에 거품이 일었고.

'으윽—'

이쪽을 감지했던 다른 적기가 탄환 마법을 발사했다.

수십 발, 죽음을 두른 필살의 탄환—.

다만 그것들을, 에어는.

"애들 장난이네."

미끄러지듯 피해 다니면서 전부가 보이는 것처럼 전진을 일절 멈추지 않는다.

탁월한 기량. 방어를 목적으로 한 적의 일제 사격쯤 전혀 거리끼지도 않고, 폭풍처럼 마구 날아드는 탄환 마법마저 단숨에 돌파하고, 그렇게 적 본대로 대폭 거리를 좁혔을 때.

"이제부터 날아갈 거야, 레인."

"어?"

에어의 지시.

—날아간다?

"알았지? 이번 양동의 마무리야. 기체에서 날았을 때 있는 힘껏."

—그리고, 말을 잇는다.

"쏴버려. 『이 기체』를."

직후 레인은 에어에게 목덜미를 붙들린 채 주행하는 엑세리아에서 후방으로 뛰쳐나가는 형세가 됐다. 시속 50킬로미터에 가까운 속도에서 자기 몸을 내던져서 공중으로 이탈한 셈이었다.

그리고 공중에서.

"뭐, 뭐야."

"어서, 쏴버려."

그때 뒤늦게.

'쏘라고? ―서, 설마.'

에어의 의도를 파악했다.

―『이 기체』를 어서 쏴버려.

'노림수는 알겠다, 다만, 이렇게 과격한―.'

지시대로 사격을 가할 목표는 좌석― 그곳은 『대량의 화약 자루』를 실어 둔 장소.

신속히 겨냥하고.

"흡!"

레인은 탄환을 발사했다.

찰나, 무시무시한 폭음이 울려 퍼졌다. 작렬했다. 비록 품질이야 나쁘다 한들, 수만 발 분량의 화약을 단번에 파열시킨 위력은 절대적이었다. 기체의 폭파에 휩쓸려서 적기도 다섯이나 함께 불타서 박살이 났다.

뭉게뭉게 피어오르는 거뭇한 연기―.

그리고 그 연막이 가셨을 때 멀리서 지켜보던 학생들이 망연자실하는 와중에.

"거봐, 되잖아."

나타난다.

"너희가 무리다, 무모하다 말이나 하는 동안에 이렇게 간단하게."

적 부대 제압을 마친 뒤 잔해의 은신처로 돌아왔던 은빛의 망령.

소녀는 학생들에게 엑세리아의 기동 키를 집어 던졌다.

"선택하자꾸나. 아가들아."

그것은 방금 막 적에게서 빼앗은 기갑 병기를 기동시키는 열쇠였다.

제압한 적의 격납고에는 예비기로 흠집도 없는 엑세리아가 몇 기 보관되어 있다. 에어가 학생들에게 넘겨준 그것들은 노획해서 손에 넣었던 적기를 움직이기 위한 열쇠였다.

"—가만히 잡아먹히는 돼지든 어금니를 들이대는 돼지든."

은빛의 소녀.

아니, 무시무시한 원념의 지닌 채 무참하게 죽어야 했던—

방황하는 망령은.

"난 딱히 너희가 들고일어나든 여기에서 처박혀 있든 상관하지 않을 거야. 근데 있잖아, 무기를 받았는데도— 반격을 위한 방책을 가졌는데도 결국 저항하지 않겠다면 먹이만 받아먹는 돼지와 도대체 뭐가 다를까. 그리고 가축이 다다르는 길은 하나지."

—잡아먹힐 뿐.

"다만 단언할게. 너희는 행운아야."

무엇 하나도 근거가 없는 발언.

그럼에도 에어는.

"나를 믿고 따르는— 너희가 승리할 테니."

행동거지 하나로 자기 존재를 주위에 인정받았다.

6. 망령 『알렉』

에어의 전술 수완은 레인에게 전율마저 불러일으켰다.

『긱, 포격 준비. 전술 단위 3이 접근할 거야.』

『응원 요청이야. 루바인과 엘란, 두 기는 지점 N3로.』

『협공하겠어. 아, 오르카와 센트널 두 사람, 사각은 넓게 퍼뜨릴 것. 적이 뒤돌아서면 셋이서 단숨에 해치워버려. 상대는 도망치지 못할 테니까.』

공통 회선으로 전달되는 망령 에어의 목소리.

확보한 여섯 기의 엑세리아를 통해서 단 한 명의 소녀가 실을 움직인다.

『있잖아, 레인.』

이름을 지목하는 지령.

『이제 곧 남방 100미터, 적기가 두 기 통과할 거야. 네 사선에 딱. 쏴서 부숴버려.』

갑자기 두 기가 나타날 테니 저격하라는 종잡을 수가 없는 상식 바깥의 지시…….

보통은 말도 안 된다고 무시하겠지만, 다만.

"정말로, 왔군……."

출현한 두 개의 그림자를 보고 레인은 초점을 좁혔다. 시간이 충분하게 허락된 마도사는 강력한 고정 포대와 동등하기에 자신이 감당 가능한 범위라면 더없이 강력한 탄환 마법을 날릴 수 있었다.

—정적.

발동하는 레인의 『공각질』. 하달된 예비 정보를 근거로 위협용 일격을 발사한다. 거대한 화염이 불어닥쳤다. 적기는 그것을 회피했다— 원거리에서 날아든 사격을 피해 낸다.

'예고대로다……'

그러나 이어지는 두 번째 사격, 레인이 발사한 『환경탄』은 앞서나오던 한 기의 기관부를 거하게 파괴했고, 마찬가지로 발사한 세 번째 사격은 후방에 위치했던 나머지 한 기를 업화로 뒤덮었다.

이렇게나—.

이렇게나 맥없이 강력한 전술 단위의 제압을 가능케 한단 말인가.

'괴물인가, 망령……!'

단 한 명의 소녀가—.

『수고 많았어. 다시 지시할 때까지 대기. 아, 리바랑 가르드도 슬슬 태세를 갖춰 놔.』

재차 대기를 지시받은 레인은 소녀와 너무나 큰 차이를 통감했다.

기막힐 수밖에 없었다.

에어는 적기를 노획한 후 개중 다섯 기를 학생들에게 넘겨줬다. 신형일지라도 2인 1조로 조종하는 엑세리아의 구조는

다를 바 없기에 적과 비교하면 압도적으로 숫자가 적다.

그러나 이렇듯 소대에도 못 미치는 전력으로.

'전부, 저 녀석의 지시대로……'

결과를 보면—.

에어의 지휘는 단시간에 다대한 전과를 남겼다.

서방국의 적장 알렉은 불현듯 시가지에 대한 공격을 완전 중지한 뒤 동방국의 학생군을 배제하는 데 주력했다.

그러나 저러한 반전을 벼르고 있었던 것이 망령 에어였고, 서방국은 『은빛 소녀』의 수완에 가라앉았다. 서방국은 사냥당하는 토끼로 입장이 뒤바뀌게 됐다.

'이것이—.'

이것이 망령이란 말인가.

모든 부문에서 너무 차이가 난다. 에어는 시가전이 개시된 이후 한 번도 특수한 수단을 동원하지 않았다. 다만 순수하게 지략과 전술의 운용만 갖고 압도적인 열세를 뒤집어 보였다.

망령 에어.

지금 소녀에게는 악마의 탄환도 마법도 없다.

단순한 예지와 소녀 고유의 『공각질』만으로— 방대한 전장을 통제하고 있다.

그러나 레인이 이렇듯 에어의 능력에 감탄하고 있을 때였다.

『들려? 레인.』

통신기에서 애슬리의 목소리가 울려 퍼졌다. 현재 애슬리는 양동 역할을 맡아 움직이고 있지만.

"무슨 일이야, 문제라도 있어?"

『아니, 지금까지는 무서울 만큼 순조로운 데다 이쪽에 피해는 없어. 다만 저 아이— 에어에게 보고해야 하나 망설여지는 게 있어서, 레인한테 상담하고 싶어서.』

—상담?

"무슨 내용이지?"

『있잖아, 아무도 안 탔어.』

"뭐?"

그게 말이야, 애슬리가 거듭 말한다.

『아까부터 싸웠던 적 기체, 아무도 안 타고 있어.』

—그 말은.

"무슨 뜻이지?"

『말 그대로의 의미야. 우리는 엑세리아로 싸우고 있는 그룹인데, 이제까지 세 기를 격퇴했고 전부가 무인으로 움직이는 기체였어.』

……무인 기체?

말의 내용은 불가사의했다. 원거리에서 사격을 실시했던 레인과 달리 엑세리아에 탑승하여 근거리전을 벌인 애슬리와 다른 동기들은 바람막이 안쪽이 무인임을 알아차릴 수 있었나 보다.

그리고 격추 후 기체를 아무리 조사해도 인간이 있던 흔적은 없었다고 한다.

"……."

가능성을 꼽자면 이미 서방국에서 무인기를 완성시켰다고 추측할 수 있겠다. 전투를 무인으로 실시하는 시스템의 구상 자체는 구시대부터 존재했다. 그렇지만— 어디까지나 구상뿐이었다.

레인은 사고한다. 애슬리에게 들어온 보고— 무인의 엑세리아에 대해.

『있잖아, 어떻게 할래? 무인기 얘기, 그 아이한테 알려줄 거야?』

"으음—."

헷갈리면 보고하는 것이 정보의 철칙이다.

레인은 자신이 전달하겠다고 애슬리에게 말한 뒤 거기에서 통신을 일단 끊었다.

'…….'

마도사에 의한 제어가 대전제인 엑세리아의 구조는 복잡한 각식사륜의 조작 방식에서 유래한다. 제아무리 서방국의 기술이 우수하더라도 조작을 전자 회로로 제어 가능할 것 같지는 않다.

그렇지만— 도대체 어떻게 된 일인가.

—무인의 기체.

—서방국에 의한 갑작스러운 강습.

그리고— 망령.

'무엇인가—.'

무엇인가가 연결될 것 같은 예감— 그것은 『해답』을 얻기 위한 정보가 전부 제시되어 있는 듯한 감각이었다. 레인에게 오한이 치달린다. 으슬으슬, 등줄기에 사늘한 선이 그어졌다.

무엇인가— 못 보고 지나치지 않았나?

대답에 연결되는 힌트는 전부 다 갖춰져 있다. 근거는 없어도 확신할 수 있었다.

그렇지만— 알 수가 없다.

—뭐지.

나는— 지금 무엇을 깨달아야 하나.

초조함에 가까운 직감. 깨달아라, 깨달아라. 본능이 레인의 사고를 재촉한다.

그러나.

『있잖아, 레인.』

퍼뜩 놀라며 사색에서 깨어났다. 무선으로 들린 목소리가 사고를 차단했다.

그것은 방금 전까지 통신으로 대화를 나눈 애슬리의 목소리가 아니라.

『이제 곧 너한테 갈 테니까 엎드려.』

망령 에어의 통신이었다. 또한 『이곳에 온다』라는 내용이 이어졌다.

'이곳으로—?'

그리고 그 발언을 이해하는 것보다 빠르게 레인의 후방에 분진이 뿌려졌다. 쿵, 수백 킬로그램짜리 금속 덩어리 착지하는 소리가 난다. 고개 돌렸더니 AT3 엑세리아가 이동을 마친 모습이었다.

에어의 기체다.

"고생 많았어, 레인."

"⋯⋯여기, 3층이다만."

어떻게 올라온 거냐. 고민해 봤자 바보짓 같다. 레인이 저격 위치로 선택한 곳은 폐가의 3층. 신형일지라도 엑세리아에는 물론 비행하는 기능이 없다.

"뭐야, 이 세상에는 비행 마법도 있었던 거냐."

"무슨 소리야. 날아다니는 마법이 어디 있겠어."

"아니, 그러면 대체⋯⋯."

"마법 따위가 없더라도."

에어는 톡, 지면을 밟았다.

"발 디딤판이 있잖아."

"⋯⋯벽을 타고 올라왔나?"

"맞아."

엑세리아로 벽을 수직 등반했단 말인가.

차마 믿기지 않는 말과 함께.

"너희는 발상 자체가 무지함을 못 벗어난다는 뜻이지. 분명 평범한 실력이면 어려울 거야. 하지만 엑세리아는 사륜 전부를 구동시킨다면 이만한 잠재력을 충분히 끌어낼 수 있어. 그만한 힘이 이 기갑차에 있단 말이지. 인간도 팔다리 네 개로 벽을 기어오르는 녀석은 있잖아?"

"……."

이래저래 할 말은 많은데 지금은 입씨름을 할 상황이 아니다.

"아무튼, 나한테 무슨 볼일이지."

"알렉이 있는 장소를 알아냈어. 쳐들어갈 거야. 뒤에 타."

이번 전투의 결착.

학살자— 알렉 탄다 대위를 말살하기 위해.

"가능한 건가? 알렉을 쏘아 죽이는 게."

"그럼. 지난 한 시간은 놈의 위치를 파악하는 데만 소모했어. 다행인지 불행인지 알렉 녀석은 바보가 아니라 모습을 드러내지는 않았지만, 역산해서 대강의 위치는 포착할 수 있었지."

자, 가자.

시키는 대로 레인은 포수석에 올라탔다. 그리고.

'일단은 말을 해 둘까.'

방금 전 알게 되었던—『무인기』의 존재를 에어에게 알려주고자 했다.

그 순간이었다.

"벽을 내려갈 거야."

"어? ……으앗!"

앞바퀴만 회전시켜서 능숙하게 미끄러지듯 옥상 아래로 엑세리아가 내려가기 시작했다.

입 밖에 꺼내려던 말이 꾹 목구멍 안쪽으로 틀어박히고.

'정말로, 이 녀석, 벽을……'

또한 압도적인 조종 기술을 실감하며 아연해했다.

엑세리아가 거대한 생물인 듯 날고 선회하면서 장해물을 바람처럼 피해 나간다.

그렇게 이동하던 중 에어가 말했다.

"역시 넌 실력이 제법 괜찮아."

"뭐."

"사격 실력. 어느 정도는 확신했었는데 예상했던 대로 괜찮은 실력— 아니."

—좋은 『눈』을 갖고 있구나.

그렇게 에어의 말이 이어진다. 레인의 대답은.

"너, 어디까지……."

"아니, 아무것도 모르는데? 나한테 너는 가지고 놀 보람이 있는 장난감 비슷한 녀석이니까."

"이봐……."

"그래도."

시치미 떼며—

"다만 너무나 우수해서— 아니, 지나치게 많이 우수하거든. 이제까지 한 시간 동안 난 알렉의 위치를 찾는 동시에 조금은 적기의 수를 줄이기 위해 매진했어. 그런데 그런 와중에서도 네 실력과 사격 가능 범위는 너무 이상하더라. 자꾸 편리하게 써먹게 될 만큼."

레인이 거둔 전과는— 엑세리아 다섯 기 파괴.

분명한 이상성.

"필중 거리 700미터, 라이플이어도 얼굴을 찡그려야 할 거리를 강력한 탄환 마법으로 확실하게 쏴서 꿰뚫었지. 학생 수준이 아냐. 그뿐 아니라 이제껏 전례를 보지 못했던 특별한 솜씨."

에어는 꿰뚫어 본다.

—소년의 눈.

주시하면 『통상의 안구와 상이하다』것을 미세하게나마 간파할 수 있다—.

"……빤히 쳐다보지 마라, 돈 받을 거다."

레인은 『오른쪽 눈』을 피해서 숨겼다.

"아하하, 역시. ……여기에 오고 알았어. 악마의 탄환을 손에 넣었던 네가 어째서 수백에 달하는 장교를 주저하지 않고 지워왔는가—. 전장에 대한 격분, 원념……. 그 근본을."

격분, 원념—.

소년이 쏟아 내는 정념의 저편.

"뭐, 나중에 자세하게 묻겠어. 자, 슬슬 다 왔거든."

말하자마자 에어는 공통 무선 회선을 연결했다.

지시를 보낸다.

『리바이스. 현 위치에서 북북동 200, 푸른색 민가에 작렬탄을 쏴.』

『루바인, 애슬리 두 기는 양동. 같은 지점에서 계속 부탁할게.』

그 지시의 3초 후.

"저것이—."

"맞아."

레인은 육안으로 포착했다.

"알렉 대위가 끌고 온 본대야. 호위가 두 기, 자기가 탄 기체가 한 기— 합계 세 기."

기체가 접근한다. 적 본대와의 거리는 금세 100미터를 지나쳤다.

"내가 가능한 한 접근할게. 너는 알렉의 기체만 노려서 쏴."

—알렉만.

지시받은 대로 레인은 준비했다. 사용하는 것은 평소의 탄환 마법이다. 악마의 탄환을 쓰기에는 아직 거리가 충분히 좁혀지지 않았다. 확실한 때 사용해야 알렉을 처단할 수 있다.

에어가 기체를 가속시킨다.

뛰어난 조작으로 단번에 거리를 좁혀 서로의 사정거리 안에 진입하면서 엑세리아 전투가 시작된다.

그 순간이었다.

레인의 눈앞을 강렬한 폭염이 뒤덮었다.

"뭐야—."

적기가— 폭발을 일으켰다.

알렉을 둘러싸고 있던 적기가 연쇄적으로 폭염에 감싸인다.

물론 레인은 아예 공격하지도 않았다.

사격을 가한 인물은 기체 옆쪽에 나란히 서 있었던 자.

"흐음……. 재밌는 방법으로 도망을 치네!"

적장 알렉이었다. 또한 폭염이 가라앉았을 때 알렉은 주위 어디에도 없었다. 그자가 아군을 미끼 삼아서 도망쳤음을 레인은 그때 뒤늦게 이해할 수 있었다.

그러나 에어가 알렉을 주시하는 와중에.

'저자는—.'

레인은 폭염 끝자락에서— 깨달았다.

그것은 알렉이 지금 막 폭파시켰던 기체 둘 모두가—『무인』이었다는 사실.

『아까부터 싸웠던 적 기체, 아무도 안 타고 있어.』

애슬리의 말이 되풀이된다.

말뿐 아니라 실제 목격하면 의문의 여지가 없다.

그리고.

'—찾았다.'

화염의 안쪽으로 근방에 있는 폐가로 피신하는 알렉의 행적을 레인은 포착했다.

"—음, 에어, 나는 저 자식을 쫓겠어."

다음 순간, 레인은 기체에서 뛰어내린 뒤 도주하는 알렉의 등을 쫓았다.

뒤쪽에서 에어가 뭔가 말하는 듯싶었지만, 적을 우선하고자— 달렸다.

실내로 진입하는 동시에 짙은 연무가 주위를 둘러쌌다.

알렉이 추적자를 따돌리기 위해 마법을 펼친 결과다. 그러나 교란 공작을 앞에 두고도 레인은 자기 공각질을 발동시킴으로써 감각을 곤두세워 알렉의 행선지를 예측했다.

좁은 실내인데도 따라붙는 데 시간이 걸렸다.

그러나, 그럼에도—.

"—너인가."

실내의 2층— 폐가의 중앙부.

멈춰 서 있던 인물은.

"알렉 탄다 대위."

"……그래. 내가 알렉인 건 틀림없다만."

가까이에서 보면 예상외로 선이 가느다란 청년.

"너, 누구야?"

인상은 기묘한 남자. 색깔이 엷은 머리카락과 열기가 없는 시선.

신체에 붙은 근육은 밋밋하고, 군인이라는 생각이 안 들 만한 미남이 폐가 안쪽에 우두커니 서 있었다.

느긋한 듯 보이는 자세이지만, 숨이 차올라서— 살짝 어깨가 위아래로 움직이는 청년 군인.

"흠, 그렇다 쳐도, 막다른 길에 몰렸어."

저자는.

"좋은 공각질을 갖고 있구나."

여유로웠다.

"설마 학생— 아니, 인간 중 내 움직임을 알아보는 녀석이 있을 줄은 몰랐거든."

"너……."

"학생이지? 자네."

열기가 없고 살기가 없는 남자— 알렉.

……뭐냐, 이 자식은. 마주 대하면서 새삼 학살의 주모자인 이 남자에게 레인은 생리적인 거부감을 느꼈다. 아니, 거부감이 아니다. —공포다. 이해되지가 않는다.

이 남자의 태도가.

'이런 게— 막다른 길에 몰려서 죽음을 등에 둔 인간인가?'

직접 눈앞에 두고 쳐다보면 새삼 확신이 든다.

피부를 찌르는 듯한 적의.

분명한 이상성. 궁지에 몰렸는데도 자신이 되레 총구의 앞에 노출된 것 같은 압력.

에어와 마주했을 때…… 아니, 그것마저 웃도는 이질적인 감각이 가감 없이 피부를 찌른다. 한기마저 솟아나는 이런 느낌은 통상의 마도사가 발출할 수 있는 기세가 아니다.

레인의 직감이 알려줬다.

이 남자는— 평범한 마도사가 아니다.

"대단하네."

알렉은 시선을 레인이 아닌 천장으로 보낸다. 그런 몸짓이 레인의 경계심을 더욱 높였다.

"이런 완벽한 지휘에 패배할 줄은 예상도 못 했어. 어떻게 한 거야?"

"대답해줄 이유가—."

"이상하잖아. 이렇게 일방적으로 내가 당하기만 하다니."

알렉은 총을 겨누지 않는다. 다만 무방비를 의미하지는 않았다.

왜냐하면 마도사는 미래시─『공각질』을 보유하니까. 상대가 움직이려는 때에 그때부터 행동해도 최선책으로 대응할 수 있다. 그것이 마도사끼리의 전투였다.

따라서─.

"너, 정체가 뭐야?"

받아줄 수밖에 없다.

학살자─ 알렉의 말을.

"아니, 틀렸구나. 이렇게 마주하니까 알겠어. ─네가 아니야, 리더는."

"······그건."

"에이. 대답은 안 해도 돼."

그때 알렉은 포기한 듯이.

"······그렇구나, 납득이 되네. 예측대로인가······. 응, 그래, 알겠어."

"이봐. 무슨 소리를."

"너 말이야, 『악마족』이지?"

─일순간.

"맞네, 얼굴을 보면 안다고. 그래, 이렇게 차이가 나네. 하하······. 역시나 나는 격이 낮은가 봐······. 그럴 리 없다고 생각은 해도 정말로 똑같이 되어버렸어."

"알렉, 너—."

"어라, 틀렸어?"

말을 끊더니 알렉은.

"너도 갖고 있지 않아? 『이것』을."

소매를 걷어 올려서 왼팔의 맨살을 여봐란듯이 내보이고.

"이거, 『암황족』의 문양과 닮은 『악마족』의 증거 말이야."

자기 아래팔에 각인된— 낙인을 드러냈다.

—암황족.^(우드)

그것은 레인이 지닌 악마족과 마찬가지로 신을 섬기는 신관의 증거.

"어째서, 그걸—."

레인과 에어밖에 알지 못해야 할 문양을—.

"어라, 반응이 왜 이래? 혹시 은색의 여자애한테 아무런 말도 못 들은 거야?"

"은색이라니— 너, 에어를 알고 있나?"

"알고 자시고 할 게 있나."

알렉의 대답.

"똑같은 『망령』 처지인걸. 몇 년이나 싸운 상대를 잊어버릴 리 없잖아."

서방의 군인 알렉—.

암황족—.

똑같은 망령—.

몇 년이나 싸웠다— 거기에서.

그제야 레인은 이번 사태의 기묘함과 맞닥뜨렸다.

'그래, 애당초 에어는……. 어째서 하필 알렉을 지워버리라고 요구했지—?'

확실히 알렉은 우수한 전공을 세운 군인이다. 동방국의 골 칫거리이지만, 다만 특별히 우선해야 할 인재인가 하는 의문은 분명 남는다. 서방국에는 저자와 동등하거나 더욱 뛰어난 군인도 더 많다.

그러나 그중에서도 대체 왜 에어는— 이 남자를 지우라고 말했나?

그리고 무엇보다 알렉은 뭐라 말했지?

—똑같은 망령?

그때.

"아."

레인은 깨달았다.

문득 얼굴을 숙였다가 다시 한 번 얼굴을 들어 올리는 알렉의 눈동자가— 검붉게 변색되었음을.

'설마—.'

기괴한 변화.

오싹, 몸이 얼어붙게 만드는— 악마의 눈동자.

『망령으로 능력을 쓸 때면 내 눈은 「봉축」— 빨갛게, 까맣게 물들어.』

그 소녀와— 완전히 같다.

아울러 이런 요소에서 겨우 다다를 수 있었던— 대답.

"빈틈을 너무 드러내잖아, 자네."

알렉이 움직였다. 허리에 장비한 홀더에서 권총을 꺼내 들더니 탄환을 건물 바깥으로 발사했다. 아무도 없는 방향을 노리는 사격. 그렇지만 결코 헛손질이 아니다. —순수한 공격이었다.

몇 초가 지나서 레인이 직감한 것은— 자기 신변의 위험.

"큭."

충격이 치달았다. 시작은 머리부터였다. 쿠웅, 쿠구웅, 레인의 바로 위 천장이 붕괴를 시작했다. 총량으로 수십 톤은 넘어설 다량의 석재가 추락했고.

"크윽—."

레인은 압살하고자 덮쳤다.

대량의 석재가 흘러들어서 방대한 질량이 내리쏟아진다.

또한 천장을 파괴하며 나타난 것의 정체를 알았다.

"—아니."

천장을 깨부수고 나타난 것은— 엑세리아였다. 동체 부위로 돌진하여 이 건물을 꼭대기부터 파괴했다. 그런데, 이상하다. 얼마 전부터 거듭 목격하는 사이에 자연스럽게 깨달았다.

저 기체도—『무인』이었다.

돌진을 감행한 반동 때문일까, 동력부는 망가진 상태였다.

그렇지만— 움직이고 있다.

"흐음? 역시나 감이 좋다니까."

—오싹, 한기가 치달리는 알렉의 목소리. 곧이어서.

"그럼 다음은 이런 건 어떨까."

알렉이 입을 연 직후, 이번에는 발아래에서 강렬한 충격이 치달았다. 작렬탄을 발 아래쪽에 터뜨린 듯한 충격파와 폭열에 의해 일순간에 레인의 발밑이 허물어졌고.

"크, 악!"

"하하, 계단도 필요가 없어졌구나!"

뻥 뚫린 한 층 아래로 떨어졌다. 그리고 그곳에 있던 자는 레인을 표적으로 라이플을 조준한 한 명의 마도사였다. 이자가 천장을 파괴해서 공격했을 것이다.

'큭—.'

알렉이 준비해 둔 복병— 그렇게 판단한 뒤 본능적으로 반격 태세를 갖춘다.

그렇지만 병사의 온몸이 시야에 들어왔던 순간.

"어……?"

레인은 말을 잃었다.

복병의 신체가— 절반밖에 없었기 때문이다.

'이게, 웬…….'

눈을 의심하게 되는 광경이었다.

아래층에 있던 복병 남자는 오른손으로 총포를 겨누고 있었지만, 왼팔은 찢겨 날아간 모습이었다. 차마 이해가 되지 않는 상황에서 남자는 곧 지면에 털썩 쓰러지더니 모든 움직임이 멎었지만.

'도, 대체……. 이게…….'

틀림없다.

─『시체』가 움직였다. 레인은 뛰어오르는 고동을 억눌렀다.

새삼 남자의 신체를 주시한다. 그렇지만 역시 이상하다.

저격을 당해 날아가버렸을까, 폭풍에 도려졌을까. 어쨌든 간에 결단코 살아서 버틸 수 없는 육체다. 깨진 머리에서는 이미 피가 흐르지도 않고 심장도 박살이 났다. 사망한 뒤에 상당한 시간이 경과했다. 그런데도 불과 몇 초 전까지─ 살아 있었다.

'뭐지─. 뭐가 어떻게 된 거야.'

─혼자서 움직이는 엑세리아.

─총격을 감행했던 시체.

움직일 수 없는 것들이─ 움직였다.

'말도 안 돼…….'

불가능하다.

그런 기술 및 마도 따위는 이론부터 파탄이 났다.

그렇지만─ 만약에.

만약에 이런 기묘한 현상이, 만약에 누군가에 의해 발생한 결과였다면─

"암황족의 성질은 『사역』."

"아."

"쏜 대상에 강제로 『명령』을 내릴 수 있는 탄환이지."

퍼뜩 놀라서 고개 돌린다.

그곳에는 권총을 겨눈 채 더더욱 여유롭게 걷는 남자— 알렉이 있었다.

"인간만 대상이 아냐. 기계여도 동물이어도 시체여도— 그 대상이 실현 가능한 행동이면 온갖 명령을 강제할 수 있어. 평범한 탄환 마법만 알면 상상도 못할 테지……. 뭐, 악마의 신성에는 몇 단계 떨어지지만."

알렉은 다음 탄환을 발사하기 위해 리볼버에서 탄피를 배출했다.

투둑투둑 떨어지는 그것들은 에어의 탄환과 닮은— 『회색의 탄환』이었다.

'저것, 은.'

알렉이 소유하고 있는 『회색의 탄환』.

그리고 기묘한 탄환의 능력.

알렉은 말했다.

—쏜 대상에 강제로 『명령』을 내릴 수 있는 탄환.

무인의 기계이든 살아 있는 인간이든 설령 죽은 사람일지라도 조종할 수 있는 탄환.

'—뭐냐, 이 자식은.'

—이질적인 탄환 마법.

—검붉은 눈동자.

그리고 무엇보다— 자신을 망령이라 칭한 것.

마음에 걸린다. 너무나도 에어와 공통점이 많다. ─다만 이곳에서 알렉을 상대하려는 한 필요한 것은 순수한 생사이자 무력하게 쫓겨 다녀야 하는 사냥감의 입장을 회피하는 것. 레인은 결정했다.

"······알겠어."

모든 의문을 버렸다. 또한 이곳에서 『단 하나 완수해야 할 목적』을 떠올렸다.

"죽이지 않고 승리하기는 무리군. 이것저것 묻고 싶은 게 많지만, 당신한테 듣는 건 포기하겠어."

"음?"

─「그러니까」 하고 레인이 말을 잇는다.

"여기에서 죽어라, 알렉 탄다. 너는 무고한 사람을 너무나 많이 죽였어."

"······흐음. 승리할 자신이 있나? 기특하네. 뭔가 비장의 수단이라도 감춰 놨어?"

느긋한 분위기의 알렉.

당연하다. 레인이 보유한 마력량은 적을뿐더러, 그것을 이미 알렉도 한눈에 꿰뚫어 봤다. 이미 알렉은 승리를 확신하고 있다. 게다가 모두 정당한 평가였다.

인정하고 싶지는 않다.

알렉은 레인보다 몇 단계 위의 마도사다.

마주 대하면서 알 수 있었다. 이 남자와 정면으로 싸웠을 때 고기 쪼가리 신세가 될 사람은 오히려 자신이다. 다만 여기까지 냉정하게 받아들인 레인은 알렉이 때때로 보여주는 『자만심』을 감지했다.

'알렉, 이 자식은—'

추가 공격을 가하지 않는다. —서둘러 숨통을 끊을 의도가 없단 뜻이다. 이제껏 공방에서 레인의 목숨을 거둘 기회는 몇 번인가 있었다. 그렇지만 알렉은 넘어지고 동요하는 레인을 지켜보면서 웃을 뿐 더욱더 몰아붙이지는 않았다. 알렉은 격차를 잘 판단해서 장난을 치고 있었다.

—마무리 따위야 언제든지 지을 수 있다고.

그러나 저런 약간의 방심이 이번에는 생사를 갈랐다. —노리고, 조준하고, 레인은.

"그래. —써주마."

탄환을 『대각선 오른쪽 후방』에 발사했다.

"하하, 눈도 제대로 안 보일 지경인 모양이구나!"

물론 정면에 위치하는 알렉에게서 너무나 한껏 사선이 어긋났다. 엉망진창의 방향. 알렉도 방금 전 일격은 거창한 오발이라 판단했기에 회피 행동에 들어가지도 않았다.

'그래. —그러면 된다.'

후방으로 발사한 탄환— 은색의 탄환.

그것은 뒷벽에 입사각 34도로 침입, 계속해서 측방 벽 55도, 상방 77도, 아랫면으로 75도, 잔해에 빗맞아서 양각으로 도탄, 반사, 도탄, 반사, 도탄, 반사, 반사에 반사— 그렇게.

"뭐하는 거야, 이제부터어, 커흑!"

—보였다.

"뭐, 냐—."

"너무 방심했군, 알렉."

알렉의 머리가— 꿰뚫리는 광경.

도탄을 거듭하여 알렉의 공각질을 따돌린 은빛 탄환.

혈화가 피어나면서 흩뿌려진 것은— 진홍색 혈액이었다.

"항상 공각질을 발동했다면 피할 가능성은 있었지."

악마의 탄환으로— 알렉을 쏘아 죽였다.

그 순간.

"—음."

세계가 뒤바뀌었다.

"크, 흡!"

탄환에 의한 세계의 개변— 재편성.

"바뀌었나, 세계가……."

—그렇다, 세계는 개변되었다.

지금까지 알렉과 함께 있었던 장소는 북방 300미터에 위치하는 폐가의 2층 부분.

그렇지만 뒤바뀐 세계를 맞이했을 때 레인이 있던 장소는.

"뭐야, 여기는……."

모르는 장소였다.

'도시 바깥에 나온 것 같진 않은데…….'

둘러보고 파악한 바로 이곳은 넓은 지하실 같았다. 창문은 없다. 방 한쪽에 승강용 계단만 있고, 또한 방 안의 벽면에는 낯익은 동기들이 앉아 있었다. 다만.

'……어떻게 된 거야, 분위기가.'

명백하게 불온한 상태였다. 동기들은 전원 무릎을 끌어안은 채 입을 꾹 다물고 있다. 부상을 당한 모습은 아니었다. 다만 태도가 명백하게 이상했다.

어째서— 이토록 쥐 죽은 듯이 조용한가.

"……"

미심쩍어하면서 레인은 확인 작업에 들어갔다. 그리고 방금 막 『악마의 탄환』을 발사한 라이플의 탄피집에는 탄피에 알렉— 『Alec Tahnda』라는 글자가 각인되어 있는 것을 봤다.
_{알렉 탄다}

'……어떻게 된 거야.'

요컨대 완전히 개변이 이루어졌다. —알렉이 사라진 세계로.

그러나, 그렇다면 대체 왜— 동기들은 이런 지하실에서 무릎을 끌어안고 있지?

적장 알렉은 죽었다.

은빛 탄환에 꿰뚫려서.

그리고 그자의 존재는 세계에서 소실됐다.

즉 레미노스의 학살은 회피되어야 했다.

따라서 개변된 이후 세계는 평온한 도시가 나타났어야 할 텐데—.

"이봐, 지금, 뭐가…… 어떻게 된 거야!"

레인은 지하실 안쪽에 주저앉아서 고개 숙이고 있는 센트널에게 다가갔다. 오르카와 유사하게 파괴용 탄환 마법의 사용자이며 당차고 굳센 성격이지만, 이 녀석은 지금, ─떨고 있었다.

어깨를 잡아 쥐고.

부들부들─ 어미를 잃어버린 새끼 고양이처럼.

"뭐, 뭐냐니, 뭐가……."

"가르쳐줘라, 센트넬. 이곳에서, 무슨 일이 일어났지?"

"우, ─웃기지 마라! 이런 상황에, 무슨 헛소리를!"

명백한 착란 상태다. 무엇인가 알고 있음은 틀림없겠다. 그러나 제정신이 아닌 현재의 이 녀석에게 말을 듣기는 무리다. 다른 녀석을 붙잡고 물어볼까 생각했지만, 전원 다 분위기가 심상치 않았다.

'뭐냐, 뭐가 어떻게 된 거냐…….'

의심의 여지도 없이 비정상적인 사태.

레인은 지하실에서 정보 수집하기를 포기한 뒤 넓은 장소로 나갔다.

그리고─ 아연실색했다.

"어, 째서……."

거리 곳곳을 온통 불사르는 것은─『진홍의 불꽃』.

적색의 화염─.

"어째서, 알렉은 사라졌는데─."

지하실을 뛰쳐나왔던 레인의 눈앞에 펼쳐지는 광경은 압도적인 적색의 불꽃이었다.

단지 멍멍할 뿐 도무지 이해되질 않았다. 명백하게 상황이 악화되었다.

레미노스의 거리는 파괴되었고, 소용돌이치는 업화에 불타오르고 있었다. 알렉의 존재가 사라지기 이전보다 더한 화염과 산산이 박살 난 잔해였다.

개중에서도 크게 달랐던 것은 거리를 태우고 있는 『불꽃의 색깔』이었다.

—진홍.

평범한 불기둥이 아니다.

짙은 색채로 자기 존재를 강하게 인상에 박는 진정한 『적색』.

그런 화염 속에서 온 거리에 엑세리아가 활보하고 있었다. 마도사가 쓴 탄환 마법은 가옥을 파괴하고, 목줄이 풀린 사냥꾼은 우왕좌왕 도망 다니는 주민들을 차례차례 살육한다. 몇 시간 전까지는 평온했었던 도시의 광경이 피어오르는 화염과 주민들의 혈육으로 붉게 물들어 갔다.

이해할 수 없다.

무슨 일이 일어났지.

어째서— 세계를 뒤바꾸기 이전보다도 더한 업화에 휩쓸려 있나.

그리고.

"있잖아."

그때.

"어……?"

"너, 같은, 망령이야?"

고개 돌렸던 곳에 나타난 인물은 소녀.

진홍을 배경으로 처참한 파멸을 체현하는 듯한.

"……으음, 아니네. ―역시 넌, 에어의……."

우스개처럼― 붉디붉은 소녀.

눈동자는 평범한 사람과 까마득하게 다른 루비색을 지녔고, 빈 동굴과 같은 시선으로 레인을 보고 있었다.

그러나 다음 순간, 소녀의 맑고 투명한 붉은 눈동자는.

"뭐, 상관없지."

―『검붉게』 변색됐다.

'―이 자식.'

반사적으로 레인은 장총에 손을 뻗어서 탄환 마법을 발사했다. 변색된 두 눈을 쏘아 꿰뚫고자 두 번을 연사, 비록 회피당했으나 레인의 탄환은 거기에서 끝나지 않는다.

―튀어 올랐다.

적색 소녀의 후방에서 레인의 『환경탄』이 기습을 감행한다.

그러나.

"흐음?"

소녀는 피해 내었다.

태연하게.

마치 등에도 눈이 달린 것처럼― 너무나 수월하게 회피하더니.

"총탄이 튀어 오르는 환경탄이구나……. 제대로 활용하는 사람은 처음으로 봤어."

"—큭."

냉담한 목소리가 레인에게 오싹 한기를 불러일으켰다.

그렇지만 적색의 소녀는 레인이 위기감을 품는 것보다 몇 단계 빠르게 본인의 손에 소형 권총을 쥐고 있었다. 그리고 레인의 공각질로 감지하는 것이 불가능할 만큼 대수롭지 동작을 소녀가 취했다. 그 동작을 공격이나 살의로 인식할 수가 없었다.

철컥.

"잘 가."

화염의 소녀는 레인의 오른쪽 눈을 쏘아서 꿰뚫었다.

뚜둑! 고무를 비틀어 끊는 것 같은 소리와 함께.

"끄, 아아아아아아아아!"

탄환에 꿰뚫린 레인의 오른쪽 안구는 자잘한 살덩어리가 되어 사방으로 흩어졌다.

그리고 급소를 꿰뚫림으로써 엷어져 가는 시야와 의식 속, 레인은.

"불쌍해라. 우리 망령들과 관련이 되지 말았어야지."

등줄기가 얼어붙을 만큼— 예리한 목소리를 들었다.

7. 망령 『킬리리스』

100년.

자신이 살해된 이후 100년이라는 시간이 흘렀다. 그동안 몇 번인가 깨어났던 적이 있지만, 기간을 모두 더한들 2년도 되지 않을뿐더러 몸의 성장도 죽음을 겪은 다음부터 변화가 사라졌다.

그런 와중에 만나게 된— 한 명의 소년.

무고한 죄로 처형당해서 검은 탄환에 봉인되었고, 또한 사라지지 않는 자신의 증오와 마찬가지로 많은 인간들의 존재를 말소하면서까지 소망을 이루고자 했던— 소년.

그런 소년은 지금.

"흠, 결국은."

오른쪽 눈이 도려져서 바닥에 나뒹굴고 있었다.

언뜻 봤을 때 빈사의 중상.

다만 에어가 한 발짝 다가갔던 순간.

"윽."

소년의 육체가 번쩍 솟구쳤다.

쓰러져 있던 자세에서 용수철처럼 상체를 들어 올리더니 소년이 사납게 덤벼들며 팔을 쭉 내밀었다. 그러나 단조로운 공격이었기에 에어는 충분히 지각하여 상반신만 움직임으로써 수월하게 팔을 회피했다. 망령인 자신과 소년에게는 이토록 큰 차이가 있다. 아무리 허를 찔렸더라도 머리카락 한 가닥 붙잡히지 않을 자신이 있다.

탄환 데스 매치에서 대치했을 때 역시 상처도 없이 몹시 손쉽게 상대해줄 수 있었다.

그만큼 분명하게 격차가 있는 두 사람의 힘.

그러나 다음 순간.

"아니!"

에어의 공각질이 얼어붙은 듯 굳었다.

―도망칠 수 없다.

그렇게 예지했다.

또한 회피 행동을 취할 틈조차 없이.

"끄윽, 흡!"

에어는 목을 붙잡혀서 세차게 바닥으로 내동댕이쳐지고 말았다. 온몸의 뼈가 삐걱대면서 치달리는 충격에 의한 격통으로 의식이 날아갈 뻔한 직후, 완전하게 손바닥 안에 경부(頸部)를 제압당했고.

"꺽, 윽."

바이스 같은 완력이 뿌득뿌득 목을 죄어든다. 목뼈가 삐걱거렸다.

그러나.

"흐, 흐음……."

소녀는.

"그래, 알겠어."

교살당하려는 와중에도 시선은 소년— 레인의 『오른쪽 눈』
을 향했다.

"네게 느꼈던 위화감의, 정체가 바로, 이거였구나."

"……말해 두겠는데."

안구가 터져 나가서 죽음에 직면했던 소년.

그때의 모습은 이미 없었다. 남은 것은 오른팔로 에어의 목
을 제압한 채 왼손으로 안구의 피를 닦고 있는 소년의 모습.
그리고 덮어 가리던 옷자락이 떨어졌을 때 소년의 눈구멍에는.

"나 역시 이렇게까지 괴물이 되어 있을 줄 생각하진 못했어."

—재생된 안구가 있었다.

덧붙여서 그것은 통상의 안구와 다른— 검붉은 눈동자.

"뭐라는, 거야."

에어는, 엷게 웃고는.

"너도, 괴물이잖아."

"그래. 설마 터져 나갔는데도 원래대로 돌아올 줄은 몰랐지."

소년의 오른쪽 눈은— 검붉게.

지난 며칠간 수없이 봤던, 특수한 마술에 의해 발현되는 이
색채는.

"망령— 레인 란츠?"

비정상의 증명이었다.

재생된 소년의 오른쪽 눈.

그것을 보고 비슷한 부류의 신성을 보유한 처지로서 에어는.

"방금 전 공방으로 알았어. 너의 신성은 『진신족[에마]』이야……. 흠, 실재했었구나."

"진신족……."

여전히 목덜미를 붙들려서 에어는 바닥에 깔린 채 제압된 상태였다. 만약 소년이 진심으로 목 졸라 죽이고자 힘을 넣는다면 저항할 틈도 없이 목뼈가 부러진다.

일방적으로 생사여탈의 선택권을 장악당한 채, 하지만 이런 상태에서도 에어는 기죽지 않고.

"혹시 몰랐던 거야?"

"이 눈은 강제로 이식당했던 부위라서 유래는 전혀 몰라."

터져 나갔었는데도 불구하고 새롭게 발현된 검붉은 안구.

그것은.

"강제로?"

"말해 두겠는데 난 망령이 아니야. 죽었던 기억 따위 한 번도 없고 말이지. 다만…… 나는 본래는 마도사조차 아니었어. 타고나야 할 소질을 갖지 못했던 평범한 인간일 뿐."

그렇지만 소년이 현재 보유하고 있는 신성은 『진신족』─ 가장 신과 가깝다고 일컬어지는 종족의 증거와 홍채.

소유한 것은─ 뛰어난 능력.

"그러면 너, 혹시……."

"맞아."

레인은 대답한다. 이제껏 숨겨왔고 입에 담지 않았던 사실.

"나는 인공 마도사야."

"……흐음. 어쨌든 뭐, 부여받은 것은 『우리들』과 똑같았나 본데."

"그래. 공각질이나 마력 같은 마도사에게 필요한 소질은 출생으로 결정이 나지. 난 전혀 재능이 없었지만, 이 기묘한 의안을 이식당한 다음에 전부가 바뀌었어."

"—알고 있어."

에어의 대답.

"진신족의 신성은『현상을 고정시키는 것』……. 마도사가 쓰는 예지하고는 종류가 달라. 미래를 예측하는 게 아니지. 미래의 현상을 『확정』시키는 거야. 예측하는 현상을 예외 없이 확실하게 실행시킨다—. 그렇게 전투 자체를 파탄시키는 힘."

미래의 현상을 확정시킨다.

즉 자신의 예지를 완벽하게 재현시킬 수 있다. 마도사로서 압도적으로 뛰어난 능력을 보유하고 있는 에어가 이렇듯 쉽게 제압당한 것도 이러한 이유였다.

진신족의 안구를 발동하려면 범위도 시간도 대단히 한정적이기에 확정 가능한 미래는 아마 1초의 절반에도 못 미친다. 다만 현상을 확정시킬 수 있는 이상 잠시일지라도 충분하다.

일순간이면 된다.

일순간이라도 앞지른다면— 죽이기에는 충분하다.

"누구한테, 이식받았어?"

"……서방국이다."

무의식적으로 특성을 발동하고 있었던 레인은 거친 호흡을 가다듬으면서 입을 열었다.

"나는 아홉 살까지 이 나라의 지역 중 가장 국경과 가까운 곳에 있는 루노라는 도시에서 살았어."

마치 침전물처럼 거멓게 굳어 있었던 기억—.

"그러나 지금으로부터 7년 전— 전쟁터가 됐지. 학살의 끝에 살아남아서 붙잡혔던 주민은 서방국의 포로가 됐고— 이 『눈』에 적합한 인간이 있는지 실험을 받아야 했어."

에어는 그 말에 눈살을 찌푸렸다.

"……마술 재능이 없는 인간에게 신성을 심어 넣겠다고?"

"맞아. 미친 짓이었지. 제대로 될 리가 없었어. 그런데 정확하게 백 명째에서."

잠시 호흡을 멈췄다가.

"나에게— 이게 남았지."

"—흐음."

당시의 전말은 지금껏 쭉 기억하고 있다.

마술로 『의안』을 이식당한 뒤 하룻밤 내내 지옥에 떨어졌던 아픔도, 광경도— 자신이 적합자가 될 때까지 백 명 가까운 사람이 순서대로 몸이 찢겨져 죽어 갔던 절망도—.

아울러.

"그렇구나, 그 눈이 네 원한의 근원이었던 거야?"

"조금 다른데."

소년이 서방국— 전쟁에 가지고 있는 증오.

꿰뚫린 전장은 거기서 사라져라 1권
─탄환 마법과 고스트 프로그램─
©Kei Uekawa, TEDDY, Naohiro Washio 2019
KADOKAWA CORPORATION
[NOT FOR SALE]

"나는, 눈 자체에는 감사하는 마음이야. 마도사를 제법 동경했었거든. 다만 난 이 기묘한 의안을 이식당하고 거부 반응으로 문드러져서 죽었던 가족을— 잊을 수 없어."

레인은 말을 잇는다.

"기억이 나."

표정을 바꾸지 않고.

"이식된 의안은 그 순간부터 격렬한 거부 반응을 일으키지. 그리고 그 반응에 패배하면 안구는커녕 온몸이 불타 녹아들고 몸부림치다가 죽는다. 나는, 눈에 잡아먹혀서 차례차례 죽어 갔었던 부모님, 친구— 모두의 죽음을 지켜봤어."

나중에 시체 수습을 담당했던 동방국 부대는 너무 처참한 광경이었기에 기록을 남기는 것조차 몸서리를 쳤다 들었다.

레인은 주검의 산을 단 한 번 목격했다.

그렇지만 남아 있었던 것은 인간이라고도 말할 수 없는 살점 덩어리뿐.

그날부터 사라지지 않았던— 거뭇한 불꽃.

"난 지난 살육의 주모자를 찾아내서— 죽일 거다. 그 때문에 아레스트라의 마도사가 된 거야."

레인의 눈가에 굳은 핏덩이는 이미 흘러내렸다.

눈구멍을 구성하는 뼈와 파괴되었던 피부 따위도 치유가 끝나 안구는 완전하게 회복됐다.

화염이 피어오른다.

그것은 개변된 세계에서 새롭게 나타난 불꽃.

"전부 얘기해라."

"응, 무슨— 아얏!"

"이번에는 겁주는 게 아니야."

여전히 목덜미를 틀어잡고 바닥에 내동댕이친 자세에서 레인은 확실하게 심문을 진행하기 위해 총구를 에어의 미간으로 들이밀었다.

거리는 불과 수 센티미터.

완전히 깔아 눕혀서 몸을 살짝도 못 움직이게 제압했다.

설령 제아무리 뛰어난 마도사일지라도 이런 거리에서 회피는 결코 불가능하다.

"흐으, 음."

에어는 상황을 이해했을 것이다.

쓱, 히죽이던 미소를 거둔 뒤 냉담한 표정으로 총구를 바라본다.

반면에 레인은.

'이제, 한계다.'

이곳에서 끝장을 볼 생각마저 있었다.

이렇게 할 기회를— 줄곧 노려왔다.

에어라는 소녀를 폭력으로 제압해서 정보를 캐물을 수 있는 지금 상황을.

제법 단단히 각오한 행동이다.

만약 끝까지 저항한다면 주저하지 않고— 쏘아 죽인다. 이미 결의는 마쳤다.

다만 이렇듯 진짜 살의마저 쏟아지는 와중에 도도하게 에어라는 소녀는.

"배짱만큼은, 꽤 늘었구나."

가벼운 분위기를 무너뜨리지 않았다.

"……아는 대로 전부 다 말해라."

바람이 불어닥쳤다.

화염이 피어오르는 도시의 잔해 위.

총구를 겨눈 소년과 예리한 표정으로 마주 바라보는 소녀.

"이해할 만한 범주를 뛰어넘는 현상이라서 알고 싶어도 내게는 정보가 너무 부족하군. 언제나 선수를 빼앗긴 채 움직여야 하는 위험한 입장에서 더 이상 끌려다닐 순 없어."

"거절하겠다면?"

발포음이 울려 퍼졌다.

고막을 뒤흔드는 소리와 함께 레인이 손에 든 총에서 초연이 새어 나온다.

그리고.

"아얏―."

"손발부터 차례대로 쏜다. 굴할 때까지, 끝까지 반복한다."

발사된 탄환은 소녀의 은발을 꿰뚫었다. 풍성한 머리카락 일부가 탄환에 맞아 뜯어지면서 에어는 얼굴을 찌푸렸다. 몇 가닥인가 뽑혀서 잘린 은발이 바람을 타고 사방에 흩날린다.

달빛이 비추이는 밤, 은발이 살짝 반짝였다. 그 빛은 아름답기까지 했지만—.

"……뭐, 괜찮겠지."

대답해줄게, 에어는 고개를 끄덕였다. 레인의 요구를 받아들이겠다는 표시다.

그 태도를 보고 가장 우선해야 할 질문을 신중하게 선택한 다음, 레인은 입을 열었다.

"무슨 일이 일어난 거야."

세계는 재편성됐다.

그런데 대체 왜 개변된 세계가 오히려 더욱 악화됐는가. 살아남았던 동기에게 이야기를 들어서 많은 동기들이 죽었음을 알게 되었다.

"망령 킬리리스."

에어는 짧게 답했다.

"그것이 알렉— 그 꼭두각시 인형의 뒤에 숨어 있었던 진짜 인형사의 이름이야."

"……킬리리스."

파괴를 체현하는 듯한, 에어의 『은빛』과 쌍을 이루는 『적색』의 소녀 킬리리스.

선명한 인상을 받아 기억하고 있다.

레인은 그 소녀에게 자기 오른쪽 눈을 꿰뚫렸다.

"……알렉만이 아니야, 킬리리스라는 녀석도 네 이름을 입에 담았어."

"응. 그랬겠지."

에어는 머뭇거리지 않고 긍정했다.

"그러면 역시 넌……."

"맞아. 너에게 명령하기 훨씬 전부터— 알렉을 알고 있었어."

알렉을 지워라—.

그렇게 말했을 때 이 소녀는 망령 알렉을 알고 있었다.

그런 전제로 죽이라고 했다.

"……그 녀석들도 에어, 너와 똑같이 죽었던 인간인가?"

"맞아."

짧은 대답.

"망령은 나 말고도 몇몇이 더 있어. 그리고 국가 및 군부의 중추 내부로 파고들어서 역사를 바꾸는 조류 속에 기생하고 있지. 뭐, 이번에는 알렉이 걸리적거려서 의도적으로 노린 측면도 있었지만 말이야. 그 녀석하곤 70년 전부터 적대 관계였는데 이제야 결판을 냈던 셈이지."

"……잠깐 기다려봐."

슬슬 따라갈 수 없을 지경이었다.

망령이라는 존재와 온갖 주변 사정이 전혀 이해되질 않는다.

"도대체 뭔데, 망령이란 게. 알렉이 70년 전에 뭐? 그때부터 너희는 싸워왔고, 그 이후에도 대전 때마다 되살아나서 전쟁을 계속했단 말인가?"

"그런 셈이네."

"어째서, 무엇을 위해."

"그러니까, 저번에도 말해줬잖아."

―알 수가 없단 말이야, 라고.

에어는 자기 목에 걸어서 늘어뜨린 『검은 탄환』을 손에 잡았다.

"망령인 우리는 누구 한 사람도 예외 없이 이렇게 검은 탄환에 존재를 봉인당했어. 그렇지만 애당초 누가 손을 쓴 결과인지, 누가 마술을 써서 구축했는지, 어떻게 관리했는지, 아무것도 알지 못해. 알고 있는 사실은 큰 전란이 있을 때마다 우리들 『망령』의 존재는 탄환에 깃든 형태로 존재하게 된다는 것과."

잠시 멈췄다가.

"살해당하면 그게 끝장이고, ―두 번 다시 살아 돌아올 수 없다는 것뿐."

"……그게 도대체 뭐야."

알 수가 없다. ―정말로?

"그럼 어째서, 이렇게…… 싸우고, 서로를 박살 내려는 짓을 저지르는 거야. 너, 에어는 알렉이라든가 킬리리스와 사적인 원한이 있는 건 아니잖아?"

"맞아. 그래도 너 역시 딱히 전쟁을 증오할 뿐이고 적군까지 밉진 않잖아?"

"경우가 좀 다른―."

"똑같아."

무도하다고 생각될 수도 있을 대답.

그러나 감정을 제거한 진실이기도 했다.

"내 이야기를 이미 알려준 만큼 이해가 될 텐데 알렉은 1차 공격전 초기에 활약했던 군인이면서 내란 중 암살당한 억울함이 있는 인간이야. 게다가 이제껏 만나왔던 망령들은 예외 없이 무엇인가 큰 공적이나 대단한 실력을 보유한 인간이었어. 그뿐 아니라."

말을 잇다가 에어는 팔을 걷어붙였다.

"신을 섬기는 열 명의 종족의 힘이 전원에게 부여되었지."

자신에게 각인된 악마족의 문양을 드러낸다.

마도사로서 극한에 다다랐음을 증명하는 상처―.

"아주 많은 숫자를 아는 건 아니지만, 나처럼 악마족이라는 특수 마술에 특화된 힘뿐 아니라 갑혁족, 화진족, 수정족, ― 알렉의 암황족은 봤지?"

알렉이 쓴 힘은 분명히 이질적이었다.

―물질에 명령을 하달하는 탄환.

그자는 그 탄환 마법을 가리켜서 『사역』이라고 말했다― 본 적이 없는 마술.

"―대강 상황은 알겠다. 그렇지만 이렇게 말을 들으면 다시 의문이 드는군."

레인은 대화 주제를 바꿨다.

가장 절실하게 답변을 들어야 하는 사안이었다.

"어째서, 개변된 세계가 더 악화됐지?"

알렉을 지워 없애면 전투는 사라져야 했다.

그런데 대체 왜—.

"간단한 거야. 『붉은 망령』— 킬리리스가 미리 이렇게 되도록 판을 짜 놓았겠지."

"판을 짜 놓았다?"

"알렉은 미끼. 살해당한다는 전제로 전면에 몰아세웠어. 달리 생각할 수가 없잖아."

그 알렉을 살해당하는 전제로⋯⋯?

망령으로서 파격적인 능력을 보유했고, 지휘관으로서도 백미(白眉)였던 군인이 미끼에 불과하다—?

"망령 중 킬리리스는 그만큼 특별한 존재라는 뜻."

"그렇지만 알렉이 사라졌다고, 이렇게 바뀐다는 게⋯⋯."

"킬리리스가 아예 처음부터 『악마의 탄환으로 알렉이 사라질 것을 전제해서』 행동했었다면?"

—오싹.

"이번 사태는, 단순하지 않아. 그 녀석은 나와 만난 지 40년쯤 됐는데, 존재 자체는 150년 전부터 이어졌던 순수한 괴물이야. 아마도 내 악마의 탄환에서 비롯되는 현상도 오랜 싸움 속에서 어느 정도는 예상하고 있을걸."

요컨대 킬리리스는 악마의 탄환의 힘을 상황으로 추측한 뒤 행동했다—?

그런 계산이.

"그런 다음에 알렉을 이용해서 내 움직임을 유도했어."

—그런 예견이.

진정 가능한가? 알렉이 사라지는 것을 전제로 지휘를 맡아 불리함을 가장하고, 또한 인간 한 명이 사라진다는 현상을 완벽하게 파악하여 개변된 세계에서— 불리했을 상황을 단번에 뒤집었다.

이용당했다.

이쪽의 힘을.

어디까지 전황을 읽어야 저런 예지를—.

"폰을 지워서 퀸부터 킹을 칠 길을 열어젖힌 셈일까? 알렉이 사라짐으로써 전개할 수 없던 부대가 단번에 전선으로 더해졌던 데다가, 지휘만 맡아 물러나 있던 킬리리스 본인까지 직접 전투에 참가하게 됐어. 도시를 불사른 『진홍의 화염』이 증거야."

재편성된 세계에서 도시를 불사른 것은 단순한 화염이 아니었다.

어느 무엇에도 흔들리지 않는 순수한 힘.

"그 녀석의 신성은 『갑혁족』. 특성은— 『죽음을 부여하는 탄환』."

"죽음……."

"맞아. 킬리리스의 신성은 쏜 대상에 죽음을 부여하는 탄환이야. 내 탄환은 인간만 대상이 될 수 있어서 영향력은 개념적인 소실에 한정되지. 반면에 킬리리스의 탄환이 부여하는 것은 물질로서의 『죽음』—. 명중하면 인간이든 물체든 관계없이 대상이 죽음을 맞이하게 돼. 킬리리스는 그 탄환 하나를 갖고 망령으로 다시 살아나면 수만에 달한 인간을 죽여왔고, 이번에도 똑같은 짓을 저질러서 도시를 불바다로 만들었어."

그렇게 말한 에어의 표정에 감정은 하나도 담겨 있지 않았다.

여러 해 동안 죽일 작정으로 싸워왔다는 사실을 냉담하게 입에 담고 있다. —그럼에도 불구하고. 기묘하게도 망령이라는 존재는 서로가 서로를 없애려 하는 가혹한 환경에도 전혀 개의치 않는다. 특수하고 비정상적인 정신성. 죽고 죽이는 관계에 의문을 품지도 않고 피가 흩뿌려지는 광경을 당연하게 받아들인다.

그리고 그런 전투를 수없이 되풀이해왔다.

—이 소녀도.

"레인."

퍼뜩 정신을 차린 레인은 시선을 되돌렸다. 한편 아직껏 바닥에 깔려 있었던 에어는 더욱더 세게 눈동자에 힘이 들어갔다. 무엇인가 꿰뚫어 보는 듯 눈길을 돌리지 않는 소녀의 안광이 너무나 날카롭다.

"네가, 지금, 나한테 느끼는 감정은, 터무니없이 사람을 잘못짚은 거야."

"무슨……."

망령 소녀는 간파한다. 자신에게 보내고 있는 연민의 정—미숙한 소년이 느끼는 마음, 대상이 잘못되었기에 미처 동정마저 되지 못함을 이해하면서.

"동정 따위, 이 몸에 들어가게 된 시점에서 난 받을 자격이 없었어."

"……들어갔다?"

"맞아."

에어는 말을 잇는다.

"뭐, 좋은 기회네. 그래, 얘기해줄게. —음, 저번에도 살짝 말해줬었지. 이 육체는 비록 외형이야 에어 알란드 노아라는 혼백에서 비롯되었지만, 본래는 전혀 다른 사람의 몸이었고 난 단지 껍데기만 남은 육체에 기생하고 있는, —망령이라고."

—그 시점에서.

레인은 에어의 목을 붙들고 있는 자기 자신의 오른손— 느슨하게나마 쭉 구속하고 있던 손에 닿은 물건을 깨달았다. 혈기가 솟아 의식하지 않았던 까닭이었을 텐데, 에어는 목에 본인의 존재를 봉인하는 「검은 탄환」을 매어 놓았다. 레인의 손이 거기에 닿아 있었다. 은백색 체인에 연결되어 있는 탄환이 손바닥의 피부에 파고들었다.

그렇지만, 아니다.

불현듯 의식이 쏠린 대상은 검은 탄환이 아니었다.

—『은백색의 체인』이었다.

'이것, 은—.'

욱신, 아파지는 기억.

레인의 마음속 안쪽 깊숙이 지워지지 않은 채 가라앉아 있었던 기억이었다. 이제껏 거듭 꿈에 나왔고, 그때마다 죽기 살기로 의식에서 지워내던 사이에 언제부턴가 봉인됐던 심상 중 하나다.

은백색 체인. 살짝 어른스러운 목걸이.

그것은 과거에 레인이—『그 녀석』에게, 처음으로.

사다 주었던—.

'설마—.'

말도 안 된다.

그럴 리—.

"저번에도 한 번 말했는데 기억해?"

그러나 에어는 말한다.

"망령을 만들어 내는 인간은 『혼이 봉인된 탄환』을 소유하고 있다고."

당황하는 레인에게, 아랑곳 않고.

"그리고 『혼이 봉인된 탄환』의 소유자에 의해 망령이 되기에 적합하다고 판단 받은 인간은 검은 탄환에 혼을 봉인당한 채 타인의 육체로 발사되는 거야. 그럼 대상이 된 인간의 정신을 강탈해서 육체도 본래 용모로 바뀌고— 새로운 삶을 누릴 수 있어. 망령은 같은 방법으로 이제껏 많은 인간을 제물 삼아서 새로운 육체를 얻어왔던 거야."

에어는 말했다.

망령인 자신도 예외 없이, 이렇듯 지금의 몸은 제4차 공격전 때 얻었었다고.

『어느 한 사람』의 육체를 빼앗아서—.

"있잖아."

움찔거리며 제정신을 차린다.

"레인, 네가 그 눈을 이식당했을 때 수많은 죽음이 주변에 널려 있었을 거야. 꿇어 엎드리는 사람마저 태우는 불, 흘릴 필요가 없는 피가 흐르는 지옥. 그런 와중에 너는 검은 불꽃을 마음에 지폈어."

그렇다. 레인에게 자신이 겪은 부조리는 증오의 대상이 아니었다. 왜냐하면 이곳에서 이렇듯 살아 있기 때문이다. 따라서 레인이 불태우는 복수의 마음은—.

사라지지 않는 후회와 격한 분노는— 그때 레인의 곁에서.

—살해당한 사람들에게서 비롯된.

"이 신체의 본래 소유주 이름은, 리룸 란츠—."

두근, 심장이 뛰어오른다.

리룸 란츠.

그 이름은, 확정시켰다.

에어라는 존재의 정체를.

본질을.

그리고 무엇보다도— 레인의 내면에 묻혀 있었던 증오를.

"나의 신체는 네 여동생이 몸이야."

에어는 단언했다.

소녀의 육체는 본래 주인이 레인의 여동생— 리룸 란츠였다고.

"크, 윽—."

망연자실하는 레인에게.

"믿기지 않아?"

에어는 끝내 동요하지 않고.

"그래도 확실한걸. 이 육체에는 생전의 기억이 약간이나마 남아 있어. 이 신체의 원래 이름은 리룸 란츠. 동방국에서 태어나 자랐던 여덟 살짜리 평범한 아이였지."

란츠 일가의 장녀이자 막내였던 리룸 란츠라는 소녀.

마지막으로—.

오빠 레인이 마지막으로 동생의 모습을 본 곳은 엷은 먹처럼 검은 방 안이었다.

7년 전의 국지전—.

서방국에 의해 무저항의 주민 다수가 포로로 붙잡혔던 습격전이 있었다.

레인은 당시 습격의 피해자였다.

그때 열 살쯤 되었던 소년은 탄환 마법을 사역하는 마도사에게 저항할 수단 따위 없었다.

도시는 철저하게 파괴되었고, 주민 중 무려 3할이 학살되었을 뿐 아니라 산 채로 포로가 된 동방국의 사람은 영문도 알지 못한 채 끌려가야 했다.

레인이 들어가게 된 곳은 고립된 위치의 커다란 백색 시설이었다.

백을 넘는 사람들이 작은 방 하나에 감금되었다.

그 방은 서방의 병력들에게 『쥐굴』이라고 불렸다.

그곳에서 레인을 비롯한 포로들은 인간이 아니었다.

몇 시간마다 서방국의 병사가 나타나면 다섯 명가량 적당한 인간이 선발된다. 그리고 그 자리에서 손에 수갑이 채워지고 총에 조준당한 채 바깥으로 끌려나가면 두 번 다시 돌아오지 못했다.

저항하는 자는 곧바로 총살당했다. 시체는 방에 방치되었고, 세 번째 죽음을 목격한 이후 모두가 저항을 포기했다. 며칠이 경과했을 무렵에는 아이밖에 남지 않았다. 끌려갔던 사람은 무슨 처사를 당했을까. 알지 못한다 한들, 적어도 이 방에서 나간 다음에 살아 돌아올 순 없음을 모두가 받아들이기 시작했다.

그날— 최후의 날.

레인도 리룸도 방 안에 있었다.

차례차례 낯익은 사람들이 시체로 바뀌어 가는 광경을 며칠에 걸쳐 목격했던 다음이었다.

이식당한 신성을 못 견디고 격통에 온몸을 아파하면서 정신이 망가지거나, 신성 자체에 육체가 스스로 붕괴되어 목숨을 잃은 인간의 유해가 수없이 방 앞을 지나가는 모습을 목격했다.

그럼에도—.

리룸은 단 한 번도 울지 않았다.

닥쳐드는 죽음에 몸은 떨렸고, 좁은 방은 공포의 감정에 물들었음에도 불구하고, 리룸은 자신의 팔에 매달린 채 애써 견디며 긍지만큼은 버리지 않고 버텼다.

막 사다 주었던 목걸이— 핵은이 미량 포함된 은백색의 체인을 작은 손으로 붙잡은 채 부조리한 폭력에도 마음이 꺾이지 않았다.

레인은 그런 동생의 곁에서 쭉 함께 있어줬다.

오빠로서 리룸과 함께 죽음에 저항하고자 했다.

그러나 레인의 차례가 왔을 때, 둘은 서방국 군인의 손에 떨어져야 했다. 저항할 힘 따위 없었다. 팔에 매달려 있던 리룸은 진짜 외톨이가 되었던 그때 처음으로 울었다.

—그때가 마지막.

살아 있는 리룸의 모습을 봤던 마지막 날.

동생의 죽음을 받아들인 때는 본국으로 이송되는 시체의 산을 목격한 순간이었다.

그 시체의 산은 레인과 함께 방에 있었던 사람들이 쌓여서 만들어진 것이었다. 시체의 산을 뒤져 리룸과 함께 방에 남겨 놓았던 아이를 발견했을 때 모든 것을 깨달았다.

『그 방의 생존자는, 꼬마야— 너뿐이구나.』

레인을 보호하고 시체 회수를 담당했던 동방의 어느 병사가 말해주었다.

"그런데 사실은 아니었던 거야."

망령 에어.

100년 전 죽고도 다시 살아난 존재.

그리고 현재 저 육체는— 레인의 동생에게서 빼앗은 것.

"그 방에 남았던 사람 중 극히 일부…… 정확하게 네 명 정도는 서방국에 산 채로 끌려가게 됐어. 네 명 중에는 리룸 란츠라는 소녀도 포함되어 있었고. 그 아이의 육체를 빼앗은 게 나야."

"……헛소리 마라."

레인은 떨리려고 하는 목소리를 애써 수습했다.

"몸을 빼앗았다? 말도 안 되지. 리룸은 너와 전혀 외모가 달라. 그 녀석은 갈색 눈동자에 붉은색이 섞인 흑발이었어. 얼굴 생김새로 말하자면 닮은 부분을 찾는 게 아예 어렵지."

"생전의 얼굴은 전혀 관계가 없어. 리룸의 몸은 어디까지나 재료니까."

에어는 결코 어조를 바꾸지 않는다.

담담하게 사실만 전달하는 태도였지만.

"—큭."

억제할 수가 없었다.

무의미함을 뻔히 알면서도 억제할 수가 없었다. 레인은.

"아야, 아얏!"

에어를 깔아 눕힌 채 탄환 마법을 발동, 소녀의 육체에 쏘아 박았다.

직격은 피했음에도 에어의 얼굴 바로 옆쪽에 착탄했던 탄환은 강력한 자전을 흩뿌린다. 몸을 태우는 전류가 에어의 온몸을 휩쓸었다.

"크, 악……."

위력은 조절했다지만 본래 다수의 인원을 일순간에 살육할 수 있는 전격 마법이다. 온몸이 감전된 탓에 에어의 육체에서 하얀 연기가 피어오르고, 전기의 열에 타서 저절로 떨어진 피부가 석류처럼 벗겨진다.

물론 바짝 붙어 있었던 레인의 육체까지 강력한 전격이 꿰뚫었지만.

"대답해."

부동.

"리룸의 육체에서 널 꺼낼 방법이 뭐지?"

"없어, —읍, 악!"

추가 공격을 쏘아 박는다. 에어의 몸이 전류를 받아 펄떡거리고, 고열에 타서 눌어붙는 냄새가 주위에 떠다닌다. 하지만.

"하, 하하……."

"큭, 있을 텐데. 대답해."

레인의 심문에도 에어는— 엷게 웃는다. 몸을 태우는 열에 노출되고도 잠시나마 겁먹은 기색이 없이 다만 견딘다. 계속해서 레인은 세 번째 탄환을 발사했다. 출력을 높였다. 그럼에도 에어는 전혀 흔들리지 않는다. 네 번째 사격. 변함없다. 다섯 발, 여섯 발, 일곱, 여덟 번째—.

이윽고.

"끄윽……."

탄환 마법을 발사했던 레인의 마력이 먼저 고갈되었기에 기우뚱 비틀거리고 말았다. 의안을 넣은 눈동자는 언제부턴가 망령의 눈과 마찬가지로 붉게 핏발이 섰고, 몸에는 뜨거운 분류가 소용돌이치고 있었다.

분노.

후회.

부글부글 끓어오르는 감정이 레인의 정신을 붉게 지배한다.

그것은.

'리룸—.'

단 한 사람에게 보내는 감정.

하지만.

"—없어, 절대로."

에어는, 웃음 짓는다.

"왜냐하면, 리룸 란츠는 이미 죽었거든."

"큭."

간결하게 대답했다.

"내가 이 신체에 들어가게 됐을 땐 말이야. 이미 리룸은 죽은 사람이었어. 서방국에 끌려가서 의안을 이식당한 뒤 거의 곧바로. 그리고 7년 전 나는 리룸의 육체에 혼을 봉인당했고, 그 이후에 너와 만날 때까지 줄곧 잠들어 있었어."

그날, 자기 자신의 무력함 때문에 잃어야 했던 존재, 목숨과 바꿔서라도 지켜야 했던 존재—.

그 녀석이 지금 눈앞에 있다 주장한다.

그렇지만— 다르다. 모든 부분이 다르다.

어릴 적 눈앞에서 살육당했던 가족.

그중 가장 가혹하게 죽어 갔었던 레인의 여동생이 죽고 난 시체에 혼이 깃들어서 부활한 것이 이렇듯 에어 알란드 노아라는 소녀의 정체라는 말을 들었는데—.

'—흐.'

무엇을 납득하라는 말인가.

"레인. 네가 날 주웠던 것도 우연이 아냐. 내가 필요로 했던 것은 증오에 휩싸인 인간이고, 리룸의 기억 속에서 레인이 가장 강한 집념에 휩싸여 있을 것이라 예상했어. 사람의 존재 자체를 지우는 내 악마의 탄환— 그것을 파탄이 나지 않고 사용하려면 특별하게 굳은 마음이 필요하니까."

레인이 싸우는 이유를 에어는 이미 꿰뚫어 보고 있었다.

냉혹하게 악마의 탄환을 사용해왔던 진정한 본질.

전쟁을 끝내버리겠다는 대의명분에 숨겨져 있는 진실된 이유가 소년에게 따로 존재한다는 사실을.

그것은— 되찾겠다는 소망.

"너는 악마의 탄환으로 오직 단 한 사람을 죽이기 위해 싸우고 있어."

가족을 죽인 인간— 단 한 사람을 찾아내서 악마의 탄환으로 죽인다.

그렇게 세계를 재편성한다.

그리한다면.

"가족이 돌아올 거라 믿는 거야, 넌."

"······아니야."

"망가졌던 것들 전부가 돌아온다고."

"아니야."

"그런 어리광 같은 기대를 갖고, 넌 수많은 인간을 지워 없 앴어."

"아니야!"

나는— 거기까지 말을 꺼낸다. 그렇지만 다음이 이어지지 않는다. 당연하다. 투정 부리는 어린애처럼 표면만 떠들어댄 들 자신의 마음만큼은 저 말을 부정할 수 없음을 잘 알기에.

'난, 나는—'

싸워왔다.

사지가 찢겨 날아다니고, 폭염이 휘몰아치고, 피와 진흙과 화약이 뒤섞이는 지옥에서, 몇 번이고. 그런 환경에서 제정신 을 유지할 수 있던 이유는 그런 행위를 긍정할 만한 구실이 있었기 때문이다.

—전쟁을 끝내겠다.

비극의 연쇄에 종지부를 찍기 위함이라고.

하지만.

"레인, 네가 꺼냈던 전쟁을 끝내겠다는 말도 수단의 하나에 불과해. 진짜 소망은 단 하나— 자신의 무력함 때문에 희생됐 던 동생을 되살리는 위해."

과거에 모든 것을 파괴했던 인간을 찾아내서 악마의 탄환으로 죽이면 세계가 개변된다.

고향과 가족을 불길에 잃지 않아도 되고, 전장에서 살아간 적 없는 인생으로 돌아갈 수 있다. —그런 어리광 같은 바람에 의지해서 레인은 줄곧 전장을 뒤바꿔왔다.

무의식적 행동과 감정.

마음 밑바닥을 에어에게 지적받은 레인은 격앙하기 직전까지 사고가 붉게 물들어 간다. 그렇지만 아무리 그럴 리 없다고 머릿속에서 부정한들 끝끝내 외면할 수 없을 만큼 자신의 마음 근본은 증오와 집념으로 물들어 있단 사실을 깨닫게 됐다.

레인이 전장에 나서는 이유.

그것은 단 하나의 소망.

빼앗긴 『과거』를 되찾기 위해.

단지 그뿐이다.

하지만 그런 소망이.

"이루어질 리 없는데."

어느 누구보다 악마의 탄환을 잘 아는 에어는 이렇듯 어리광 같은 무의식을 용납하지 않는다.

"……어째서지, 이론적으로는 결코 불가능하지 않잖아."

"이론이 아냐. 나도 명확한 이유를 아는 건 아니지만, 악마의 탄환에는 강력한 능력의 조건처럼 딱 하나 『저주』가 있어."

말하면서 에어는 천천히 겉옷에 손끝을 가져가더니.

"악마의 탄환은— 진짜 소망은 결코 이루어주지 않아."

얇은 옷감을 잡아 찢어서 에어는 제 맨살을 드러낸다.

지금 소녀의 상반신은 숨긴 곳 없는 나체— 이러한 협박적인 상황이 아니었다면 이전에 치맛자락을 걷어 올리던 때처럼 동요했을지도 모르겠지만.

"이게—"

어안이 벙벙할 수밖에 없었다.

흰히 노출된 에어 알란드 노아라는 소녀의 몸—

"맞아. 전부, 내가 이제껏 망령으로 치른 전투 중 입었던 상처야."

소녀의 몸은 수많은 흉터가 가득했다.

베인 상처 및 화상은 헤아릴 수가 없고.

주시하면 총상으로 짐작되는 상처도 너무나 많았기에—

저것들은 하얗고 투명해서 아름다운 소녀의 몸에 새겨져 있기에는 너무나 애처로웠고.

무참했고.

—구역질마저 느껴질 만큼 잔혹해서.

"이것들은 리룸의 상처가 아냐. 내가 지난 100년간 입어서 축적된 상처. 설령 이 흉터를 만든 인간을 지우더라도— 내게는 사라지지 않고 상처가 쭉 남아 있었어."

그것이— 악마의 저주.

사용자의 진정한 소망은 결코 이루어주지 않는다는 것. 또한 에어가 굳이 짚어서 말했다는 것은 소녀 본인의 소망이 『자신의 상처를 지우는 것』이었음을 의미한다.

아름답고 더럽혀지지 않은 몸을 갖고 싶다고—

그렇게 바라는 것 자체가, 이제껏 소녀는 전장에서 어떤 방법으로 살아왔는가.

지난날을 증명하기에는 너무나 족한 몸인지라—.

"……이제, 됐어."

"응? 뇌쇄되어버린— 푸왓!"

"농담 관두고, 어서 걸쳐 입어라. 말하려는 뜻은 알아들었어."

레인은 아직껏 덮쳐누르고 있던 에어의 몸 위에서 무릎을 세워 물러났다. 일어서서 제복을 벗고 지면에 누워 있는 에어의 배에 집어 던졌다.

그리고 옷을 건네줄 때 무심코 치우게 됐던 총구를.

'이게— 망령인가.'

레인은 다시 들어 올리지 않았다.

이제야 이해가 된다.

에어는 누군가가 자기 몸을 만지려고 했을 때 과격하다고도 표현할 수 있을 만큼 격렬한 거절의 행동을 저질렀었다. 레인은 얻어맞아서 바닥에 내동댕이쳐졌고, 하급생 여생도는 어깨에 손만 살짝 얹으려다가 몸에 탄환이 박히기 직전까지 갔다.

그것은— 이 육체가 이유였다.

'—제길.'

당연하잖은가. 다른 사람의 육체에 자기 혼백이 봉인되어 있는 불안정함에 더하여, 눈을 가리고 싶어지는 수많은 상처만이 소녀에게는 살아왔던 유일한 증거이니까.

이런— 이토록 비극적인 존재가 또 있을까.

죽음을 맞이하고도 아직껏 혼을 속박당한 채 타인의 육체에 강제로 들어가야 하는 처지라니.

기약도 없이 싸워야 하는 처지라니—.

"뭐, 어쨌든 간에."

에어는 말한다.

"네가 아무리 강한 마음가짐을 갖고 있든 간에 이제부터는 잘 통하지 않아. 킬리리스는 같은 망령이어도 알렉과 격이 다른— 진짜, 강자야."

"……알겠다니까."

"그리고, 옷, 고마워."

부스럭, 에어는 건네받은 옷을 입었다.

"별로 보여주고 싶은 몸은 아니거든."

"그럼 보여주지 말라고."

"넌 반응이 재미있어서. 자꾸 장난치고 싶어져."

그 말이 과연 소녀의 본심이었을지는 모르겠다.

다만 진위를 물을 틈도 없었다. 에어는 구겨져 있던 은발을 펼치고는,

"킬리리스는 나를 죽이러 올 거야. 곧 전투가 벌어지겠지."

월야를 올려다봤다.

마치 어딘가에 마음을 담아 보내는 듯한 서글픈 표정이었고— 소녀 본인이 덧없는 존재임을 나타내는 행동이었다. 차량은 어느 틈인가 아레스트라 교도원에 도착을 앞두고 있었다.

동기가 다수 사라진 교실이 넓게 생각됐다.

'……이렇게, 한꺼번에.'

정시의 강의까지 빈 시간, 교실에 남은 생도 중 뭔가 목소리를 내는 녀석은 없다.

—레미노스 습격 이후로 이미 3일.

신체뿐 아니라 깊숙이 후벼 파였던 정신의 상처가 회복될 리 없었다.

하지만.

'괜찮아—.'

레인은 제 손에— 은빛의 탄환을 꼭 쥐고 있었다.

'이게 있으면, ……이것을 사용하면—.'

악마의 탄환.

인간의 존재를 지워 없애고 세계를 근본부터 재편성하는 힘을 갖추고 있는 탄환 마법.

'이것으로—.'

모두를 죽였던 망령— 킬리리스를 없애면 된다.

그뿐이다. 그뿐이면 된다.

망령일지라도 이 탄환을 쓰면 세계가 재편성되는 것은 알렉으로 입증이 완료됐다. 그토록 격이 다른 전략을 구사할 수 있는 존재는 틀림없이 킬리리스뿐이라고 에어는 단언했다.

즉 망령 킬리리스를 지운다면— 모두가 돌아온다.

레미노스의 거리가 복구되고, 며칠 전과 변함없는 교실의 광경도 전부 돌아오리라.

—욱신.

욱신, 통증이 솟는다.

파괴되었다가 재생된 오른쪽 눈이 맥박에 연동되어 심장처럼 움직인다.

'—진신족이랬던가.'

레인의 오른쪽 눈에 깃든 저주는 망령이 보유하는 힘의 하나라고 설명 들었다. 즉 레인을 마도사답게 만들어주는 근원은, —같은 망령에게도 대항할 수 있는 힘이라는 뜻.

괜찮다. 분명 가능할 거다. —해내야 한다.

"이봐, 레인."

정적 속에서 말을 붙인 녀석은 오르카였다.

"역시 아직 애슬리는 안 오는 건가?"

"……그래."

레인은 힘을 담기지 않게 대답했다.

"부모님이 돌아가셨잖아. 학교에 올 정신이 어디 있겠어."

오르카는 눈을 내리깔고 자리로 돌아갔다.

학생 부대에 출동 명령이 떨어진 것은 다시 이틀이 더 지난 다음이었다.

8. 망령과 망령

소집 장소는 아레스트라 교도원에서 한나절이 걸려 도착한 광산이었다.

그라이멀 핵은―.

엑세리아를 구성하는 금속이 다량 채굴되는 곳이기에 이 광산을 쟁탈하고자 수없이 많은 전화가 주변 곳곳으로 퍼져 나감에 따라 아직껏 동방국과 서방국의 격전지로 손꼽힌다.

광산의 명칭은 『클라우 광산』.

학생병뿐 아니라 동방국의 본대로 분류되는 전력까지 한데 모아서 대규모 부대가 편성됐고, 그 전투의 개시는 레인을 비롯한 학생병이 당도하는 것보다 빠르게 이루어졌다.

주 전력이 교전을 시작한 지 사흘째 되는 밤, 학생 부대는 도착했다.

클라우 광산을 둘러싸고 있는 나무들은 탄환 마법의 전화에 불타올랐고, 후위 기지에는 고깃덩어리와 다를 바 없는 시체며 팔다리가 찢겨 날아간 부상자가 산처럼 많았다.

부상자인지 시체인지 분간도 되지 않는 장병들이 끊임없이 후송된다.

아직껏 출동 명령은 안 떨어졌다지만, 학생병이 전선에 불려 가는 데 딱히 긴 시간이 걸리지는 않을 것이다.

왜냐하면 이 전투를 지휘하고 있는 존재는 절대 예사롭지 않기에.

전란을 암중에 조종하고 있는 망령이란— 비할 데 없는 괴이이다.

"에어, 틀림없는 건가? 상대 지휘관이 킬리리스라는 말."

"확증은 있어."

엑세리아가 격납된 차고.

대기를 지속하고 있는 상태에서 망령 에어는 레인의 곁에 있었다.

"이 광산에서 벌어진 전투는 그 녀석이 내게 보내는 도전장이야. 수천 명 인간들까지 끌어들이면서."

도전— 이미 수백이 죽어 나간 이따위 전쟁이?

100년을 넘게 살아온 망령이 같은 망령과 경쟁하려는 목적 때문에—.

"그렇게 미친 가치관의 소유자라는 뜻이야, 망령이란 존재는. 지난 100년 동안 되풀이됐던 전쟁 속에서 살아왔던 우리는 평범한 시간축에서는 결코 다다를 수 없는 예지와 지략의 경지를 달성했어. 이런 규모의 전투여도 킬리리스는 나한테 싸움을 거는 수단이란 생각밖에 안 할걸?"

—그런 셈인가. 정말이지.

"속이 뒤집히는 말인데."

"그러게. 그러니까 이곳에서 꼭 죽여야 하지."

레인은 새삼 에어에게 무엇인가를 더 말하지는 않았다.

에어는 이미 생각하고 있다.

어떻게 하면 현 상황에서 킬리리스를 처단할 수 있을 것인지. 또한, 이러한 과정에 레인이 도울 부분은 없다. 예사로움과 너무나 멀리 떨어져 있는 에어에게 덧붙일 말은 없다.

"……잠시, 자리를 비우겠어."

레인은 잠시 현 위치를 벗어나서 인접한 격납고로 향했다.

옆쪽 블록에 있던 인물은 애슬리였다.

엑세리아의 조종수답게 자기 기체를 줄곧 정비하고 있다가 레인의 인기척을 감지하고는.

"어라? 교대 시간이었나?"

짧은 물음.

쾌활한 애슬리답지 않아 살짝은 위화감이 느껴질 만큼— 짧았다.

"아니, 아직 한 시간쯤 남았어."

"그래."

엑세리아의 기관부를 확인하면서 시선을 움직이지 않고 레인의 말에 짤막하게 답했다. 사흘 전 킬리리스에게 재편성을 이용당함으로써 세계의 개변이 불리하게 작용했던 인간은 다수 있었다. 그리고 그중 한 사람에.

"애슬리. 일단 전장에서 물러나 있는 게 괜찮지 않겠어?"

"어째서?"

"어째서냐니."

"부모님이 죽었다는 이유로? 그런 건 별로 상관없지 않아?"

재편성의 결과, 애슬리의 부모는— 죽었다. 수천 단위로 집계되는 레미노스의 희생자가 되었다. 포탄이 피난소에 직격한 탓에 원형을 부지하지 못한 시체만 남았다고 들었다.

이것도— 하나의 결과다.

인간의 존재를 지워 없애고 세계를 뒤바꾸는 악마의 탄환이 초래했던—

"응. 그래도. 괜찮아."

애슬리는 말한다.

"있잖아, 되게 침울한 느낌으로 말해주는데 미안하지만, 난 별로 부모님이 살아 계셨든 돌아가시든 아무것도 달라질 게 없어."

"그런 건가?"

"너무 달라질 게 없어서 곤란할 만큼."

"곤란한 거냐……."

"왜냐면 아버지도 어머니도 나보다 엄청 강한 마도사였거든."

애슬리는 허리에 걸어 놓았던 자기 권총을 꺼내 들고는 말을 이었다.

다만 발언의 내용은.

"진짜 강해서 절대 못 쫓아가는 천부적 재능을 가진 부모님에게서 내가 태어났던 거야. 엑세리아를 조작하는 길을 선택한 것도 나는 마도사로 부모님을 당할 순 없다는 걸 이미 잘 알았기 때문이었고. 그래도, 그렇게 강했던 부모님도— 죽었어. 허망하게. 분명하게 깨달았어. 마도사의 소질 따위야 전쟁의 생사에는 아무 관계가 없다는 걸."

"음, 애슬리."

"그러니까 괜찮아. 나는 저기서 불타고 있는— 빨간색에 뛰어들 수 있어."

—앞뒤가 맞지 않는 뒤죽박죽의 말. 발언 자체는 명료하지만, 레인과 무엇 하나도 소통이 되지 않는다. 어긋나 있다. 마치— 정신이 허물어진 사람의 언동 같다.

하지만.

"……애슬리, 무슨 일 있으면 당장 말해줘."

"응."

지금 애슬리를 강제하기에는 망설여졌기에 애매한 말밖에 해줄 수 없었다.

조언만 남긴 뒤 그곳을 떠나버렸다.

—레인은 이때 애슬리를 전장에서 떼어 놓아야 했다.

전투 개시 이후로 이미 세 시간.

전황이 막 다소나마 비등해졌다 판단되던 때의 일이었다.

『기뻐라.』

그것은 본대에 연결된 무선 통신.

당연히 동방국의 지휘관 계급 서른 명 이상이 통신을 듣고 있었지만.

『정말 찾아와줬어……. 역시, 에어는, 굉장해. —에어.』

계속되는 킬리리스의 말.

『으흠― 그러면, 동방국의 여러분.』

서방 측의 대장으로서 발언한다.

『이제부터 15분 후, 저희는 이곳 클라우 광산을, 폭파하겠습니다.』

광산의 폭파― 그 말에 통신을 듣고 있었던 동방국 인원 모두의 움직임이 굳었다.

『모두들 알고 계시는 사실이겠지만, 원료로 채굴되는 그라이멀 핵은은― 가연성이기에 잘 타오르죠. 고온으로 인위적인 플라스마를 일으키면 연쇄적 유폭이 발생, 광산 따위야 가볍게 싹 날아갑니다. ―많이, 난감하겠죠. 이곳은 당신들의 요체라고도 말할 수 있는 핵은의 산지이니까요.』

그러니까, 킬리리스는 말을 이었다.

『에어를, 어서 내놓으세요.』

―에어.

『그래주신다면 폭파를 중지하고, ―퇴각하겠습니다.』

그게 누구인가, 사령부의 누구도 알지 못한다.

망령 에어의 존재는 공공연하게 드러나지 않았기 때문이다. 이러한 사정 때문에 혹시 『에어』라는 말은 모종의 암시가 아니겠는가― 사령부에서는 엉뚱한 의견까지 나왔다. 어쨌든 간에.

『그럼 협박이 아니라는 취지로 한 번 보여드리겠습니다.』

킬리리스의 말과 동시에 먼 곳에서 섬광이 반짝였다.

"―――."

곧이어 치솟아 오른 불기둥이 남방에 위치하고 있던 폐광산을 모조리 불살랐다. 그곳은 클라우 광산보다 비록 규모는 5분의 1 정도였다만, 결코 작지는 않은 폐광이었다.

그렇지만 그런 산 하나가— 싹 날아갔다.

어두운 밤에 붉은색— 킬리리스의 화염이 솟구친다.

통신실이 동요로 뒤흔들렸다.

『에어를 준비시켜주세요. 대답은 10분 후— 아무 반응이 없을 경우는, 즉각, 끝장입니다.』

"역시, 나만 노렸던 거야."

눈앞에서 폐광 하나를 싹 날려버린 킬리리스.

방수하고 있던 통신 기기를 집어 던지고 에어는 머리를 벅벅 긁었다.

"미쳤어."

"어떻게 할래?"

킬리리스가 예고한 광산 폭파는 만에 하나라도 일어나서는 안 된다. 이곳에서 채굴되는 핵은을 끝내 포기한다면 동방국은 추후 절망적인 자원 상황에서 전쟁을 강제당하게 된다.

따라서 요구대로 사령부는 에어를 찾아내서 갖다 바치려고 할 것이다. 킬리리스가 산 하나를 날려버림으로써, 은유도 허세도 아님을 인식했기 때문이다. 하지만.

"일부러 잡혀가줄 순 없어."

에어는 말한다.

"······역시, 희생되기는 싫은가?"

"아니야. 진짜, 뭘 어떻게 들은 거야?"

"어떻게 듣긴, 킬리리스가 너를 내놔라 요구했잖아."

"표면만 받아들여서 어쩌자는 거야. 잠깐만 생각하면 알 수 있는데. 저 녀석······ 킬리리스는, 어째서 나를 내놓으란 말로 교섭을 시도했을까? 게다가 광산 폭파를 중지하겠다는 조건으로 겨우 인간 한 명을 요구하는 게 말이 되냐고."

분명— 일리가 있다. 그럼 어째서?

고작 한 사람과 자원의 요체가 되는 광산 한 곳.

천칭에 올린 두 조건은 대가가 너무 불균형하다.

"유명한 장교라면 어쨌든 간에 아무도 모른단 말야, 내가 누군지도. 지금쯤 사령부는 눈이 벌게져서 나를 찾아다니고 있겠지만, 아마 킬리리스는 거래를 성립시킬 의도가 처음부터 없었어. 애초에 그 녀석은 지금 서방국에서 제법 강력한 지휘권을 갖고 있을 테지만, 조직에 속한 인간인 이상 아까처럼 사적 원한을 이유로 부대 전체를 움직이는 건 말이 안 되는걸."

—요컨대.

"광산 폭파를 중지할 생각 따위는 아예 없었을 거야."

"그러면 저쪽에서 내건 거래는 결국."

"새빨간 거짓말이지."

에어는 적장 킬리리스의 사고를 읽는다.

"그럼 킬리리스는 어째서 우리에게 저런 조건을 제시했을까? 의문에 대답하기 위해서 지금 떠올려야 할 것은 킬리리스만 가지고 있는 마법이야."

킬리리스— 보유하고 있는 신성은 『갑혁족』.

그 특성은 『쏜 대상에게 죽음을 부여하는』 탄환.

어지간한 수단과 비교조차 할 수 없도록 공격성에 특화된 탄환 마법이 틀림없을 것이다.

방금 전 통상은 말도 안 되는 출력으로 킬리리스가 산 하나를 쓸어버렸던 것도 저러한 힘에서 비롯된 결과이다. 에어가 말하기를 킬리리스의 탄환은 지반 및 지표면마저도 손쉽게 붕괴시킬 수 있다고 했다.

불꽃 및 압력으로 쓸어버리는 것이— 아니다.

닿는 순간에 죽는다.

그런 작용으로 구성된 진짜 『마법의 탄환』이 킬리리스의 능력.

"그래. 그리고 광산 폭파에는 상당한 열량이 필요하다는 것은 말했었지?"

"그렇다면—."

음.

"모르겠는데."

"광산을 폭파시키는 역할은 킬리리스가 맡는다는 뜻이야."

에어는 말했다.

"즉 킬리리스는 자기 부대와 이렇게 거래를 하지 않았으려나? 『광산 폭파는 내가 맡겠다. 대신에 적과 잠시 대화를 나누고 싶다. 걱정하지 마라, 대화의 내용은 전부 거짓말이고 폭파는 틀림없이 진행할 테니』."

"아……."

"이렇게 하면 킬리리스가 턱없는 거래 조건을 제시한 것도 이해가 되지?"

대충 떠들면 된다. 어차피 처음부터 거래를 준수할 필요는 없던 셈이니까.

그러나, 그렇다 해도.

"……어째서 이런 행동을, 킬리리스는 대체 왜?"

의미를 알 수가 없다. 결국 거짓된 거래를 제안하는 데 무슨 의미가 있단 말인가?

"그러니까, 말했잖아. 그 녀석의 목적은 하나, —망령인 **나쁜**이라고."

망령은, 망령을 찾아 나선다.

"그 녀석은 아까 짧았던 교섭 중 몇 가지 힌트를 포함시켰어. 하나는 이 광산은 교섭과 관계없이 폭파된다는 것. 그리고 또 하나는 폭파를 담당하는 게 킬리리스 본인이라는 것. 잘 생각해봐, 탄환 마법을 사용하려면 폭파 순간에는 꼭 『안전한 장소』에 있어야 하는 데다가 대규모 광산을 폭파하겠다면 『핵은이 밀집되어 있는 지점』을 노릴 수밖에 없어."

즉 『안전』하면서 『핵은이 밀집되어 있는 지점』에 킬리리스가 있다.

이런 사실을 킬리리스가 방금 전 교섭의 이면에 숨겨 놓았다면—.

"그 녀석은 자기 위치를 알려주려고 왔던 거야."

그것은 에어에게만 전달되는— 암호 비슷한 통신이었다.

"결국, 그 녀석은 대놓고 도발한 거야. 『내가 있는 위치를 알려줄게. 그러니까 빨리 와서 죽여봐. 아님 광산을 폭파한다?』—이렇게 말야."

그때부터 레인은 에어와 함께 광산 지도를 펼쳐놓고 해당하는 지점을 찾았다.

그런 장소는 단 한 곳밖에 없었다.

아군 기체에서 산처럼 보고가 밀려닥친다.

4초에 한 번은 갱신되는 정보를, 그럼에도 전부 파악하고 사고하는 이 인물은.

'—안 올, 거야?'

화염을 지닌 듯 가련한 소녀.

140년 전 화염 속에서 이리저리 도망 다니던 중 유탄에 맞아 머리가 터져 나갔던— 적색의 영혼.

'……에어.'

—킬리리스 램버트.

소녀와 같은 외모와 달리, 현재 활동하는 망령 중 가장 오래된 노회함을 갖추고 있다.

수많은 전장에서 수많은 땅을 불살라왔던 소녀는— 곧 깨달았다.

"이제야, 왔어."

말을 건넨 방향은 어둠의 저편. 그러나 곧 기계음과 함께.

"전력을 다해 달려왔는데 말이 좀 지나치네."

나타났다. 구형 엑세리아에 탑승한 채 예리한 안광을 번뜩이는 『은빛의 소녀』. 또한.

"어? 어떻게…… 살아 있어?"

탄환 마법을 쓸 포수 자리에 앉아 있는 사람은 분명히 한쪽 눈을 꿰뚫었던 소년이었다. 에어의 정체를 아는 인물로 짐작됐던 터라 만약에 대비하여 죽여 놓았다. —그런데도.

"너하곤 얼굴을 마주하고 싶지 않았지만."

이쪽으로 총구를 겨누고 있었다.

저 학생병의 이름은, 분명— 레인 란츠.

"전혀 바라는 바가 아니다만, 죽어도 죽지 않는 게 너희들 망령만 있진 않다는 거지."

"……신성? 아니면, 뭔가— 마법?"

소년이 살아 있는 이유를 킬리리스는 잠시 고민했다.

다만 도중에 관둬버린다.

뭐, 어때— 저 소년이 무엇인지는.

다시 한 번 죽이면 알게 될 테니까.

"그래서, 나를 불러낸 이유가 뭐야? 뭔가 할 얘기가 있어서겠지?"

에어가 입을 열었다. 그러자.

"응. 중요한 얘기. 나랑 손을 잡자. 에어."

"손을 잡는다……?"

예상하지 못한 킬리리스의 말.

"뭐야, 나더러 동방국을 배반하라는 말? 그러면……."

"아니야. 내가."

시각은 이미 심야.

달빛은 약하더라도 전화가 붉디붉게 타오르면서 석양처럼 밝은 배경을 등지고.

"내가 서쪽을 배반할 거야. 그러니까 나를 동방국에 받아줄래?"

—일순간.

"싸우자, 힘을 더해서, 함께."

무슨 소리를 하는 것인지 알 수가 없었다.

—싸운다? 함께?

"정신이 아예 나갔어?"

"그런가?"

"지금 서방국은 굉장히 유리한 상황이잖아. 킬리리스, 망령으로서 서방국에 오랜 세월을 가담해 놓고, 이제 와서 네가 배반하려는 이유가 대체 어디에 있어?"

"배반하는, 이유? 그런 거, 지금, 에어가 스스로 말했잖아. 이번에 서방국은 『너무 강하니까』. —이게 진짜로, 이유야."

"무슨—."

"전쟁이 끝나버려."

그 말의 의미는— 이해하는 데 시간이 걸렸다.

"그래, 에어의 말대로, 이번 전쟁은 서쪽이 너무 우위를 점하고 있어. 그런데 말야, 이래서는 안 돼……. 응, 우리는— 망령들은 전쟁의 흐름 속에서만 존재를 용납 받을 수 있는걸."

레인은 작은 목소리로 에어에게 물었다.

"그런 건가?"

"—맞아, 확실히. 우리 망령들은 대전이 종결되면 어느 틈인가 존재와 의식이 희미해지고, 정신을 차렸을 때는 수십 년 뒤 다음번 전쟁을 맞이하게 돼. 그런 과정을 몇 번이고 되풀이해왔어."

원리 및 구조는 알지 못하는 듯싶다. 마술 행사자가 그늘에서 손을 쓴 탓인지, 아니면 마술 자체의 한계인지는 알 수 없으나 어쨌든 간에 망령은 존재가 한정적이다.

전쟁이 끝난다면— 사라진다.

"그럼 킬리리스, 네가 서방국을 배반하겠다는 말은……."

"응. 전쟁을 더 지속시키기 위해— 망령으로서, 오래, 존재하기 위해."

킬리리스는 말한다.

"지난 100년간, 나는, 여러 번 서방국에 가세해서, 그리고, 수많은 승리를 거둬왔어. 그래도, 이번에는, 동쪽이 너무나 약해—. 아니, 서방국이 너무 강하네. 운동성과 내구성을 끌어올린 신형 엑세리아, 실전 특화로 누구든 인간 병기가 될 수 있는 탄환 마법. —모든 부문에서 서쪽이 강해."

"그래서 배반하겠다는 말인가."

"잠깐만, 레인."

무의식중에 레인이 입을 열었더니 에어가 나무란다.

그러나, 상관없다. 물을 권리는 있을 테니까.

"미안. 다만 하나는 꼭 묻고 싶군."

킬리리스가 계획한 학살전에서 몇 년 동안 함께 지냈던 동료들이 수십 명이나 불타 죽었지만— 이것은 전쟁이다. 그 녀석들도 학생일지언정 자신이 살해당할 각오는 물론 있었다.

이쪽도 죽일 작정이니까. 그러니까 분노를 쏟아붓겠다는 것은 아니다.

많은 사람들을 죽였던 눈앞의 소녀에게 묻고 싶은 것은, 저런 학살전을 실행한 『심정』이었다.

"킬리리스, 넌 서방국에는 마음이 없는 건가?"

"마음?"

"그래. 100년 이상 손을 빌려준 나라에 대한 감정 말이다."

"감정?"

되묻고는.

"—아하."

킬리리스는 미소가 가득한 채 살짝 웃을 뿐.

그 표정은 너무나 요염하고, 고독하고—

"그딴 거, 생각해본 적도, 없는걸. 나한테 전쟁은, 국가 따위, 자신이 살아가기 위한 수단, 방책, 과정— 단지 그뿐이니까. 아, 걱정되면 약속해줄게. 신비로운 소년? 나는, 서방국의 인간을, 망설이지 않고, 죽일 수 있거든? 증명하라면, 지금 당장 내 부대를 유도해서, 광산 폭파에 휩쓸리도록, 죽여줄 수도, 있어."

—죽여주겠다.

지금, 열심히 싸우고 있는 아군을.

레인은 드디어 이해했다.

'으음, 이 녀석은—'

텅 비었다. —공동임을 깨달았다.

지켜야 할 대상이 있는 게 아니다. 이루고 싶은 목표가 있는 게 아니다. 다만 자신의 존재에 정신을 의존시켜서 살아가고 있는, 말 그대로 망령이다. 적도 아군도 없다.

단순히 지금 자신의 처지에서 이득이 되기 때문에— 살육을 되풀이했던 존재.

"손을 잡자, 에어. 너의 세계를 바꾸는 탄환의 힘과, 나의 쏘아서 파괴하는 탄환이 있다면, 이 세계는, 얼마든지 지속될 수 있어. —싸울 수 있어, 우리들은, 존재를 증명할 수 있어."

킬리리스의 제안에.

"미안하지만."

에어는 대답한다.

"그딴 이야기, 시시하네. 거절이야. 킬리리스, 너 되게 별 볼일 없는 녀석이었구나."

"……무슨 말이야?"

"전쟁을 지속시킨다? 그 때문에 자기 힘을 쓰겠다? 누구보다 뛰어난 힘을 오로지 오래 살겠다는 목적을 위해, —오직 연장시키는 데 쓰겠다?"

바보 아니야? 에어의 핀잔.

"그딴 시시한 권유라면 이 녀석의 이야기가 훨씬 더 재미있어."

"그, 아이가, 뭐랬는데?"

이 녀석— 에어가 가리키는 대상은 뒤쪽에 있는 소년, 레인.

"이 녀석은 말야, 내 탄환의 힘을 써서 끝내버리겠다더라. 이런 전쟁을."

대답하던 중 에어는 기어를 잡아넣어서 엑세리아를 기동시켰다.

"게다가 이번 전쟁만 일시적이 아니야. 이제부터 미래에 영원토록, 결코 전쟁이 일어나지 않도록 서방국을 철저하게 몰아붙여서, 압도해서, —모든 전쟁의 싹을 뽑겠대."

"……그렇게 되면."

"맞아. 우리들 망령의 존재 의의가 사라지게 돼. 게다가 전쟁을 없앤다는 게, 이제껏 100년 이상 싸워왔는데 누구도 절대 이룩하지 못한 목표야. 가능할 리 없어."

"그렇다면……."

"그래도, 재미있잖아."

에어는 말한다.

"적어도 네가 말했던 전쟁을 질질 지속시킨다는 별 볼 일 없는 제안보다는 괜찮지. 자, 대화는 끝이야. 그리고, 하염없이 삶만 지속한 너란 망령의 존재도."

"……그래. 뭐, 상관없어."

교섭은 결렬— 킬리리스는 열기가 없는 시선으로 주위를 둘

러본다.

　그리고 한동안 망설이는 기색을 보인 뒤 살짝 얼굴을 숙였다가 다시 얼굴을 들어 올렸을 때.

　'—으음.'

　소녀의 눈동자는— 검붉게.

　증오를 끌어모은 듯— 까맣게.

　저 봉축의 눈동자는 망령이라는 증명인 동시에— 살의의 증명이었다.

　"안녕, 에어. 망령이 또 한 사람 줄어드는 게 섭섭하네."

　"작별이네, 킬리리스. 저승은 분명 심심하지 않을 거야."

　그곳에 있던 전원의 『공각질』이 부양— 쌍방의 미래를 관측하는 마도사의 전투가 시작된다.

　망령은 예외 없이 일반적인 부류와 괴리되는 강력한

『신성』을 갖추고 있다.

보통의 탄환 마법은 병기로 널리 사용되기 위해 가공된 규율식을 매개로 발동시키는 것이 기본이다. 다만 어디까지나 저러한 방법은 유사적인 『신성』의 모방에 불과하다.

그러나 망령의 마술은 신성 본연의 발현이 근본이다.

온갖 마술의 근간이 되는 상위의 현상이― 망령이 행사하는 마술이었다.

"―가운석."

전투 개시와 동시에 킬리리스의 총구에서 발사된 탄환은 무수히 많은 열 덩어리로 변모하여 팽창한 채 주위 일대를 압궤했다. 단 한 발의 탄환 마법이 폭음을 울려 퍼뜨리며 지표면을 깨부수고, 고온을 받아 액상화된 암석이 질척질척 비산하며

용암을 생성한다.

휘몰아치는 것은 진홍의 화염.

'윽, 역시, 격이 다른가—.'

사방에 흩날리는 것은 대규모의 『죽음』이자 『파괴』였다.

—맞닿는 순간 죽음을 부여하는 탄환.

저 소녀의 앞에서는 모든 것이 동등하며, 저 탄환에 살짝 닿기만 해도— 끝장이다.

그렇지만, —그래서 어쩌라는 말인가.

"레인."

에어는 말을 건네는 동시에 자기 엑세리아를 기동시킨다. 손발을 뻗어서 튕겨 나가지 않도록 버텼지만, 거의 곧바로 기체가 가속했다.

'큭.'

상하좌우의 관성에 견디는 도중, 에어는 순간적으로 기체를 전환시켜서 단박에 주행한다.

—토할 것 같다.

뭐가 어떻게 되어 가는지도 모를 만큼 압도적인 기체 조작.

그러나 깨달았을 때는.

"저 녀석이 공세를 펼치게 놔두면 안 돼. 이번에는 우리 차례야. 준비해."

적기에서 날아드는 포격을 전탄 회피한 에어가 지시를 보내왔다.

'역시, 인간이 아니야, 이 녀석……'

엑세리아 전투는 마도사가 지닌『공각질』의 우열에 따라 승패가 갈라진다.

더욱 정확하게, 더욱 신속하게, 적기를 예측하여 미래를 관측하는 공방에서 자기 미래시가 약간이라도 상대를 웃돌았을 때 비로소 탄환은 명중한다. 다시 말하면.

'이런 전투가 가능한가—.'

지닌 바 능력이 완전하게 동일하다면.

두 마도사의 기량이 서로 대등한 수준이라면, —자웅을 결정하는 것은 순수한 공방이다.

레인이 필중이라 생각했던 탄환은 킬리리스의 미래시에 의해 매끄럽게 회피되고, 반대로 안전권에 있다 생각했던 장소로 진입하는 동시에 적의 탄환 마법이 날아든다.

교전 개시 후 이미 몇 분이 지났다.

공방의 횟수는 서른을 초과.

레인은 두 망령의 전투에 시종일관 농락당하기만 했다.

자신의 미래시를 거의 전부 엑세리아 조작에 운용하는 에어와 달리, 필살의 일격을 쏘아 날리는 데 주력하는 킬리리스. 엇나간 탄환마다 방대한 열량이 함유되어 있기에 유탄이 된 경우에도 일대의 지형을 뒤바꾸는지라 유성군이 추락하는 것처럼 폭심지가 거듭 형성된다.

인간을 아득하게 초월하는『악마족』과『갑혁족』의 신성.

—『소실의 탄환』과『죽음의 탄환』.

정면에서 격돌한다.

적기도 2인조였다.

킬리리스가 포수, 조종수는 알지 못하는 서방국의 병사. 다만, 뛰어났다. 킬리리스의 공격을 보조하는 데 최선의 움직임을 구사하고 있지만— 노리려면 저 녀석이다.

"—에어."

"응."

뜻이 통한 것처럼 에어가 엑세리아의 진로를 변경한다. 그것은 회피 및 유리한 위치를 선점하려는 목적이었던 지난 움직임과는 명백하게 다른— 레인을 보좌하는 기동.

"일단은 신뢰해줄게."

고유 규율식— 레인의 탄환 마법 『환경탄』이 기동한다.

"쏴, 레인."

레인이 격발하는 순간, 적기는 민첩하게 회피했다. 직격은 피한다. 그러나 그 탄환은 일격에서 멈추지 않는다. 통상의 탄환이 『점(點)』이자 창이라면 레인이 쏜 탄환은 『면(面)』이자 폭풍이다. 초격이 빗나간 탄환은 나무들에 도탄하여 킬리리스의 기체를 후방에서 습격했다.

—도탄.

회피 불가능, 마도사가 우수하면 우수할수록 허를 찔리는 트릭의 마법.

하지만.

'막는다—.'

망령 킬리리스는 이미 간파했다.

그 일격이 명중하기 직전, 대항책 삼아 킬리리스는 후방으로 탄환을 발사했다. 바늘구멍을 통과하는 것처럼 정밀한 사격― 레인이 쏜 탄환으로 날아가더니.

'환경탄을, 쓴다는 걸 알아⋯⋯. 이미 아는 공격은 예지에, 반영시킬 수 있어.'

레인의 마법은 싹 지워졌다. 마도는 발동하지 않았다. 폭발조차 일어나지 않고 탄환 자체가 사방으로 흩어진다. 그 광경을 지켜보면서.

'통하지 않아, 나에게 마법은―.'

킬리리스는 다시 한 번 확인했다.

'어느 누구도 나를 건드릴 수 없어―!'

킬리리스의 탄환은 모든 것에 공평하다.

접촉한 대상에게 절대적인 죽음을 부여한다.

다시 말하면 이 탄환 마법은 적이 발사한 마도마저 무효화한다. 가령 엑세리아 전투에서 우위를 빼앗기든, 다채로운 탄환 마법이 날아들든, 이 탄환 하나로 형세가 역전된다.

그에 더하여 소녀는 이미 파악을 끝마쳤다.

탄환이 튀어 다니는 광경을― 소년의 탄환 마법을. 또한 사전에 알아 둔 마법이라면 킬리리스는 불의의 습격에도 대응 가능한 데다가 환경탄은 포착만 되면 즉각 힘을 잃는다.

요컨대.

"⋯⋯약해."

킬리리스는― 실망했다.

지난 몇 분 사이의 공방에서.

'—약해, 약해, 약해! 왜, 어째서? 저게, 나와 똑같은 망령이야?!'

격앙한 채 킬리리스는 감혁의 탄환을 발사한다.

에어는 민첩하게 반응함에 따라 기체는 킬리리스가 날린 공격을 수월하게 회피했다. 그 기동에는 평범한 인간을 아득하게 초월하는 정밀함이 있었고, 에어에게 망령의 격이 갖춰졌음을 증명한다.

그래서 더더욱.

'아니야, 에어! 넌, 이런 수준이 아냐! 훨씬 고결하게, 강하게 존재하기 위해, 너는, 혼자서 싸워야 해! 그런데, 왜, 저런 꼬마한테, 맡기는 거야?!'

그래서 더더욱 눈에 띈다.

에어가 곁에 세워다 놓은 소년— 저 소년의 약함이 너무나 눈에 띄지 않는가.

'에어, 넌, 저 녀석을, 꼭두각시로 쓰기만 해도— 훨씬 강했을 텐데!'

엑세리아 전투는 2인 1조가 원칙이다.

하지만 킬리리스는 동승한 인간을 파트너로 대우한 적이 한 번도 없었다.

현재 동승하고 있는 마도사 또한 망령으로서 혼을 속박하는 『서약』을 체결하여 자기 뜻대로 조종만 하는 관계에 불과하다. 그렇지만— 이런 관계면 족하다.

다른 관계는 필요가 없다. 망령 혼자서 싸우는 것이 훨씬 더 강하니까.

그 때문에 『서약』 마술이 존재한다.

이제껏 만난 망령은 모두가 홀로 싸우는 인물뿐이었다.

그러나 저 은색의 소녀는 소년을 완전하게 예속시키지 않았다. 어느 정도의 지시는 내리는 듯싶지만, 공격 타이밍 및 위력은 온전하게 다 맡기고 있다.

옛날에는— 달랐다. 저 은색의 소녀는 자신과 마찬가지로 분명 파트너를 노예로 만들어서 전쟁터로 몰아붙였다. 그래서 더더욱— 강했었다. 다만, 이제는.

"······."

견디지 못한 킬리리스는.

『에어.』

기체의 확성기로 묻는다.

『너, 뻔히 알면서, 왜? 서약 마술로 조종해서 혼자 싸우는 게 훨씬 강한데! 저딴 인간에게 마법을 맡긴 채 싸운들, 나한테는 절대 못 이기잖아!』

추궁한들— 대답은 없다.

말 대신 탄환 마법의 난사가 날아들었다.

'······이제, 됐어.'

그렇지만 마구잡이 난사 따위는 만전을 기하고 있는 킬리리스에게 적중될 리 없었다.

"이제 됐어. 바보짓 하는 넌, 여기에서, —끝장이야."

킬리리스는 에어의 어리석은 전술을 증명하려는 듯이 기체를 단박에 접근시켜서 거리를 조정하며, 필중의 위치를 점거하는 동시에 죽음의 탄환 마법 『갑혁의 탄환』을 쏘아 날렸다.

이번 일련의 공격은 도망 다니던 토끼의 꼬리를 드디어 붙들었다.

발사된 일곱 발 가운데 한 발이.

"—아!"

에어의 기체에 적중했다.

무시무시한 충격이 치달았다.

"크, 읍!"

킬리리스가 날린 일격은 기체의 전각부(前脚部)로 적중되는 동시에 폭발을 일으켰다. 피격되기 직전에 다리 하나만 분리시키지 않았다면 본체까지 파괴되었을 테지만.

"……으, 음."

킬리리스의 마술이 발동하기 직전, 기체의 다리 하나를 수동으로 떼어 버렸다. 아주 약간만 지체됐어도 치명적인 일격으로 작용했을 것이다. 다만 피해가 아예 없는 상태는 아니었다.

강렬한 폭격에 의한 여파는 확실하게 레인과 에어를 궁지로 몰아넣었다.

"에, 어……."

레인은 의식이 혼탁했다. 온몸에 격통이 치달리고 있었다. 킬리리스의 탄환을 맞은 기체가 쭉 날려 가다가 산림의 경사

면을 굴러 정지할 때까지 레인은 온몸을 세게 부딪쳐야 했다. 격통이 치달린다. 다행히 날려 온 거리 덕분에 킬리리스의 간격에서 벗어날 수 있었지만.

"이봐, ……에어, 빨리, 이동을……."

여전히 위험한 상태였다. 킬리리스가 금세 추격에 나설 테니까.

레인은 시야가 흐릿한 상태에서 에어에게 말을 건넨다. 다만 대답은 없었다. 이제껏 무엇을 물어봐도 무시만큼은 하지 않았었다. 무슨 일인가 싶어 다시금 레인은 에어의 등을 주시했다.

그리고 전율했다.

"……너, 다쳤잖아."

―붉다.

에어의 오른쪽 팔에서 대량의 피가 흘러넘친다.

"헉, 헉―."

의식은 간신히 남아 있는 듯싶지만, 숨을 거칠게 몰아쉬면서 에어는 반대쪽 손으로 쭉 찢어진 상처를 부여잡고 있었다. 그렇지만 고작 손으로 압박해서 수습이 될 출혈이 아니라 판단했는지, 찢긴 상처를 가만 방치한 채 포기하고 엑세리아를 다시 조종하고자 한다.

"이봐, 에어, 이렇게 다쳤는데……."

레인은 무의식중에 에어의 어깨로 손을 얹었다.

어떻게 봐도 기체를 제대로 움직일 수 있는 상태가 아니었기 때문이다.

하지만.

"아야."

"—괜찮아."

에어는 앞쪽을 향한 채 레인의 손을— 재빨리 때려 쳐냈다.

—거절의 의지.

결코 타인의 접촉을 용납하지 않은 채 에어는.

"괜찮아, 아직, ⋯⋯엑세리아도, 다리가 하나 줄었지만, 움직일 거야."

"괜찮다는 게, 대체⋯⋯."

레인은 격한 손괴를 당한 기체를 살펴보면서.

"괜찮을 리 없잖아⋯⋯. 파손된 엑세리아를 조종하는 게, 게다가 한쪽 손으로 어떻게."

"그럼, —어쩌라는, 거야."

거친 호흡은 변함없이 에어가 한쪽 손으로 엑세리아를 재기동시켰다.

"이미 도망치는 건 불가능해. 킬리리스는 절대 추적을 실수하지 않아. 우리가 이곳을 살아 떠나려면 그 녀석을 죽이는 것밖에, 다른 방법이 없단 말이야⋯⋯."

무엇인가—. 무엇인가 승리를 위한 방법은 없는가. 이제껏 겪은 공방에서 킬리리스와의 격차를 절실히 통감하고 있다. 정공법으로는 안 된다. 압도적으로 이쪽의 힘이 너무나 부족하다.

조금이라도 전황을 바꿀 수 있는 방법은 없단 말인가. ―고민하던 때.

'……아까, 킬리리스가.'

레인은 떠올렸다.

방금 전 킬리리스가 건넸던 말― 에어에게 건넸던 말을.

『너, 뻔히 알면서, 왜? 서약 마술로 조종해서 혼자 싸우는 게 훨씬 강한데!』

이제까지 알지 못했던 사실.

―그것은 에어가 이제껏 보인 태도와 다른 사실이었다.

"에어."

"……왜 불러."

"아까 킬리리스가 했던 말, 사실인가?"

"으음, 뭐."

에어는 멍한 목소리로.

"맞아. ……확실히 나는, 널 강제로 조종해서 싸우면 더 강하겠지. ―사실이야."

"그렇다면……."

이제까지 어째서 조종하지 않았나. 최선을 다해야 할 병사라면 당연히 드는 의문이다.

―이상하다는 생각은 했다.

에어가 악마의 탄환과 맞바꿔서 요구했던 『서약』의 마술. 그러나 정작 체결을 마친 이후 이제까지 레인은 에어에게 무엇인가 강제당한 경험이 한 번도 없었다. 형식적으로 뭔가 명령을 받은 적은 있지만, 마술을 동원하여 무엇인가를 진정 강제했던 경우는 결코 없었다.

따라서 이제까지 에어가 서약을 발동하지 않은 이유는 단순하게 기회가 없었기 때문이라는 생각만 갖고 있었다.

그런데 아니었다.

에어는 의도적으로 쓰지 않았다. 게다가 사선에 바짝 다가서 있는 이렇듯 급박한 상황에서도.

킬리리스는 말했다.

서약은— 망령이 진가를 발휘하기 위한 힘이라고.

고고한 전사로서 싸우는 것이 최선인 망령이 다른 사람을 조종하는 수단이라고.

"……어째서, 조종하지 않았던 거야."

레인은 묻는다.

"넌 이번 전투에서 나를 서약으로 조종하면서 싸워야 했던 게 아닌가?"

"……최선의 수단이면, 뭘 어쩌라는 거야."

"어쩌기는……."

"그런 짓 저질러도, 이제껏, 아무것도."

고개 숙인 채 에어는.

"—아무것도 바뀐 게 없단 말이야."

—거친 목소리.

통상의 상태가 아니고 중상을 입은 까닭에 의식이 몽롱해져서 이성이 작동하지 않는다.

그렇지만, 그래서 더더욱— 에어의 마음속에 뿌리를 내린 말들이.

"강제시키기는 쉬운 일이야……. 내 의사 하나로, 아예 자살까지, 시킬 수 있어. 그래도, **단 한 번이라도**, 뭐든 강제를 당한 인간은— 그 상대에게 마음을 열어주지 않아."

딱히 레인에게 건네는 말이 아니었다. 자기 자신을 타이르는 듯한 말투였다.

"힘은 강하면 강할수록 고독을 크게 만들어……. 명령을 강제하는 마술은, 가장 거대한 힘……. 다른 사람을 자기 뜻대로 부리는 인간이 결국, ……다다르게 될 말로는— 언제나, 똑같아."

힘에 취한 인물의 말로.

"믿었는데, 소중하게, 여기고, 아껴줬는데……."

화르르, 후방에서 킬리리스의 화염이 휘몰아치며 다가드는 와중에.

"그래도, 그딴 거, 나의, 일방적인 마음밖에, 못 되니까……."

에어는.

"서약을 쓴 순간부터, 나는, —언제나 외톨이였어."

그 말을 마지막으로 간신히 제정신을 차린 듯싶다. 엑세리아의 조종간을 다시 꽉 쥐고 세 개의 다리만 남은 기체를 움직이며 가능한 한 킬리리스에게서 거리를 떨어뜨렸다.

하지만.

'고독—.'

에어는 말했다.

세계는 바뀌지 않았다고. 악마의 탄환이라는 절대적인 힘을 손에 쥐고도 이제까지 아무것도 바뀐 것이 없었다고— 의식이 흐릿한 상태에서 저렇게 중얼거렸다.

'······.'

레인은 알 수 없었다.

이 소녀가 얼마나 격한 고뇌를 짊어지고 살아왔는가.

거대한 힘을 수중에 넣음으로써 무엇을 잃었고 무엇에 배반당해왔는가—. 하지만.

『서약을 쓴 순간부터, 나는, —언제나 외톨이였어.』

한마디 말에.

에어라는 소녀가 떠안고 있는 무엇인가가 보였지만— 지금은 사색에 잠길 시간이 없다.

저 너머에서 킬리리스의 기체가 접근하는 광경이 보였기에.

레인은 묻는다.

"······일단 묻겠는데 지금이라도 서약을 써서 싸울 순 있겠어?"

"가능은 한데."

계책을 검토할 수 있을 만큼 에어도 회복되었지만.

"많이 늦었어······. 기체의 다리를 하나 잃었고 나도 한쪽 팔을 못 쓰는걸."

"—확실하게 진단 말이지."

"응."

절망적인 상황임은 이해하고 있다. 그렇지만 무모하게 돌격해서 죽으러 갈 생각 따위는 털끝만큼도 없다. 하다못해 약간이라도 승산을 기대할 수 있는 계책이 아니라면 실행은 불가능하다.

'이제부터는 도박이다. 약간이라도 가능성이 있다면 도박을 벌일 수밖에……'

고민하던 중, —『도박』이라는 말이.

"……에어, 딱 하나 계책이 있어."

"응? 뭔데."

"진짜 확률이 도박이겠지만."

애당초 승산은 없다. 다만 이 계책을 쓰면 승부라도 벌일 순 있다.

레인은 작전의 개요를 에어에게 설명했다.

그리고.

"—환경탄 난사?"

"그래. 아예 나조차 미래시가 불가능할 만큼 대량의 환경탄을 이곳 숲속에다가 일제 사격하는 거야."

계책이라기에는 단순했다. 아무렇게나 마구 사격을 감행해서 운 좋게 직격하기를 기대하는 것.

공감질에 기반하지 않는 사격이다. 그게 전부다. 그렇지만.

"흐음, 뭐……. 가능성이 제로는 아니겠네."

레인밖에 관측할 수 없는 탄환— 환경탄의 궤도는 킬리리스도 완벽하게 예측하지 못한다.

그것을 랜덤으로 쏘아 날려서 자폭 각오로 밀어붙인다. 잘만 된다면 킬리리스에게 명중할 수도 있다. 다만 잘못되면 자폭으로 끝을 맞이할 수도 있고.

그야말로 도박이었다. 다만 서로가 최선의 수를 놓아 가면서 움직이는 것이 마도사 간 전투의 전제인 이상.

"……『자폭할 수도 있는 엉망진창의 공격』을 감행한다면 합리적인 행동이 기본일 거라 전제하는 킬리리스의 예지를 혹시나 벗어날 수 있는 가능성이 기대된다……. 이런 뜻이구나."

"맞아."

곧 들이닥칠 사신과 도박을 벌일 수 있다는 시점에서 행운이라고 여길 수밖에 없겠다.

"—괜찮네. 그렇게 하자."

과연 이 작전에 에어의 허가가 떨어졌다.

환경탄 난사— 결코 성공 확률이 높지는 못한 작전.

'……'

"에어."

"응? 뭔가 더—."

쿵.

"아야아아앗!"

레인은 손에 쥐고 있었던 총신을 곧장 앞쪽에 있는 에어의 머리로 내리쳤다. 본래 에어는 중상을 입고 있었지만, 금속 막대에 얻어맞으면 아직 당연하게도 아픈가 보다.

"무슨 짓이야!"

"대체 언제까지 멍청하게 굴려는 거야."

"누가 멍청하다고―."

"나한테 이딴 공격도 못 피하는 시점에서 넋이 빠진 거잖아."

"……그건."

평소였다면 반드시 피했을 공격이다. 그만큼 약해져 있는 에어를 보니 씁쓸하다.

"……솔직히 나는 네가 짊어지고 있는 무게를 잘 이해할 수가 없어. 서약을 쓰기 싫어하는 이유도, 너무 거대한 힘을 보유한 자의 결말도, 세계는 아무것도 바뀌지 않았다고 네가 말했던 이유도― 상상밖에 할 수 없어."

그래도, 레인은 말을 잇는다.

"바꿀 수밖에 없는 거잖아."

"……."

"누가 올바른가 문제가 아니야. 다만 양보할 수 없는 사람끼리 충돌하면 어느 한쪽은 부서지겠지."

올바른 것은 누구인가.

잘못된 것은 과연 누구인가―.

요점에서 어긋난 의문이다. 누구도 잘못되지 않았다. 서로가 정론이다.

단지 올바름에 싣는 의지를 증명할 수밖에 없다면― 증명할 뿐이다.

레인은 장총을 다시 붙들었다.

호흡을 가다듬는다.

이제부터 하려는 것은 글자 그대로 목숨을 천칭에 올리는 도박이다.

"너는, 세계가 전혀 바뀌지 않았다고 말했지만— 나는 바꾼다. 주위에 널린 전부가 악에 불과하다면. 바꿔주겠어, 이제부터. 모든 것을."

"……하하."

에어는 살짝 웃음을 흘리고는.

"아무것도 모르는 주제에……. 뭐, 괜찮네. 잠깐만 속아줄게."

기체의 진행 방향을 결정한다. 이제껏 도주하던 때와는 달리.

"이곳에서 킬리리스를 처단하겠어. —어디, 바꿔보자고, 세계쯤이야."

다가드는 망령을 요격하기 위한 전진이었다.

해야 할 일은 단순하다.

난사에 의한 공격—

즉 마도사의 능력을 전부 놓아버려야 하는 셈이다.

또한 확률은 대등하지 않다. 예지를 놓아버리는 것이 킬리리스의 빈틈을 찌르기 위한 전제인 터라 레인과 에어는 단지 기원할 수밖에 없다. 게다가 킬리리스는 탄환의 궤도를 완벽하지 않아도 어느 정도는 회피할 수 있다. 성공 확률은 극히 낮았다.

그렇지만 이렇듯 도박에서 승리하는 것밖에— 미래를 열 방법이 없다.

적기가 사정거리 안에 들어왔다.

최후의 교착에 들어간다.

'······탄환 숫자는, 전부 스무 발.'

킬리리스의 기체에 돌진하면서 레인은 발동시켰다.

그리고 강렬한 마력이 담긴 탄환을 한꺼번에 발사했다.

'음—.'

난반사한다.

레인이 쏜 탄환 마법— 정작 본인도 궤도를 전혀 알 수가 없다.

'맞아라—.'

눈앞을 튀어 다니는 탄환이 마구 날아다닌다. 전방으로 사격한 탄환이었지만, 몇 발은 이쪽으로 되돌아왔다. 다리는 멈추지 않는다. 에어는 오직 직감에 의지해서 회피했다.

'맞아라!'

그리고— 도박의 결과가 나왔다.

"으음······!"

폭염이 피어올랐다. 불과 수십 미터 저편에 위치했던 킬리리스의 기체에서 격한 연기가 솟아오르고, 파손된 부품이 주위로 이리저리 흩어진다. 또한 레인이 발사했던 다른 탄환은 전부 멀리 날아갔기에 자폭의 가능성도 사라졌다.

"허억, 헉······."

극한의 긴장 때문에 몹시 거칠어졌던 호흡을 가다듬다가.

"이겼나······?"

킬리리스의 기체는 파괴됐고— 자폭의 가능성도 사라졌다고 판단했다.

그 순간이었다.

"크윽!"

『—바보짓도 도를 넘기면, 꽤, 무섭구나.』

연기 안쪽에서 뛰쳐나왔던 킬리리스의 기체가 아군 엑세리아에 돌진을 감행했다. 회피는 불가능, 몸통 부딪치기를 당한 뒤 수목에 막혀 기체가 압박당한다.

그리고 확성기 너머 목소리의 주인은.

"킬, 리리스……!"

『운은, 좋았구나. 그래도, 운만 믿어선 죽는 게, 전장이야.』

적기 엑세리아의 파손도 크다. 그럼에도 아직껏 정면으로 발휘할 수 있는 순수 마력은 완전히 뒤지고 있다. 앞다리로 기체를 완전 제압당한 채 움직일 수가 없는 처지였다.

—제로 거리.

두 기체가 맞닿아서 힘을 겨루는 형태.

그리고 이쪽의 기동을 완전히 봉인함으로써.

"어쨌든, 이제 끝이야"

킬리리스는 바람막이 바깥으로 얼굴을 내밀었다. 방금 전 폭파 때문에 머리에서 피를 살짝 흘리고 있었지만— 그게 전부다. 약간의 상처를 입었을 뿐 치명상은 아니었다.

"으."

레인은 탄환 마법을 날리기 위해 장총을 들어 올린다. 하지만.

"—큭!"

—안 보인다.

어떤 지점에 사격한들 킬리리스를 쏘아 처단할 수 있는 예지가 안 보인다. 아마도 킬리리스가 진지하게 실력을 발휘하는 탓에 이제껏 약간이나마 존재했던 빈틈이 전부 사라져서였다.

레인의 손가락이 굳었다. 승리를 위한 미래가 모두 사라졌다. 아울러.

"죽어."

경직된 순간을 놓치지 않고 킬리리스는 엑세리아의 앞팔을 세차게 휘둘렀다. 측면을 힘껏 가격하는 공격에 장갑이 얇은 이쪽의 기체는 균형이 무너졌고.

'아차—.'

레인은— 기체에서 떨어져버렸다.

'……아.'

공중에 몸이 떠올랐다.

기체에 손을 뻗어봐도 닿지 않기에 가만히 바닥으로 추락하면서.

"제길……!"

레인은 도박에서 패배했음을 알았다. 지금 바닥에 떨어지면 공격 수단을 잃은 에어는 속절없이 살해당한다. 레인도 추락한 뒤 엑세리아를 잃으면 승산 따위야 없었다.

아니—.

어떻게 되든— 이미 승부는 결판이 난 상황이었다. 간신히 적중시켰던 한 발로 킬리리스를 처단하지 못했던 시점에서 레인과 에어는 승리의 가능성을 모두 잃어버렸다.

최대의 기회는— 이미 끝을 맞이했다.

'—제길.'

분한 마음만 솟아난다.

그러나 이런 상황에서는 받아들일 수밖에 없었다. 무엇 하나도 이루지 못한 채, 격정을 풀지 못한 채, 자신뿐 아니라 은빛의 소녀까지 끌어들여서 죽는— 이러한 결말을.

그렇지만 레인이 죽음을 받아들이고자 했던 그 순간.

'……어?'

예지가 커다랗게 뒤바뀌었다.

'뭐가, 어떻게—.'

절망적인 흑색이었던 시야가 탁 트이는 것처럼— 죽음의 운명이 안개처럼 흩어져 간다.

그리고 깨달았다.

몇 초가 지나도록 레인은 바닥에 떨어지지 않았다.

서둘러 시선을 들어 올리자 뒤늦게 이유를 알 수 있었다.

레인의 손을— 에어가 붙들고 있었다.

"에, 어……?"

"왜, 멍청하게, 헛소리 말고—."

접촉했다.

에어가— 레인의 몸에.

이제껏 지나치다 싶도록 격한 거절로 타인과의 접촉을 용납하지 않았던 소녀.

그런 소녀가 손을 꽉 맞잡아서 살갗과 살갗이 직접 닿은 형태로 레인을 붙잡아 버려주고 있다.

"에어, 어째서—."

"어째서겠어, 네가 말했잖아."

—기필코 이기겠노라고.

조종간을 포기한 채 빈 손으로 잡아서 놓아주지 않고, 그리고, —분명하게 접촉하면서.

"……세계를, 바꾼다면서."

쥐어짜 내는 목소리와 함께.

"그럼 조준하고, 어서 쏘란 말이야! —레인 란츠!"

에어는 레인의 손을 힘껏 잡아당겼다.

레인은 『에어에게 구원받았다』—.

그리고 그 행위가— 전원의 예지를 비틀었다.

'—아!'

가망성 없는 행동은 관측의 대상이 아니기에 예지에 반영되지 않는다.

그 때문에 더더욱 『가망성 없는 행동』이 발상했을 때 마도사의 예지는 어긋난다.

다시 말하면— 『에어가 레인을 구출한다』라는 행위.

그것은 서약을 체결했을 뿐 인간 따위를 구출할 리 없다고 믿어 의심치 않은 킬리리스에게도, 또한 어떠한 상황에서도 에어가 타인의 몸에 접촉할 리 없기에 기대를 갖지 못했던 레인에게도— 또한 누구보다 에어 본인에게도.

천만뜻밖의 행동이 됐다.

그리고 전원의 예지가 무효화된 짧은 시간을 놓치지 않고.

'이제, 끝이다.'

레인은 킬리리스에게 일격을 발사했다.

폭염이 흩날렸다.

이번 마법은— 망령 킬리리스의 반신을 태워 분쇄했다.

"크, 앗!"

폭풍이 킬리리스를 후방으로 날려 보냈다. 즉사는 모면했다. 다만 저 여자는 더 이상 일어나지 못할 것이다. 폭염 속에서 킬리리스의 반신이 불타 눌어붙는 광경을 분명하게 봤기 때문이다.

'도박조차, 못 되는 전투였지만—'

레인은 긴장의 끈을 쭉 풀어버렸다.

—몇 번이고 죽을 뻔했다.

압도적인 킬리리스의 능력. 파괴를 관장하는 강력한 탄환과 압도적인 공각질 앞에서는 어떤 수단도 통용되지 않았다. 그럼에도 에어는 마지막까지 포기하지 않았다. —그 결과였다.

'남은, 건……'

그러나 마음을 단단히 먹어야 한다.

아직 해야 할 일이— 최후의 공정이 남아 있었다.

레인은 가슴께에 손을 넣어서 그곳에 넣어 놓았던 『은색의 탄환』을 손에 잡았다.

이것으로— 킬리리스를 처단해야 한다.

그렇게 레인이 누워 있는 킬리리스에게 다가드는 동시에.

"놀랐, 어……."

가냘픈 목소리가 들렸다.

"망령이, 다른 사람을 돕는다는, 게……. 설, 마, 내가, 패배하다니."

"틀린 말이군. 순수한 능력에서는 네가 우위였고, —우습게 보지 않았다면 이겼을 테니."

"……그러, 게."

폭염에 날려 갔던 킬리리스는 신체의 왼쪽 절반이 불타 문드러졌다. 저렇게 못 움직이는 몸으로 소녀는.

"언젠가부터, 죽음이, 희미해졌던, 것 같아."

입을 움직인다.

"100년을 넘게, 살면서…… 싸우다가, 늙음도, 젊음도, 분별이 안 되고— 아기마저, 죽이고, 해치고, ……어느 틈인가, 사라져서, 또 눈이 뜨이고— 그런 방대한 시간, 속에서, 생각도 하지 않았어. 이렇게, 내가 죽는다는 걸."

이렇듯 가장 오래된 망령의 말에.

"그래."

대답한 사람은 엑세리아에서 내려선— 에어였다.

"킬리리스, 네게서 죽음에 대한 저항감—『죽고 싶지 않다』라는 감정이 엿보인 것은 정말 최후의 순간뿐이었어. 이제까지 얼마나 큰 승리를 거두겠냐는 생각만 했지."

"나한테…… 강한 힘이란, 그런 거니까."

죽음을 맞이하게 된 붉은 소녀는.

"일방적으로, 빼앗고, 부수고— 잊어, 떠올리지도 않아. 그런 게, 전장에서, 날벌레처럼 죽어야 했던, 내가 바란 것. 망령으로서, 무엇보다 바랐던, ……힘이니까."

—바랐던 힘.

"있잖아, 에어……. 너는, 원망하지 않았, 어?"

"원망?"

잠시 말문이 막혔다가.

"킬리리스, 넌 원망한다는 거야?"

"물론. ……망령은 —내가 아는 한, 이제껏 봤던 망령들의 힘과 감정은 단 하나의 예외도 없이, 깊숙이, 우리의 두 눈처럼, 까맣고— 어둠보다 까만, 증오였어."

즉 증오스럽지는 않냐고, 망령 에어는. 자신들을 구성하고 있는 이 세계가.

검붉게 변색된 눈동자를 억누르면서 그렇게 말한 킬리리스에게.

"……레인. 이제 됐어."

에어는— 대답하지 않았다.

원망하지는 않는가—. 짧게 대답만 하면 곧바로 끝날 말인데.

"이야기는 이제 됐어. 이제 킬리리스를 쏘아 죽이고 세계를 수정할 거야."

일단락 짓고 에어가 자기 권총을 꺼내 들었다. 장전된 것은 악마의 탄환이다.

하지만.

"—아핫."

마지막에 웃었다.

—킬리리스는 괴로운 기색으로.

"죽는 건, 상관없어. 솔직히, 사는 게, 조금, 지겨웠고— 하지만."

그렇지만.

"내 존재가 전부 사라지는 건, —싫어."

순간.

'으, 설마.'

레인은 방대한 마력을 지각했다. 또한 억눌려 있던 기운이 급속히 확산되어 퍼져 나감에 따라 영역의 안쪽 지표면 위로 찬연하게 떠오른 것은—『갑혁족』의 문양.

"나는, 망령 킬리리스."

퍼뜩 깨닫는다. 킬리리스는 에어를 불러내기 직전까지 광산 폭파 마술을 준비했고, 그것을 실행하는 단계에 있었다. 다시 말하자면 기동 가능한 단계까지 준비를 마친 이후에 전투를 임한 셈이었다.

　그리고 그간 축적된 열량을 한 번에 써버리면 어찌되는가.

　마도사로서 임계에 다다른 걸물— 킬리리스의 전부를.

　"—나의 마법은, 아무에게도, 빼앗기지 않아."

　찰나, 전개된 규율식이 마술사 킬리리스의 목숨을 대가 삼아서— 발동했다.

9. 탈출

망령 킬리리스 램버트.

그 여자가 마지막에 날린 일격은 암반을 꿰뚫어서 광산의 핵은에 도달했다.

발생한 것은 2차적인 폭발— 광산의 괴멸.

작열이 마구 퍼져 나가는 동시에 광산 전체가 붕괴를 맞이했다.

나무들은 불타올랐고, 지표면은 허물어졌고, 세차게 불어닥치는 폭풍에 의해 대기는 분진과 짙은 연기에 지배되었다. 주위 일대는 불과 몇 초 사이에 킬리리스의 『진홍색』으로 물들었다. 그리고 그런 가운데.

"뜨거워……."

망령 에어가 의식을 되찾는다. 활활 타오르는 화염이 정신을 차릴 계기가 되어줬다. 일렁일렁 시야가 흔들거린다. 그리고 눈을 뜬 이후 감지한 것은— 격통.

발치를 보니 거대한 암석이 왼쪽 다리를 깔아 누르고 있었다.

'……이러면.'

움직이고자 해봐도.

'더는, 안 되겠구나—.'

전혀 움직일 수 없다. 이러한 상황에서도 화염은 전혀 사그

라들지 않은 채 다가들고 있었다.

—그래, 알겠다.

자신은 이곳에서 끝난다.

그때가 드디어 왔음을 깨달았다.

'나, 는—.'

—떠올린다.

이렇듯 되풀이되는 목숨을 부여받고 얼마나 되었던가.

그 기나긴 시간 속에서 자신이 손에 넣어온 것은— 과연 무엇이었던가.

'⋯⋯.'

억울한 죄로 처형당했던 소녀.

망령임을 처음 자각했을 때 손에 들려 있었던 것이 은색의 탄환이었다. 그 힘을 깨달았을 때 전율했던 기억이 난다. 너무나 강력한 힘에 공포를 느끼던 시기는 분명 있었다.

그렇지만— 바꿀 수 있지 않을까 기대하게 됐다.

이 힘을 쓰면 전화에 휩쓸리고 있는 세계를, 어쩌면, 혹시—.

그렇게 기대했다.

하지만.

'어째서, 나는, 이렇게⋯⋯.'

시선을 내린다. 몸에 남아 있는 수없이 많은 상처들.

'더, 러워⋯⋯.'

신뢰했던 인간에게 당한 배반은 마음 깊숙한 곳이 찢겨 나가는 듯한 아픔을 낳았다.

수도 없이 떠밀려 추락했던 절망의 바닥.

'나, 는—.'

거듭된 배반을 겪음에 따라 사람이 다가오는 데서 언젠가부터 공포를 느끼게 됐다.

특히 신체가 접촉하는 것은— 두렵다.

두려워서다. 반사적으로 뿌리치고 거절하고자 몸이 움직인다.

상처투성이의 몸.

여기에 손길을 받아들인다는 게 자신의 추함을 직접 내비치는 짓처럼 느껴졌다.

회복된 것은 최후의 잠시뿐— 떨어지는 소년의 손을 붙잡았던 일순간뿐.

그때만큼은 몸이 움직였다. 하지만.

'뭐하자는 거야—.'

결국—.

오래도록 삶을 부지하던 중 마지막에 극복을 성공한 것은 겨우 버릇 하나뿐.

'누가—.'

아무에게도 받아들여지지 못한 채— 곧 혼자서 불꽃에 삼켜지게 되리라.

'누구든, 상관없으니까—.'

에어는.

"—살려줘."

망령일지라도— 마도사일지라도— 상관없었다.

불꽃에 휩쓸려서 자기 존재가 끝을 맞이하려는 때 누구도 위세를 부릴 수 없었다.

단지 한 명의 사람답게, 깊숙이 상처 받았던 소녀의 거짓 없는 본심.

짧고 순수한 말을.

"—겨우 찾았군."

"아……?"

그때, 들어주는 인물이 한 사람은 있었다.

화염 속에서 들려온 귀에 익은 목소리.

조금 나지막하고, 발음이 흐릿하고, 열기가 없는 목소리는.

"……찾아서 찾아지네."

"뭐, 야……."

"뭐냐니……. 어서 탈출하자고, 에어. 여기는 불에 연기가 너무 많아."

대꾸에 이어서, 찰나, 에어의 다리를 묶어 놓았던 암석이 강력한 열량에 부서졌다.

몇 분만 지나면 쪄서 죽었을 화염 속, 숨을 헐떡이며 다가 온 소년의 탄환 마법에 의해.

"어떻게, 여기를—."

"어떻게냐니— 멍청한 표정이 재밌어서 미안한데 우연이야. 불속을 도망 다니던 중에 네 가슴에 걸린 『그것』이 빛나는 걸 봤지."

레인은 에어의 가슴께를 손가락질하며 거기에 걸어 둔 물건을 가리켰다.

  그것은 에어가 착용하고 있던 은색의 목걸이— 7년 전 레인이 여동생 리룸에게 준 선물이자, 에어의 육체가 리룸의 것임을 증명하는 액세서리였다.

  "그 목걸이에는 핵은이 살짝 섞였지. 핵은은 불이라든가 파장이 긴 빛과 닿으면 산란하니까 이런 잔해와 불길 속에서도 빛이 보였어."

  대답하면서 레인은 에어를 짊어졌다.

  등에 업히는 도중에도, 차마 에어는 소년이 한 행동의 의미를 이해할 수 없었다.

  '어째서—.'

  등에 업힌 채 에어는 레인과 둘이 화염의 속을 나아간다.

  끊임없이 불타오르는 업화 속, 탈출 가능한 경로를 찾는 레인의 등에서.

  "어째, 서."

  "응? 거참, 찾은 건 우연이라니까."

  "나를, 어째서, 구해주는 거야?"

  어째서, 이 소년은.

  "내가, 죽으면, 너는, 완전히 자유롭게— 풀려나는, 건데."

  이미 확언을 해 뒀다.

  신성의 양도와 동시에 레인에게 요구했던 것은 대상의 의지를 대폭 속박하는 『서약』이었다.

탄환의 능력을 넘겨받는 대신 이 소년은 자신에게 절대 거역할 수 없지만, 에어가 죽었을 때 모든 주박에서 해방되는 마술임을 일부러 가르쳐줬다.

에어의 죽음은 곧— 소년의 혼이 해방됨을 의미한다.

망령 에어는 잘 알았다.

학생병 레인 란츠가 인간의 죽음에 대하여 몹시 정당한 분노를 갖고 있음을.

진구렁 같은 동서의 투쟁.

그런 와중에 고향을 잃고 가족을 잃었던 소년— 절절한 감정을 이용했다.

얼핏 보았을 때부터 이 소년에게 『악마의 탄환』을 건네주면 어떻게 될지.

전부 알고 있었다. 소년이 세계에 대해 가지고 있는 분노는 타오르는 듯한 격정이 아니다.

극히 냉정하게, 냉담한 가치관과 목적을 위해 세계를 바꾸는 탄환을 줄곧 써 나가면서 이렇듯 끝없는 전화를 없애겠다는 꿈같은 이야기를 이뤄 내고자 했다.

또한 소년에게 자신은 골칫거리에 불과하다.

죽으라는 명령에 죽을 수밖에 없을 만큼 견고한 『서약』으로 속박했다.

물론 에어도 어중간한 기개를 갖고 살아오지는 않았다.

100년 전— 억울한 죄를 뒤집어쓰고 울부짖는 중 처형당했던 광경은 결코 지워서 잊는 게 불가능할뿐더러 앞으로도 지워지지 않는다.

망령으로 새로운 삶을 얻었을 때 『악마족』의 신성으로 만들어 냈던 탄환은 자기 자신이 세계에 쏟아붓고 싶었던 감정—「모조리 다 사라져버려라」라는 정신에서 비롯되었다.

'그러니까, 나는—.'

소년을 이용했다.

매력적인 힘을 주었고 결코 거역하지 못하게 만들어서 전투로 유도했다. 그렇지만 그 결과로 망령 사이의 전투에 휘말려서 소년은 많은 동기를 잃어버리고 말았다. 그럼에도 불구하고.

"레인, 너, 잊어버린, 거야……?"

"무슨 소리야?"

"내가 죽는다면, 너를 묶어 둔 『서약』이 풀린다는, 얘기."

어째서— 나를 구하려 하지?

"음? 그렇게 중요한 이야기를 잊을 리 없잖아."

"그럼 왜."

"넌 머리가 좋아."

"……어?"

에어는 아마도 잘못 들었다 생각했지만.

"그것도 나 같은 녀석하곤 비교도 안 될 만큼 말이지."

레인은 담담하게 말을 잇는다.

"게다가 엑세리아 조종 기술도 괴물 수준이야. 킬리리스와 벌인 전투도 네가 없었다면 틀림없이 졌을 거야."

그러니까—.

"네가 나를 이용하는 게 아니야. 내가 너를 이용했지. 그러니까, 죽지 마라."

"그게 무슨……."

"게다가, 너는 불쌍하잖아, 에어."

"아."

"너무 슬프다고, 너희들, 망령의 존재가."

화염의 범위는 점점 넓어진다. 불살라 녹일 기세의 작열 속, 숨을 거칠게 몰아쉬면서도.

"전투 중 원통함을 풀지 못한 채 죽어서…… 수십 년 뒤에 누구인지도 모를 녀석 때문에 망령이 됐고, 전투가 끝나면 또 자취를 감출 수밖에 없는— 아지랑이 같은 존재. 이렇게 상처 가득한 몸으로 죽을 때까지 전쟁터에 나가야 하는 녀석이 안 불쌍하면 누가 또 불쌍하겠어."

레인도 체력은 한계를 맞이했을 것이다. 킬리리스와 치른 전투에서 마력을 바닥까지 소모한 만큼 쓰러지도록 피로가 쌓였을 것이다. 그런 상태에서도 소년은— 에어를 붙든 손에서 힘이 떨어지지 않는다.

등에 업고 걷는다.

"후려갈기고 싶지 않냐? 에어."

"……어?"

"그렇게, 죽은 사람을 장난감처럼 가지고 노는 자식을, 찾아내서 후려갈기고 싶진 않냐고 물어본 거다."

"그야……."

물론— 후려갈기고 싶다.

100년 전, 그대로 사라졌다면—.

이렇게 상처투성이의 몸으로— 줄곧 전장에 나서야 하는 운명에서도 벗어날 수 있었다.

"……후려갈기고 싶은 마음이, 있긴 있는데."

"그럼, 못 죽겠군."

—그러니까 지금은 얌전히 업혀 있어라, 소년은 말을 이었다.

'……뭐야, 이 녀석.'

이제까지 없었다.

이제껏 탄환을 소유하고 망령이 된 자신을— 구하려는 인간 따위는.

'모르겠어, 나를…… 구하겠, 다고……?'

망령으로서 거듭 존재를 갱신해왔던 소녀.

그때마다 다양한 인간에게 탄환을 건네서 이용했고— 자신도 이용당했다. 처음 잠깐은 우호적인 녀석도 몇몇 있었지만, 악마의 탄환의 힘 때문에 그들은 곧 과신에 빠져버렸다.

강력한 힘은 정신을 한없는 오만으로 물들인다.

또한 힘을 확신한 자는 단 하나의 예외도 없이— 자신을 죽이고자 했다.

'그렇, 잖아.'

한 번이나 두 번이 아니다.

—전원.

전원이다. 망령 에어라는 존재를 지우고 힘을 자신만의 소유로 만들고자 했다.

이 몸에 새겨져 있는 상처도 전장에서 입은 게 전부는 아니었다.

절반 이상은 이제껏 악마의 탄환을 넘긴 인간에게 당한 흔적이다.

'그게, 보통의, 인간인데⋯⋯.'

믿음을 갖고 수많은 악마의 탄환을 넘겨줬다.

그렇게 하지 않으면— 고독에 짓눌려버릴 것 같아서.

망령이기에, 평범한 인간과 다른 시간에서 살아가면 아무리 뛰어난 재능을 갖고 있더라도 미처 견디지 못할 고독이 들이닥친다. 혼자서는 결코 감당할 수 없는 암흑과의 싸움이었다.

뭔가 불빛이 있다면—.

마음 의지할 인간이 함께해주길 바라는 인간과 다른 존재의 고독.

그리고 그런 고독이 들이닥칠 때마다 가까운 곳에 있었던 누군가를 바랐고— 배반당했다.

살해당할 뻔했다.

수도 없이.

모두에게.

'믿지 않겠다고, 결심했는데⋯⋯.'

깨달았을 때는— 아무도 믿지 못하게 됐다.

그러니까 4차 공격전 때 만난 소년 레인에게는 먼저 말했다.

『내가 죽으면 서약은 해제될 거야.』

사전에 말을 해 두면 탄환의 힘을 얻은 인간은 반드시 자신을 죽이려고 든다. 그렇게 자신을 죽이고자 계획하는 인간은 사고를 파악하기 쉬워서 더욱 다루기가 수월해진다.

그렇지만 이 소년은 자신의 목숨을 노리기는커녕.

'모르, 겠어……. 이 녀석.'

구출하려고 들고, ─살아서, 후려갈기고 싶은 녀석을 후려갈기라고 말한다.

본인조차도 위기를 벗어날 수 있는지 불확실한 산불 속에서, 함께 살아남을 활로를 내내 찾아다니고 있다.

그런 행동은 이제껏 마음속에서조차 이론으로 매사를 해결해왔던 소녀의.

'……어째서.'

심장을─.

'어째서, 이런─.'

꽉 죄어드는 듯한 열기를 소년에게 보내버리고 말았다.

제법 뜨거운 감각─ 하지만 결코 싫지는 않다.

경험한 적 없는 아픔 같아서, 그렇지만─ 뜨거운, 무엇인가.

'뭐야, 이거. ─가슴이, 이상해.'

몸을 의지하고 있는 소년의 등이─ 몹시 뜨거워서.

'나…….'

깨달았을 때는─.

소녀는 힘껏 소년에게 매달리고도 편안한 감정을 느낄 수 있었다.

─몸이 맞닿아 있는데도 거절의 감정은 전혀 나타나지 않았다.

─그렇기에.

"제길. 이쪽도, 타고 있군⋯⋯. 어디로, 가야─."

고온의 화염이 주위를 둘러싸서 탈출로를 완전히 잃은 이러한 상황 속에서.

"⋯⋯레인."

"뭐냐, 지금은 여유가─."

"『나를 두고 물러나』."

"읏."

에어가 말하는 순간, 레인의 몸은 의식과 관계없이 움직였다. 레인은 명령대로 등에 업었던 에어에게서 손을 뗀다. 기댈 사람을 잃은 소녀는 내려서지도 못하고 털썩, 곧바로 바닥에 떨어졌다. 물론 레인이 스스로 손을 떼지는 않았다.

에어의 말에 반응했을 뿐.

"아야, 아파라⋯⋯. 천천히 내려달라고 한 마디 덧붙이면 좋았을 텐데."

"무슨, 짓이야."

"음, 추가 명령. 『제자리에서 움직이지 마』."

걸어오려다가 말고 레인은 제자리에 붙박였다.

움직이려고 의식한들 굳어버린 다리는 이미 감각마저 남아 있지 않았다.

완전하게 마술을 매개로 한 명령.

망령 에어와 맺은— 서약의 발동이었다.

"너, 이런 상황에, 무슨—."

"알잖아, 이런 불길을 벗어날 순 없어."

"그러니까, 피난할 만한 장소를—."

"없어."

에어는 팔만 가지고 몸을 세워서 아픈 다리를 받치며 비틀
비틀 일어섰다.

"무리, 야. 나는, 이 광산의 지형을, 파악하고 있어. 그러니
까, 어디에 불이 퍼져서, 어떻게 된 상황인지, 손바닥 보듯 알
아. 그리고."

이곳 일대도 이제부터 3분 뒤 화염이 집어삼켜서 전부 불사
를 거야—

"그러니까."

에어가 손을 뻗어 허리춤에서 꺼낸 물건은.

"악마의 탄환을 쓸 수밖에 없어."

권총이었다.

물론 악마의 탄환은 『인간을 지운 결과로 세계가 개변되는
것』이 기본이다.

즉 발동을 위해 존재가 지워져야 할 인간을 필요로 한다.

레인은 작열 속에서 에어가 권총을 잡아 쥐는 모습을 봤다.

"이제야."

그리고 에어는.

"이제야, 알았어."

망령 소녀는 가냘프게 입을 열었다.

"너는, 나하고—."

—닮았어.

닮아서였다. 생사가 어지럽게 날아다니는 전장에서 떠안게 됐던 부조리함. 받아들이기에는 본래 너무나 약했던 인간. 그렇지만 약한 처지에서 줄곧 주저앉아 있고 싶지는 않았기에 더욱 강력한 힘을 갈망했다.

그렇지만 짊어져야 하는 운명과 무게가 보통은 견딜 수 없도록 무거웠다.

평범한 인간이라면 무게를 못 견디고 스스로 무너졌을 중압이었고, 다만 자신과 이 소년은 버거운 압박감과 쭉 싸워왔다. 이렇듯 같은 처지에 놓여 있었던 인간은 이제까지 한 사람도 없었다.

누구 한 사람— 전혀 이해해주지 않았다.

망령의 존재 의의.

전장이라는 특수한 환경.

모두가 「너무 다르다」면서 에어에 대해 이해하기를 애초부터 포기했다.

하지만 이 소년은 어렴풋이나마 알아차리지 않았을까.

—두 사람이 서로 닮았음을.

삶의 형태는 다를지언정 근본은 공통될 뿐 아니라 같은 심경을 감당하고 있음을. 그런 이유 때문에 더더욱, 이 소년은 죽음을 인정하고자 했던 자신에게 망설임 없이 말해버릴 수 있었다.

—살라고.

'진짜—.'

에어는.

'막무가내 녀석……. 그래도.'

심호흡한다. 뒤이어.

"자, 레인."

소녀는 푹 쓰러져 있는 소년과 마주 바라보는 자세가 됐다. 소년 한 사람에게 추후의 전쟁을 맡긴다면 너무나 부담스럽겠지만, 괜찮을 것이다. —분명히 해낼 수 있다.

"너에게, 몇 가지 말해 두겠어."

"뭘."

입을 연다.

차분하게— 다만 은빛의 소녀답게 살짝 놀리는 말투.

"우선 하나는, 이 전쟁을 반드시 끝내라는 것."

에어는 총구를 레인에게 겨누지 않았다.

은색의 탄환— 그것이 향한 방향은.

"반드시, 꼭. 이제까지 아무도 막지 못했던 전쟁을 기필코 끝내는 거야. —그게 최대의 임무. 꼭 달성해줘. 싫단 소리는 안 들어줄 거야. 애초에 네가 꺼냈던 말이니까."

화염이 다가든다.

"두 번째는, 악마의 탄환을 정의로운 방법으로 쓸 것. 이제까지 자제하는 데 성공한 마도사는 없었지만, 너는 가능할 거야. 힘내."

분위기가 이상하다.

'뭐야, 에어가, 갑자기⋯⋯.'

말투에서 직감했다.

그리고, 뒤늦게 소녀의 의도를 알아챘다.

하지만.

"이제, 세 번째."

명령에 이미 구속당했다.

움직일 수 없다.

"—『나를 잊지 마』."

마주 바라본다.

"탄환으로 존재가 지워지면 술사 말고는 모든 기억이 사라지니까. 별로 세계에 딱히 미련은 전혀 없지만, 그렇다 해도, —누군가의 기억에는, 남아 있고, 싶었나 봐."

—조금만 말야, 한 마디를 덧붙인다.

'에어, 설마—.'

명령의 내용은 제자리에서 이동하지 말라는 것뿐이기에 상반신은 아직 움직일 수 있었다. 레인은 품에서 권총을 꺼내 들고는 소녀가 쥔 총을 튕겨 내고자 사격했다.

치밀해야 하는 재주이나 손에 든 물건을 쏘아 떨어뜨리는 것은 마도사라면 불가능하지 않다. 레인이 쏜 탄환은 극히 정확한 사선을 따라 소녀에 손에 든 총으로 날아갔다. 다만.

"그리고, 더 많이 강해지렴."

에어는 그 사격을 살짝 몸만 흔들어 회피했다. 아마도 아직 미숙한 소년에게 보내는, 말이 아니라 태도로 알려주는 메시지였다. —더 많이 강해지라고.

"나는 망령 에어."

소녀가 선택한 하나의 결말.

손에 든 총구를 자기 목구멍에 가져다 댄다.

"그것만큼은— 잊지 말아줘."

찰나.

방아쇠를 당김에 따라 은색의 탄환— 세계를 바꾸는 탄환이 발사됐다.

다음 순간에는 기우뚱, 일그러지는 특유의 감각이 레인에게 치달았다.

그것은 『재편성』이 발동된 증거.

세계가 왜곡된다.

"……에어!"

부르짖고 울려 퍼지는 것은 망령과 마찬가지로 세계를 증오하는 소년의 목소리.

그럼에도 개변은 이루어진다.

세계가, 망령 소녀가 존재하지 않았던—『재편성』된 세계로.

10. 누가 죽였나?

클라우 광산의 전투 이후로 사흘 뒤.

군사 병원에서 드디어 퇴원하게 된 학생병 오르카는 귀로에 오르던 중에.

"아아아아아아아아아아!"

"음!"

흠칫거렸다.

주뼛주뼛 목소리가 들린 방을 들여다보니 간호사들에게 팔다리를 제압당한 채.

"아, 아파! 괜찮다고요! 혼자 잘 교체할 수 있다니까요!"

"안 돼요!"

"저번에 진짜 맡겼더니 가만히 방치하셨잖아요!"

"아니, 그러니까, 그때느으아아아아아아아!"

거즈 교환에 저항하면서 아비규환을 연출하고 있는 동기 레인이 있었다.

대충 보기에 아프니까 싫다고 떼를 쓰는 분위기인데, 간호사 둘이 다리를 꽉 붙잡아 두고 강제로 바지를 벗긴 다음에 상처에다가 다시 약을 바르고 있었다.

'······일단은 굉장한 녀석인데 말이지, 저놈.'

기가 막힌다. 전장에 나섰을 때는 귀신같이 활약하는데도 지금은 그냥 꼬맹이에 불과하다. 결국 저항이 허망하게도 거즈 교환이 완료되었을 때 방에 들어갔더니.

"화상에서 제일 무서운 게 거즈 교환이구나."

"으, 오오…… 오, 오르카……. 너, 봤으면, 말려주지……."

"치료니까 입 다물고 받아라."

대꾸하면서 오르카는 레인의 상태를 살폈지만, 살짝 반응해주기가 난감했다.

왜냐하면 레인은 엉덩이에 (정확하게는 넓적다리의 관절 부분에) 화상을 입었고, 또한 지금 막 새로 거즈를 교환한 터라 엉덩이를 절반쯤 꺼내 놓은 채 누워 있었다.

똑바로 눕지 못하는 부상이라서 엎드리는 자세밖에 취할 수 없고, 엉덩이에 공기를 쏘여서 식히고 있다.

으음.

멍청이다.

"그럼, 문병 온 게 아니면 뭐하러 왔어."

"으음, 퇴원 겸 네게 부탁받은 건을 보고하러 잠시."

"보고라면, 저번에 그거?"

"그래."

레인의 표정이 조금 바뀌는 것을 보고 오르카는 말한다.

"시키는 대로 조사해봤다만, 어디에서도 킬리리스라는 이름의 인물은 찾을 수 없더군."

몇 초 후―.

"그 정보는, 확실한가?"

"그래. 서방국의 포로 중에는 사관도 좀 있었는데, 전원 아무도 그런 녀석은 모르겠다더라. 물론 외모가 소녀 같은 녀석이라든가 아찔할 만큼 아름다운 적발을 알진 못하냐고도 물어봤는데, 소녀 지휘관이 뭔 소리냐면서 아무도 모르는 데다가 이름 자체도 들어본 적이 없다고 똑같은 반응이었다."

"그런가."

"뭐, 대전 중에는 계급이 휙휙 바뀌니까 확증은 못 되겠지만."

아무튼, 오르카가 말을 잇는다.

"그 킬리리스라는 녀석이 뭘 어쨌는데?"

"아니, 저번에 한 번 만난 적이 있었는데 이번에 언뜻 본 것 같았거든."

"흐음, 뭐, 내 조사는 엉성하니까 나중에 직접 알아봐라. 타국은 역시 조사가 어렵더라."

거기에서 말을 멈추고.

"그래. 그리고 화상 말인데, 빨리 치료하고 퇴원이나 해라."

오르카는 방에서 나갔다.

레인이 이번 전투에서 입은 화상— 손바닥 크기의 작은 상처를 보지 않으려고 주의하면서.

'……없단, 말인가.'

레인은 훤히 드러내고 있는 자기 둔부의 화상을 봤다.

'킬리리스…….'

입원할 지경에 이른 상처는 이 화상뿐이다. 별로 심각한 상처는 아닐뿐더러 침대가 남아 있다는 이유로 병원에 억지로 틀어박혀야 했다. 게다가 상처를 입은 이유는 전투가 아니었다.

"설마 엑세리아의 엔진에 앉아서 엉덩이가 화상을 입을 줄이야."

"시끄러워."

레인은 병실 안쪽에 숨어 있었던 소녀.

눈에 띄는 특징―『은색 머리카락』이 흔들거린다.

소녀를 빤히 쳐다봤다.

"그나저나, 에어⋯⋯. 이런 자세는 부끄러우니까 눈을 좀 돌려주면 안 될까."

"⋯⋯응. 나도, 별로 엉덩이랑 이야기하고 싶지는 않아."

시선을 돌리면서 장총을 끌어안는 소녀는.

"⋯⋯빨리 나아."

살짝 얼굴을 붉히고 있었다.

아무래도 자기 몸을 보여주는 건 상관없어도 반대는 익숙지 않은 듯싶다.

사흘 전 클라우 광산의 전투.

사상 최대라고도 말할 수 있을 광산 폭파 사고가 발생했다.

―다만.

그 사실은 완전히 사라져서 없어지게 됐다.

―세계의 개변에 의해.

"……역시 악마의 탄환이 사용됐다는 건가."

"틀림없이."

군사 병원은 기능 훈련을 위해 부지가 넓고, 걸어서 돌아다닐 만한 장소는 다수가 있다.

나란히 걷는 두 사람.

인공 마도사 소년 레인과 망령 소녀 에어.

"그때 나는 자신에게 악마의 탄환을 썼어."

에어는 그 순간을 상기했다.

"응, 썼어. 그런데, 그것보다 『한순간 빠르게』 누군가가— 악마의 탄환을 썼어. 그래서 재편성이 일어났고, 클라우 광산에서 벌어졌던 전투는 소실됐어."

그렇다.

그 변화는 에어가 자기 자신을 쏘아 꿰뚫으려고 한 때와 거의 동시에 일어났다.

기우뚱, 세계가 일그러지더니 정신이 돌아왔을 때 레인은 학교로 복귀해 있는 상태였다.

처음에는 에어가 사라진 결과인 줄 알았다.

제법 한탄스러웠고 슬퍼한 데다가 소녀의 행동에 대해 이것저것 상념에 잠기기도 했지만, 그날 곧바로 살짝 미안해하는 표정을 짓고 에어가 쏙 나타났었다.

"좀 되게, 어색했었지."

"그 이야기는 진짜 하지 마."

에어가 그때의 이야기를 몹시 싫어하기에 넘어간다.

아무튼 간에 재회한 다음 훈련을 위해 이동한 곳에서 레인은 전혀 다른 전투에 휘말렸지만, 몇 명 부상자만 발생한 수준에서 끝났을 뿐 아니라 레인도 엑세리아의 엔진에 엉덩이를 데서 입원하는 수준으로 마무리됐다. 광산 폭파와 비교하면 털끝만 한 피해였다.

—아무튼.

재편성은 발생했는데도 에어는 죽지 않았고, 존재가 사라지지 않았다.

어떻게 된 일인가.

고찰해봐도 도출되는 사실은 단 하나뿐.

"그 순간, 누군가가 악마의 탄환을 썼어. 다른 가능성은 떠오르지 않아."

그런 게 정말로.

"일어날 수 있는 건가?"

"그러게. 뭐, 악마의 탄환 자체는 쏘면 누구든 사용할 수 있는걸. 레인이 맨 처음 썼을 때도 마찬가지였잖아?"

"확실히 그렇기는 한데……."

"그리고 문제는 『누가 누구를 쏘았는가』."

광산에서 죽음을 맞이해야 했던 소녀는— 조금 적극적으로 활동하게 되었다.

이제껏 종잡을 수가 없고 어디에 있는지 알지 못하는 존재였건만, 도대체 그날 무슨 일이 일어났었던가 조사하기 위해서 노력하고 있는 듯싶다.

"아마 지워진 것은 킬리리스가 틀림없을 거야."

"오르카의 이야기를 들어봐도 그렇긴 한데……."

킬리리스의 존재는 확인할 수 없었다. 그러나 레인은 살짝 반론해본다.

왜냐하면 그날 자기 눈으로 킬리리스가 불꽃에 휩싸이는 광경을 목격했었기 때문이다.

"그건 죽은 척이었다는 거네."

"그렇게 큰 중상을 입었는데도?"

"그런 거야. 내가 말하기는 좀 민망하지만, 망령은 삶에 대한 집착이 강하거든. 요란하게 자폭인 척 시늉만 하고, 자기는 죽지 않도록 조정을 해 놨었겠지."

……뭔가, 실망이었다.

미련 없이 죽음을 받아들인다는 느낌이었는데 살아남을 의욕에 가득 차 있었을 줄은.

"아무튼 그때 폭파가 일어난 다음에도 킬리리스는 살아 있었어. 우리가 불길에 휩쓸려서 죽을 뻔했던 그때까지도 여전히, 정말 그 순간까지 살아 있었고."

"악마의 탄환을 주운 누군가에게— 살해당했다."

"맞아."

단언하는 말.

"애초에 한 명의 죽음으로 광산 전투가 아예 없어지려면 전쟁을 기획한 녀석이 사라졌다는 뜻이잖아? 그리고 전투 후 아무리 조사해봐도 킬리리스의 정보는 티끌만큼도 나오지 않았어. 거의 확정해도 되겠네. 사라진 건 킬리리스야."

그러나, 거기까지 잠정 결론지어도.

"그러면, 누가……."

"모르겠어."

그렇다. ―그것이 최대의 수수께끼였다.

"우리들 말고 악마의 탄환을 손에 넣었을 누군가가 킬리리스를 죽였어."

"그렇다 쳐도, 도대체 탄환은 어디에서 손에 넣었다는 거야. 이거, 에어 너밖에 못 만드는 탄환이고 나 말고는 복제 가능한 녀석이 따로 없잖아."

"응. 그러니까."

그 이유는, 달리 가정할 수가 없는 사실.

"레인, 네가 어딘가에서 탄환을 도둑맞았어."

"……어어."

진짜냐.

"아니면 떨어뜨린 걸 누가 주웠든가, 아무튼 넘어간 거야. 뭐, 어느 쪽이든, 네가 얼마나 대충 관리했길래. 조금 더 엄중하게 관리해주면 안 될까?"

끙 소리도 안 나온다.

그러나 그때 얼굴을 숙이고 있는 레인에게, 에어는.

"그리고 이번 전투에서 확신했어. 우리들 망령은 『누군가』의 의도에 따라 싸움을 강제받고 있어. 아니― 어쩌면 동서 간의 전쟁 자체가 모략에서 비롯되었을지도 몰라."

―누군가.

에어의 말이라기에는 애매한 표현이었지만.

"애당초 동방과 서방이 전쟁하는 이유는 핵은 쟁탈전에서 시작된 셈이었는데, 전쟁을 격화시켜서 핵은 소비가 빨라지면 의미가 없단 말이야. 채굴하자마자 군사 목적에 이용되잖아, 오직 싸우기 위해 싸우고 있는 꼴이라고. ―이런 게 100년이나 지속된다는 것은 절대로 정상이 아냐."

요컨대― 누군가가 있단 의미다.

이 전쟁을 부추기고 있는 인물이.

그리고 그 인물이 사라지지 않는 한 전쟁의 종결은 있을 수 없다.

'…….'

진정한 적은 그 인물일 테지.

레인은 자신이 타도해야 할 존재를 새삼 말로 듣고는 살짝 전율했다.

그리고.

"……뭐, 이제 시작이야."

에어는 타이르듯 말했다.

"레인."

망령 소녀.

한 번은 스스로 죽고자 했고, 그렇지만 무슨 인과의 작용인지 살아남게 된― 불안정한 존재.

"아직 동방과 서방의 전쟁은 끝나지 않았어."

등에 짊어진 것은 실소가 나올 만큼 커다란 총.

레인에게 세계를 바꿀 수 있는 탄환을 건네주었던― 조그마한 소녀.

"싸울 수 있겠어?"

시선을 주고받지는 않는다.

"우리가 싸울 이유는 제법 심각하기는 한데, 할 일은 잔뜩 넘쳐나지만 전부를 극복하는 것에 진정한 적을 물리칠 방법이 없어."

에어는 말을 이어 나가면서 하나의 탄환을 휙 던졌다.

그것은― 은색.

태양 아래에서 빛을 난반사하면서, 그렇지만 사라지지 않는― 은색.

"물론이지. 이 탄환을 손에 잡았던 순간부터 내 마음은 무엇 하나도 바뀌지 않았어."

"그래."

무뚝뚝하게 대답하면서도 소녀는.

'정말, 이 녀석은……. 으으.'

―살짝, 소년에게 당황하는 감정이 생겨나는 듯 여겨졌다.

그리고.

"그러면, 에어. 하나만 약속하자."

"응?"

소년은 대답한 뒤 이런 자신에게 말을 건넨다.

"더 이상 스스로 죽으려는 짓은 하지 마."

"……그게."

"포수가 엑세리아를 조종할 파트너에게 원하는 것은 서로를 믿어야 한다는 둥 뻔한 소리가 아니야. 무슨 일이 있어도 죽지 않을 것. 흙탕물을 마시더라도 삶에 기개를 가지는 것이 전제돼야 목숨을 맡길 수 있지. 그러니까 목숨을 포기하는 행동만큼은 금지다."

이 조건만 지킨다면.

"나는 네 노예여도 괜찮아."

"……노예는 좀 곤란한데."

에어는 고개를 갸웃거린 다음.

"뭐, 파트너 정도라면, 괜찮겠네."

망령 에어는.

이쪽을 보고— 웃었다.

"아—."

그것은 이제껏 몇 번인가 봤던 표정과 달랐다.

은근히 비웃는 웃음이나 쓴웃음 따위와 전혀 달랐다.

저 미소는 순수하게— 귀엽고.

진정— 사랑스럽고.

쑥스러워하면서.

즐거움과, 살짝 기쁨과 함께.

'그래—.'

귀엽게 웃는 얼굴.

'그래, 이게—.'

이 표정이 진짜였다.

망령이라든가 불가사의한 탄환이라든가 수상쩍은 신성이라 든가 전부 관계없이.

드디어— 조금이나마 접촉할 수 있었다.

소녀를 구성하는 가장 근본이 되는 표정에— 드디어.

"……뭐, 일단은."

"다음 전투에 대해 생각해볼까?"

일단은.

알지 못하는 누군가의 손에 넘어간 마법의 탄환을 찾는다거 나 이것저것 할 일은 많았다.

퇴원 후 할 일에 대해 이야기를 나눈다.

천천히.

함께 걸어가면서— 둘이서.

—같은 시간.

엑세리아의 격납고에 도착한 오르카는 이곳에 있을 소녀를 찾았지만, 잠시 동안 찾아낼 수가 없었다. 겨우 뒷모습을 발 견해서 말을 걸었더니.

"애슬리."

"응……?"

애슬리가 얼굴을 들어 올렸다. 엑세리아를 정비하고 있었나

보다.

"아, 맞다. 내가 불렀었지?"

"자기가 부탁해 놓고 말이 좀 심하네!"

완전히 잊어버렸던 분위기다. 야무진 녀석 같은데도 의외로 푼수 같은 구석이 있다.

"……뭐, 됐고. 자, 받아라. 부탁했던 조사 자료다."

"고마워."

오르카는 애슬리에게 자료 다발— 의뢰받았던 내용물을 건넸다.

그리고.

"그나저나, 뭐냐……. 기묘한 일도 다 있군."

"뭐가?"

"으음……. 일단 개별로 이야기가 된 건이니까 비밀로 해야 할 테지만……."

오르카는 말해도 되나 고민했지만.

"뭐, 괜찮겠지."

대답했다.

"너도 킬리리스라는 녀석이 없나 조사해달라고 나한테 의뢰했다는 거다."

"『도』? 또 누가 부탁했어?"

"레인이야."

자료를 던지면서 오르카는 눈앞의 소녀를 본다.

새삼 마주 대하니, 조금— 여위었나?

"레인도 너도 사흘 전 그 녀석을 조사해달라고 말했지. 뭐냐, 킬리리스라는 녀석은. 나만 모른다 뿐이지 무슨 유명인인가?"

"—유명, 하려나."

애슬리는 엑세리아 정비 기기를 내려놓았다.

이제껏 수없이 전장을 헤치고 나온 파트너 기체지만, 이 기갑차는 꼼꼼하게 관리해주지 않으면 금방 망가져버린다. 마도사들이 쓰는 총이나 탄환과 경우가 조금 다르다.

"그럴지도 몰라."

애슬리— 부모를 잃은 소녀.

소녀는 가슴 주머니에 넣어 놓았던 하나의 탄피를 꺼내 들었다.

그것은 반짝이면서 엷은 색채를 띠었다.

그렇지만 『은색의 탄환』에는.

"지금은 이제 없지만 말야."

킬리리스 램버트— 『Kirlilith Lambert』라는 글자가 있었다.

■작가 후기

처음 뵙겠습니다. 우에카와 케이입니다.

이렇게 본서를 구입해주셔서 진심으로 감사드립니다.

—각설하고.

마법의 탄환.

이번 작품에 등장하는 이 말은 본래 페니실린이라는 약에서 비롯되었다는 의외의 사연이 있습니다.

인류의 첫 번째 항생 물질로 만들어진 페니실린은 뛰어난 효능으로 병마만 골라 저격했기에 그야말로 「마법의 탄환」이라 비유되었던가요, 오호라.

그리고 베버가 작곡한 오페라 「마탄의 사수」에도 일곱 발 중 여섯 발은 뜻하는 대로 명중하지만, 최후의 한 발만큼은 악마가 의도하는 곳에 맞아버린다는 아이템으로 마법의 탄환이 등장합니다.

이번 작품의 『악마의 탄환』은 그런 탄환들이 아이디어의 재료가 됐습니다.

—각설하고. (두 번째)

이번에 많은 분들께서 힘을 보태주셨기에 본서를 출간할 수 있었습니다.

감사드립니다.

이번 작품은 제31회 판타지아 대상의 《대상》 수상작이기에 중간 과정에서 많은 분들께서 관여해주셨습니다. 일러스트를 담당해주셨던 TEDDY씨, 엑세리아를 디자인해주셨던 와시오 나오히로 씨, 편집부 여러분들 및 심사를 맡아주셨던 선생님들을 비롯하여 본서를 위해 많은 분들께 다대한 진력으로 도움받았습니다.

진심으로 감사드립니다.

그리고 누구보다도 본서를 구입해주신 독자분들께 최상의 감사 말씀을 올립니다.

악마의 탄환을 손에 넣은 주인공.

소년이 이제부터 어떻게 될 것인가.

즐겁게 읽어주신다면 다행이겠습니다.

그러면 이만.

또 어딘가에서.

만나 뵙기를 바라며.

우에카와 케이

꿰뚫린 전장은 거기서 사라져라 1
—탄환 마법과 고스트 프로그램—

초판 1쇄 발행 2020년 6월 10일

지은이_ Kei Uekawa
일러스트_ TEDDY, Naohiro Washio
옮긴이_ 김성래

발행인_ 신현호
편집부장_ 윤영천
편집진행_ 김기준 · 김승신 · 원현선 · 권세라 · 유재슬
편집디자인_ 양우연
국제업무_ 정아라 · 전은지
관리 · 영업_ 김민원 · 조은걸 · 조인희

펴낸곳_ (주)디앤씨미디어
등록_ 2002년 4월 25일 제20-260호
주소_ 서울시 구로구 디지털로 26길 111 JnK디지털타워 503호
전화_ 02-333-2513(대표)
팩시밀리_ 02-333-2514
이메일_ lnovelpiya@naver.com
L노벨 공식 카페_ http://cafe.naver.com/lnovel11

UCHI NUKARETA SENJO HA, SOKO DE KIETEIRO Vol.1
–DANGAN MAHO TO GHOST · PROGRAM–
©Kei Uekawa, TEDDY, Naohiro Washio 2019
First published in Japan in 2019 by KADOKAWA CORPORATION, Tokyo.
Korean translation rights arranged with KADOKAWA CORPORATION, Tokyo.

ISBN 979-11-278-5574-1 04830
ISBN 979-11-278-5573-4 (세트)

값 7,800원

변변찮은 마술강사와 추상일지 1~5권

히츠지 타로 지음 | 미시마 쿠로네 일러스트 | 최승원 옮김

알자노 제국 마술학원에는 학생들도 기가 막혀 하는
한 변변찮은 마술강사가 있었다.
그의 이름은 글렌 레이더스.
수업에 뱀을 가져와서 여학생들이 무서워하는 모습을 감상하려다가
오히려 그 뱀에게 머리를 물리질 않나…….
도서관에서 실종된 여학생을 구하러 갔다가, 오히려 본인이 겁에 질려서
파괴 주문으로 도서관을 날려버리려고 하질 않나…….
수업 참관 일에는 웬일로 성실하게 수업을 하나 싶더니 곧 본색을 드러내고……
그런 마술학원에서 벌어지는 변변찮은 일상.
그리고— "……꺼져라, 꼬마. 죽고 싶지 않으면."
글렌의 스승이자 길러준 부모인 세리카 아르포네아와의
충격적인 만남이 수록된 『변변찮은』 시리즈 첫 단편집!

본편 TV애니메이션 방영 화제작!!

©Kotobuki Yasukiyo 2018
Illustration : JohnDee
KADOKAWA CORPORATION

아라포 현자의 이세계 생활 일기 1~7권

코토부키 야스키요 지음 | JohnDee 일러스트 | 김장준 옮김

정리해고 당한 후, 매일 밭을 돌보며 『제로스 멀린』으로서
게임에 빠져 살던 백수 아저씨, 오사코 사토시(40세).
오리지널 마법을 만들어 명실상부 톱 플레이어가 된 그는
최종 보스를 무난하게 공략하지만
로그인 중 발생한 어떤 사고로 생을 마감한다.
그는 홀로 죽었다고 생각했지만,
정신을 차리고 보니 거대한 산림 지대의 한가운데에 서 있었다.
이세계 여신의 말에 따르면 그는 게임 속 능력을 이어받아 전생했다고 한다.
대산림 지대에서 서바이벌을 거치고 전(前) 공작 노인과 만난 제로스는
현자로서 능력을 인정받아 마법을 쓰지 못하는 소녀의
가정교사 일을 의뢰받는데—?!
"나는 평온한 일상이 인생의 모토인데⋯⋯."

마흔 살 현자의 이세계 생활 일기 개시!